《東籬樂府》語言風格研究

周碧香—著

五南當代學術叢刊

推薦序

　　「語言風格學」是一門新興的學科，它是語言學和文學相結合的產物。換句話說，它是利用語言學的觀念與方法來分析文學作品的一條新途徑。

　　原本廣義的「語言風格學」包含了一切語言形式的風格。既涵蓋口頭語言，也涵蓋書面語言，既處理文學語言，也處理非文學語言，而「風格」也包含了體裁風格（或文體風格）、時代風格、地域風格、個人風格諸方面。目前對於語言風格學的探討，多半把關注的焦點放在文學作品的個人風格上。

　　從曹丕的《典論》開始，學者對文字作品風格的描述總是堆砌抽象度很高的形容詞。曹丕論四類文體的風格是：「奏議宜雅，書論宜理，銘誄尚實，詩賦欲麗」，說到很不容易具體描繪的性質時，便用一個「氣」字，或是「清、濁」兩字籠統的涵蓋，以表示模糊的對立概念。例如「文以氣為主，氣有清濁之體，不可力強而致，」又說「徐幹時有齊氣」、「公幹有逸氣」、「孔融體氣高妙」。似乎一切說不出所以然的神祕概念，統統可以丟給「氣」和「清、濁」這個萬靈丹。講哲學如此、談武術、論音韻、治醫學莫不如此。「氣」和「清、濁」在舊日的觀念中，成了「無法言道」的代名詞。《典論》論述作家的個人風格，說「應瑒和而不壯、劉楨壯而不密」，其中的「和、壯、密」到底是個怎樣的狀態？什麼樣的文章才叫作「和、壯、密」？我們也只能作主觀的體會或猜測而已。因為「和、壯、密」這三個語言符號不但抽象度高，它們的所指詞義也是多樣的。

　　到了陸機的《文賦》，仍然是同樣的方法來描述各類文體的風格。他說：

　　詩緣情而綺靡　　賦體物而瀏亮

碑披文以相質　誄纏綿而悽愴
銘博約而溫潤　箴頓挫而清壯
頌優游以彬蔚　論精微而朗暢
奏平徹而閑雅　說煒燁而譎誑

怎樣的文章是「瀏亮」？是「精微」？是「譎誑」？恐怕每個人的體會都不一樣。劉勰《文心雕龍・體性》提出文章的風格有「八體」：

典雅　遠奧　精約　顯附
繁縟　壯麗　新奇　輕靡

劉勰又為每一種風格定出八個字的定義，一樣是使人有天馬行空之感。至於針對十二位作家進行風格描寫，劉勰用的仍是這個老辦法：

賈誼俊發　司馬相如傲誕　揚雄沉寂
劉向簡易　班固雅懿　張衡淹通
王粲躁銳　劉楨氣褊　阮籍俶儻
嵇康俊俠　潘岳輕敏　陸機矜重

為了作這樣的描繪，他造了一些新詞，如「躁銳」、「俊俠」、「俶儻」。個人的隨機造詞由於較缺乏社會共識，其傳達性必削弱。至於寫文章如何「沉寂」？怎樣的標準算「簡易」？也很難捉摸。

這樣的評風氣成為後日論詩、論文的標準模式。所謂「元輕白俗、郊寒島瘦」，所謂李賀詩的「穠麗、陰暗」、「淒豔迷離」，杜牧詩的「高華綺麗」，所謂唐初陳子昂開「古雅」之源，張九齡首創「清淡」之派。所謂盛唐孟浩然、王維、儲光羲、常建、韋應物本張

九齡之清淡而益以「風神」。所謂高適、王昌齡、李頎、孟雲卿本子昂之古雅而加以「氣骨」。都是傳統風格研究的不二法門。

　　唐代的司空圖（837-908）《詩品》把文學風格分為二十四品，表面上是愈分愈細緻，實際上卻是愈分愈不具體，愈分愈讓人糊塗：

雄渾	沖淡	纖穠	沉著	高古	典雅
洗煉	勁健	綺麗	自然	含蓄	豪放
精神	縝密	疏野	清奇	委曲	實境
悲慨	形容	超詣	飄逸	曠達	流動

　　要想出這麼多不同的形容詞，的確要花費不少心思，但是對文學作品的風格特性而言，藉著這些形容詞，到底能傳達多少訊息？透露多少具體的意蘊内含？

　　宋人詩話很多，像歐陽修《六一詩話》、葉夢得《石林詩話》、吳可《藏海詩話》、題陳師道《後山詩話》、題蘇軾《東坡詩話》等等。也都擺脫不了這樣的傳統。包括清代的文評家莫不如此。王夫之反對「法」與「格」，而論「意」與「勢」，說「意，猶帥也；勢者，意中之神理也。」王士禎標舉「神韻」，說「神韻得而風格、才調、法律三者悉舉諸此矣。」翁方綱也論「神韻」，可是内含又不盡相同。他說「神韻徹上徹下，無所不該。其謂羚羊挂角，無跡可求，其謂鏡花水月，空中之象，此神韻之正者也。」這樣方法的文批，才果真是「鏡花水月」、「空中之象」，令人摸不著頭腦。

　　對於「風格」一詞的詮釋，歷來不同，即使現代也不一致。葛洪（284-364）《抱朴子・疾謬》說：「以風格端嚴者為田舍朴騃。」這裡的「風格」指的是「風度威儀」。又《晉書・瘐亮傳》：「風格峻整，動由禮節。」《齊書・蕭穎冑傳》：「風格俊遠，器宇淵劭。」《世說新語・德行上》：「李元禮風格秀整，高自標持。」也都指人的外表氣質。用來指文章，由《文心雕龍》始。《文心・議

對》：「仲瑗博古……及陸機斷議……亦各有美風格存焉。」顏之推也用以指文學作品，《顏氏家訓‧文章》說：「古人之文，宏才逸氣，體度風格，去近實遠。」

語言風格學所說的「風格」正是指文學作品而言。同時，我們還要把「風格」作個更嚴格的界定：凡是用文學的方法從事研究，涉及作品內容、思想、情感、象徵、價值判斷、美的問題的，是「文藝風格學」；凡是用語言學的觀念和方法進行研究，涉及作品形式、音韻、詞彙、句法的，是「語言風格學」。

語言風格學是客觀的分析和歸納語言符號──作品賴以呈現的憑藉──的學科。它和修辭學（Rhetoric）不同，修辭學講造辭規則和技巧，使語言有效表達，或足以動人。它研究如何使辭藻美麗，如何調整語辭，使之達意傳情，激動讀者情思。因此，它設計了許多修辭格，像譬喻、雙關、設問、鑲嵌、對偶、倒裝……等。所以它的研究目的是求「美」，語言風格學想知道的是某一作家或某一作品所用的語言「是怎樣的」，然後客觀的，如實的把它說出來，因此，它是客觀的、科學的、求「真」的學科。它不對作品作好壞、美醜作價值評斷。

風格和體裁（或文體）不同。二者不容混淆。體裁是文體的分類，或語體的分類。曹丕區分文體為四類，劉勰以五經統率二十種文體（《文心‧宗經》），陸機《文賦》列舉十種不同的文體，《昭明文選》、《古文辭類纂》、《經史百家雜抄》也都為文體分類。不同的文體（或語體）自然有不同的風格，但風格學所講的還不僅僅是文體風格。風格學的領域還可以包括下面幾種狀況：

從宏觀方面言，有民族風格、時代風格。不同的民族就有不同的語言表現形式，語言內部規律也不一樣，在文字、語言、詞彙、語法上都互不相同。時代風格是指不同的時代，語言會有變遷，產生不同的用語習慣，或在短短數十年之間，語言本身的系統、規律、結構並沒有明顯的變化，但是作為語言背景的社會、政治、文化、經濟發生一些變動，也會在語言風格上發生歧變。

　　此外，宏觀上還有文體（或語體）風格、地域風格（鄉土風格）。前者如口語體、科技體、法律體、駢文體、律詩體、賦體等等。後者指鄉土環境的不同，而帶有地方色彩的群眾語言，造成風格上的一些特色。例如老舍作品的北京方言、趙樹理作品的山西特色、以及部分台灣作家的閩南語成分，都表現了地域風格。

　　此外，書面語和口語，男性和女性，其間都會產生風格的不同，不僅在發音和腔調上，也表現在用詞上。此外，大人、小孩之間語言風格不同，學歷不同、行業不同，語言風格也因而有異。

　　在微觀方面言，主要是指的個人風格的不同。同一句話，口語會因為語調的細微變化顯現風格，書面語則藉字體差異表達風格。個人在不同的情景中，往往也呈現不同的語言風格，例如在辦公室中對上司說話、和同事聊天，面對陌生人和熟朋友，在家中對子女的叮嚀、跟老伴的情話，小孩面對老師、面對父母、面對同學、兄弟相處，都各有一套風格不同的語言。有時，雖然是同一個語言對象，自己情緒不同時，也會表現出不同的語言風格。

　　個人的口語風格，分至最細微，可以用聲紋儀做成如「指紋檔」一般的辨識，那就每個人都不一樣了。這是語言發音上的細微差異，人耳不一定都能辨出，在儀器上則能顯出不同形狀的波紋。

　　語言風格學關注的重點是個人風格，特別是文學作品的個人風格。文體風格不是關注的焦點。體裁相同，在不同的使用場合，也會呈現不同的風格。例如法律體，用於規章、法令時，較嚴格而重理，用於庭辯時，則較自由而兼情；外交體用於條約、照會時，較嚴格而重理，用於宴會辭、答記者問時，則較自由而兼情；政論體用於社論、詳述時，較嚴格而重理，用於演說、競選時，則較自由而兼情。

　　傳統的風格研究有幾個特徵：第一，重視綜合的印象，而不是分析性的。第二，重主觀的直覺，認為能客觀的、知覺的描繪出來的，往往已脫離了「美」。第三，傾向以高度抽象的形容詞來區分風格。第四，重視體裁風格。

　　以印象式的方法研究文學，在一個語言學者的觀念裏，會感到不夠精確。近世語言風格學的興起，正是針對這樣的形象，企圖把文學說出個所以然來。語言學者運用其豐富的語言分析經驗，以及精確、客觀的分析技術，把探索領域由自然語言轉到文學語言上來。

　　文學和語言學在觀念上最大的歧異，是前者重「價值」，後者重「分析」。文學家以其日常治學的角度來看語言分析，往往會產生疑惑、懷疑作品一旦作了語言分析，正如拆散了七寶樓台、玲瓏寶塔、將置「美感」於何地？懷疑你怎麼能夠透過「語言分析」去品評作品的好壞優劣？這些疑惑完全是從單一思考面去看問題的結果。也就是以為捨棄「價值」判斷，就沒有什麼可做的了。在文學家的觀念裏，作品材料的分析是機械而刻板的，會使「美感」完全喪失掉。因此，認為這個途徑是沒有意義的。這就是長久以來，文學家和語言學家思考方式上的分歧所在。文學家所關心的，是作品的「價值」問題，語言學家所關心的是「客觀的分析」。事實上，兩者不是不能交會的，作品賞析，固然可以從文字藝術、修辭技巧、篇章結構、布局、前後的呼應諸方面著手。這是傳統文學關注的焦點。除此之外，作為文學作品媒介物 ── 物質基礎的語言，不也是和作品的賞析、作品的認識息息相關嗎？它應當是對整個作品了解的一部分。

　　一百年來，語言學的高度發達和巨大影響力，是和學者對自然語言的分析能力息息相關的。今日語言風格學的興起是把這些累積的豐富分析經驗，由自然語言轉移到文學語言的結果。

　　什麼是「文學語言」？文學語言能適用從自然語言得來的分析方法嗎？也許有人覺得「詩的語言」具有截然獨立的體系，是詩人心靈的創造物。事實上，即使是變形度最大的詩的語言，仍然從屬於自然語言，受自然語言規律的支配。更不用說其他形式的文學語言了。文學家改造語言，只不過放寬了某些自然語言的規律，並不曾否定那套規律，因此，使得文學語言有新穎感、有創造性，但不至於無法意會。我們還能夠捕捉「詩的意象」，表示賴以傳達的語言，在作者與讀者間仍有共通性，這個共通性就是大家共守的語言規範。文學語言

往往是經過作者的刻意經營，經過扭曲、變形，但是其程度不是無限的，語言的基本規律必然會保存下來。因此，我們可以把自然語言和文學語言的關係以下圖表示：

由此可知，詩的語言仍是自然語言的延伸與規律放寬，並不是完全獨立，重新塑造的新語言。它可以說是自然語言的一個「方言變體」。所以發展了一百年的有關自然語言的知識和分析技術，完全可以應用到文學語言上，對文學語言進行細緻的描寫。把詩人如何壓縮、搯扁及改造語言的規律找出來。每個文學家、每個詩人創造語言、驅遣語言的方式不盡相同，這就是個人風格之所在，語言學者正是由此而具體的說出作品的語言風格。

本書作者周碧香針對元曲進行語言風格探索，完成了這部具有前瞻性、開拓性的著作，提供給學界參考。相信她的辛勤耕耘一定能在不久的將來開花結果。

竺家寧 序於內湖
民國八十七年一月四日

自序

　　歲數漸長，脫卻少時的偏執，倒是覺得自己很幸運，在不同的階段，總有貴人出現。這些人，或鼓勵、或激勵、或給予溫暖、或適時提醒、或品茗談心、或默默地相伴過日子……不管如何，總是該感謝的人們，這就是緣份吧！

　　任何事情端賴著緣聚而成，求學的過程裡，均遇到讓人有所啓發的師長，不論言教還是身教。從東吳到中正唸研究所，自認根柢薄弱，面對課程和研究方向，忐忑不安、誠惶誠恐，成天來回在研究室、圖書館和圖書部之間，心仍是未定。直至在語言學讀書會和課堂裡，因發問漸與竺師熟稔，他溫和寬容、深入淺出的教導方式，成了我走入語言學研究的契機。在熱情純樸、學風開明的中正大學讀書，是一段舒心、踏實的記憶。

　　語言風格學是當時一門新興的學科，運用語言學的觀念和方法，研究文學作品，由文學語言的語音、詞彙、句法、詞義各層次，歸納作家使用語言的特點、建構其作品風格，在求美的素材裡認真求真，探索語言運用的規律，堅守著語言學如實描寫的精神。二十年來，已產出八十四篇論文，越來越多的生力軍加入開拓的行列，著實令人欣喜。

　　《東籬樂府》語言風格研究，是筆者的碩士論文，1998年曾由高雄復文出版，是臺灣以「語言風格學」為名的第二本書。感謝五南文化，讓筆者有機會修正寫作碩士論文時的缺失。可能仍未臻完美，尚望　方家指正，共同為學科的開展而努力。

作者 周碧香 謹序

2015年2月于臺中教育大學

目　録

第一章

緒　論

第一節　研究動機

壹、遠因

　　大學三年級下學期修讀「曲選及習作」課程，所寫的第一份作業是小令分析，包括宮調、字數、曲譜、平仄、句式、作法、賞析等項目。完成這份功課的同時，意外地發現和戲曲方面的研究相較，散曲的研究實在不多；在質上，亦不如戲曲的全面和多樣。課程之中，有些未能全然了解者，當時無法解決，乃為筆者研究散曲的契機。

貳、元曲在文學史上的地位

　　王國維《宋元戲曲考・序》云：

> 凡一代有一代之文學：楚之騷、漢之賦、六代之駢語、唐之詩、宋之詞、元之曲，皆所謂一代之文學，而後世莫能繼焉者也。獨元人之曲，為時既近，託體稍卑，故兩朝史志與《四庫》集部，均不著於錄；後世儒碩，皆鄙棄不復道。而為此學者，大率不學之徒；即有一二學子，以餘力及此，亦未有能觀其會通、窺其奧窔者。遂使一代文獻，鬱埋沉晦者且數百年。（王國維，1993：3）

王氏重新肯定了元曲的價值，將它和楚辭、漢賦、唐詩、宋詞並列，同為中國文學的代表，這是曲文學所應得的。同時，這段話也點出曲在元朝以後不受重視的情況，正因如此，留給後人許多尚待開發的空間。

　　曲何以能取代詞而成爲元朝的文學代表？曲的價值爲何？當然和它興起的時代背景——政治、社會、經濟等因素有關。當時南北政治的動盪、民族關係的調整促成南北音樂的融合，產生新的音樂文學；與這個情勢息息相關，則是自唐宋以來俗文學地位的高升。唐宋以前的文學，一直以貴族階層、文人雅士的創作、欣賞爲主；民間的文學，《詩經》的風、兩漢的樂府、六朝的吳歌西曲等等，只是爲統治階層注意到的部分，大部分民間大眾創作的成果，向來不被文人們所重視。當都市的產生、商業活動帶來經濟繁榮，促成市民階層逐漸壯大；這些新興的階層有其精神生活的需求，他們新的價值觀和鑑賞觀點，以供需關係改變藝術文學傳統的形式；因此將民間文藝轉爲一種商品，鼓勵了以小說、戲曲、說唱等爲代表的俗文學的創新，逐漸成爲一股不可忽視的力量。宋末金朝董解元《西廂記諸宮調》的產生，正標誌著俗文學的成熟。曲，正是雅俗兩派文學相融合的代表，也是中原文化受外來文化衝擊的成果。以元一代文人的才情，投身於曲的創作，爲後世留下了雅俗共賞的作品，在各方面均有與前朝文學極其相異之處。

　　唐詩、宋詞、元曲，同爲傳統詩歌的代表，人們通常以「詩莊、詞媚、曲俗」來概括三者。曲的通俗自然，不僅表現在具體的用語，也可從句式的靈活來體察。在具體的用語上，尋常口語、帶有地方特色的方言詞語、民間色彩濃厚的各類俚俗詞語皆可入曲，成爲元曲幽默詼諧的因素。句式上，可加襯字，較同爲長短句的詞來得靈活，故曲家創作時，在曲譜的限制之外，有更多的空間；與用語相輔相成，形成元曲通俗自然的特質，成爲引人入勝之處。

參、散曲的特質

　　元曲包括散曲和劇曲。劇曲有曲子（唱詞）、賓白（對話和旁白）、科介（動作），用在舞臺上表演故事。散曲，只有曲子，沒有

賓白和科介，只用來清唱[1]，故又稱清曲；因同宋詞的發展演變有密切的關係，又稱詞餘、長短句或樂府[2]。從廣義的角度來說，散曲也是詩的一種。散曲是元代時北方民間新興的一種口語較濃厚的新詩體，入樂歌唱，類似於今日的流行歌曲。散曲以廣闊的題材、通俗的語言和活潑的形式，形成清新自然的風格，在文學史上獨樹一幟，對詩歌和民間文學的發展有著深遠的影響。

肆、馬致遠在散曲史上的地位

元散曲發展的歷史，依趙義山《元散曲通論》可分為四期：演化期（1234-1260）、始盛期（1260-1294）、鼎盛期（1295-1333）、衰弱期（1333-1368）。從元成宗元貞元年至元文宗至順三年，近四十年的時間，為元散曲發展的鼎盛時期。和其他三期相較，作家和作品極明顯地增加。根據任訥《散曲叢刊》的統計，元代共有二百餘名作家，其中現存二十首作品以上者共有三十八人；創作活動年代大致可考者三十四位，此期占了二十三人。作品數量方面，《全元散曲》共收約3780篇作品，創作活動時代可考的作家作品總數約為

---

1 所謂清唱，通常解釋為「僅以口唱而無樂器伴奏之謂」。若就散曲而言，這樣的解釋是行不通的，因為根據前人的記載如《青樓集》等，散曲不但有演唱，更有箏、琵琶、笛子等樂器來伴奏，並且有舞蹈伴唱；所以清唱應當是指不搬演故事而言，而非徒歌而唱。

2 樂府，從漢武帝以樂府掌管國家音樂事宜以來，凡是出自這個機構的文學皆被稱之為「樂府」，如漢魏樂府。唐有所謂的樂府詩，宋詞，也有人稱之為樂府，樂府儼然成為詩歌的代名詞，也就是指一切詩歌之協樂者。曲，本出自民間俗樂，但與詞樂的關係密切，所以亦稱之為樂府。曲發展到一定的程度之後，文人如周清德等人，在製作曲譜以為準則時，欲區別曲和民間俗曲，《中原音韻·作詞十法》之前即言：「凡作樂府。古人云『有文章者謂之樂府』。如無文飾者謂之俚歌，不可與樂府共論也。又云：『作樂府切忌有傷於音律』。」（《中國古典戲曲論著集成一》頁232）最初，曲無論散曲或劇曲，皆稱為樂府；元明以後則多用樂府來指稱散曲，表示其曲曾經文學的陶冶而成，故能入樂府，與尋常的街市俚歌有所不同，所以元明以後即以「樂府」稱散曲，如《東籬樂府》、《小山樂府》等等。

3200篇，此期的二十三人約有2600篇，占元散曲的70%至80%左右。可知鼎盛期是元散曲發展的重要階段，馬致遠是此期重要的作家之一。

　　散曲作為一種新的詩體，在金朝已為文人所用，元好問曾創作小令和套數，開啟文人從事散曲創作的先例。元初，在北京宣撫使兼參政知事楊果、光祿大夫劉秉忠、江南浙西道提刑按察使胡祇遹、翰林學士姚燧等人的支持之下，散曲登上了元代的文壇。然而元散曲真正的興盛，則靠著關漢卿、白樸、王和卿、馬致遠等人的創作，這些作家沉抑下僚，地位低下，和民間藝人有著較為密切的接觸，且受民間小曲的影響，作品風格質樸自然，語言通俗生動，當中成就最大者應是馬致遠。

　　馬致遠終其一生仕途極不得意，將才情投入雜劇和散曲的創作，其散曲現存數量，根據《全元散曲》及其續補統計為：小令117首、套數22首、殘套4首，共143首，後人輯成《東籬樂府》一書；其作品數量超過關漢卿、白樸、王和卿等早期作家，且與關漢卿、白樸、鄭光祖等人同享「元曲四大家」[3]的盛譽，歷來被視為散曲的冠冕作家和豪放派[4]的主將。賈仲明挽詞稱「戰文場曲狀元，姓名香貫

---

[3]　元曲四大家，自周清德《中原音韻・序》提出「關、鄭、馬、白」之後，自明代以來就有不同說法。根據天一閣本於〈馬致遠略傳〉中元末明初賈仲明為《錄鬼簿》補寫馬致遠的挽詞最後一句「共庾白關老齊肩」（《中國戲曲論著集成一》頁167），把庾吉甫、白樸、關漢卿、馬致遠四人列為元代四大家；另外有人主張將王實甫代替鄭光祖而與關、馬、白三人同列。除此之外，在排名的先後次序，也是歷代爭論的話題。比較有共識的看法是以關漢卿、白樸、馬致遠、鄭光祖為散曲四大家；關漢卿、白樸、馬致遠、王實甫為雜劇四大家。

[4]　豪放，本為元人散曲的共同特點。對於元散曲的派別也是各家詞不一，茲錄任訥《散曲之研究・派別》說明以馬致遠為豪放派代表的原因：「元人豪放一派，元人雖許馮子振、滕玉霄兩人，而兩人今日流傳之曲不多（馮僅小令四十二首，滕僅十四首）。據其所傳者以觀，實無以十分著名豪放之義，吾人未可盲從，當斷以馬致遠為此派之代表也。馬作見於拙編《元四家散曲》一書中，有令百四首，套十七首，除喬吉、張可久外，元人散曲之篇幅，此為最富矣。秋思一套，自元周清德以來，即評為散曲中第一，……若問此曲何以成其為豪放，則

滿梨園」；朱權《太和正音譜》將其雜劇和散曲列為一百七十八人之首，並評云：「其詞典雅清麗，可與〈靈光〉、〈景福〉而相頡頏，有振鬣長鳴，萬馬皆瘖之意；又若神鳳飛鳴於九霄，豈可與凡鳥共語哉。」任訥《曲諧》云：「雜劇推元四家，余謂散曲必獨推東籬，小山雖亦散曲專家，終是別調耳。餘人則皆非專家。既然散劇兼長，則古今群英，以東籬為領袖，可謂至當矣。」盧前《元人雜劇全集·跋》：「王國維謂馬致遠於詩似義山，於詞似歐陽永叔，明寧獻王朱權品曲，躋致遠於第一。蓋元中葉以後，曲家皆以馬為宗，其影響於金元雜劇者，誠非鮮也。」近人劉大杰認為馬致遠在散曲的地位，猶如詩之李白、詞之東坡，擴展了曲的題材和意境。馬致遠的散曲，不但是元代的群英之首，對整個散曲發展的影響，亦是深而遠之。

　　由於元曲文學的價值和特色，馬致遠散曲的成就和重要性非常值得重視；然而後世對此研究不足，頗令人深感遺憾，為筆者鑽研《東籬樂府》的動機。

第二節　馬致遠與《東籬樂府》

　　馬致遠的名號與籍貫，目前雖有異說，大抵上仍以《錄鬼簿》所記載「馬致遠，大都人，號東籬」為主。至於「致遠」到底是名還是字呢？所取名號是否和陶淵明有關係？也只能憑猜測。在籍貫上，雖

無人不知其為意境超逸，實使之然，文字不過適足以副之耳。然重賴意境之超逸，以造成豪放，乃豪放之第一義也，此外更有他義。如馬氏撥不斷小令……，故此曲之所以形成豪放不羈者，端由於修辭法之特殊，不僅倚賴意境，此乃豪放之第二義。更如馬氏壽陽曲……，故其文全用白描，無論雅俗之材料，都不藉重妝點，此種恰與清麗一派相反，亦認為豪放，乃完全脫離意境之豪放而豪放者，豪放第三義也。」（任訥，1984：79-80）自任氏之後，論曲派別者，皆以此為依準，以馬致遠為元曲豪放派的代表。

然元代一朝有五個馬致遠，引起爭議；若仔細考辨，可以發現只是同姓同名而已，對於我們研究元曲家馬致遠並無妨礙。以下簡介生卒年和生平，及其散曲集《東籬樂府》。

壹、馬致遠的生卒年考

馬致遠的生卒年，目前比較公認的是生於南宋淳祐末（約1250），卒於元至治元年至泰定元年（1321-1324），大約活了七十多歲。

一、生年考

《錄鬼簿》將馬致遠置於「前輩已死名公」，和關、白為同期，賈仲明的挽詞說他「共庾白關老齊肩」，「白」指的是白樸。根據《青樓集》中，將白樸和關漢卿等人稱為「金之遺民」，這說明了馬致遠的輩份應晚於白樸。根據一般按時間先後排列作家順序的習慣，亦將白樸排在馬致遠之前。白樸生於金哀宗正大三年（1226），馬致遠應生於1226年之後。

據《錄鬼簿》、《太和正音譜》等書的記載，可知道馬氏曾參加元貞書會，與李時中、花李郎、紅字李二等人合製雜劇，同為書會的重要人物，紅字李二、花李郎二人，與致遠同時且交情甚篤；王國維認為紅、李二人的時代與關漢卿相去不遠，則馬氏的時代應亦如此；關氏生於宋理宗淳祐元年至十年（1241-1250），所以馬致遠應生於1250年前後。

馬致遠有散曲〈〔雙調〕湘妃怨‧和盧疏齋西湖〉，表示他和盧摯（疏齋）同時期；盧氏生於1246至1250年間，馬氏的生年可能與此相近。

散曲家張可久有〈〔雙調〕慶東原‧次馬致遠先輩韻九篇〉；既稱馬致遠為「先輩」，可見他比馬氏至少小二十歲。張可久生於元世祖至元七年（1270）以前，馬致遠當在1250年前後。

由以上推知馬致遠的生年在1250年前後。

二、卒年考

馬致遠的散曲有（〔中呂〕粉蝶兒・至治華夷），「至治」，一般認為是元英宗至治改元（1321），所以馬氏卒年應在此之後。

《錄鬼簿》成書於元文宗至順元年（1330），馬致遠被列於「前輩已死名公」項下，可見馬氏在世時，鍾氏尚未立著。

元人周德清《中原音韻》寫於元泰定元年（1324），曾言：

> 樂府之盛，之備，之難，莫如今時。……其備，則自關、鄭、白、馬一新製作，韻共守天下之語，字暢語俊，韻促音調；……諸公已矣，後學莫及。（《中國古典戲曲論集成一》頁175）

表示遲至1324年時，馬氏已亡。

由上可推知馬致遠的卒年應在1321至1324之間。

貳、馬致遠的生平大略

馬致遠生時，離金滅北宋（1127）已有一百二十多年；離元滅金（1234）也有十多年。元世祖忽必烈遷都大都，建國號大元（1271），當時馬致遠大約二十多歲，由散曲〈〔大石調〕青杏子・悟迷〉「氣概自來詩酒客，風流平昔富豪家」，可知他出生在一個富有且有文化素養的家庭，讓他在戰亂中並未失去讀書的機會，從小受良好的文學藝術的薰陶，為後來從事創作奠下基礎。〈〔雙調〕撥不斷〉「九重天，二十年，龍樓鳳閣都曾見。」「龍樓鳳閣」指皇帝和后妃居住的地方，他的青少年時期大概是在大都度過。

這個時期，正是以忽必烈為代表的漢法派積極推行遵用漢法的

時期。元世祖忽必烈為了鞏固政權，注意學習和運用漢族的統治經驗，委任一批讀書人，興辦學校，以便從地方選拔人才，這為漢族讀書人進入仕途開啟了一點希望。馬致遠此時急切追求功名，正如散套所寫的「且念鯫生自年幼，寫詩曾獻上龍樓。」為馬致遠創作活動的前期，大約有二十多年。

現實政治環境，元代統治者對漢族讀書人仍然採取不信任的態度，加上種族歧視等政策，馬致遠熱衷功名的情懷，一次又一次地被澆熄，希望破滅之後，只留下滿腹牢騷，在曲作中呈現懷才不遇的情調，如：「嘆寒儒，謾讀書，讀書須索題橋柱。題柱雖乘駟馬車，乘車誰買長門賦？且看了長安回去。」（〈〔雙調〕撥不斷〉）「困煞中原一布衣。……登樓意，恨無上天梯。」（〈〔南呂〕金字經‧夜來西風裡〉）「空岩外，老了棟梁材。」（〔南呂〕金字經‧樵隱）作品裡不少處提到江南和燕趙等地，如「昔馳鐵騎經燕趙，往復奔騰穩似船」等，這是他不得志與飄泊生涯的二十年。

前後二十年，已是四十多歲的人，大約是元貞時期（1295-1297）前後。回到故鄉大都，參加元貞書會，成為書會才人，與李時中、花李郎等人創作雜劇，為他創作活動的後期，直到去世，大約也是二十多年。此期，並和《天寶遺事諸宮調》的作者王伯成結成忘年友。

約在大德年間（1297-1307），馬致遠到南方任江浙行省務提舉，當時約五十歲。面對黑暗的社會和所任職是沒有權力的小吏，現實種種的衝擊，讓他興起退隱的念頭。「綠鬢衰，朱顏改，羞把塵容畫麟臺。故國風景依然在。三頃田，五畝宅，歸去來。」（〈〔南呂〕四塊玉‧恬退〉）馬致遠的散曲裡，以隱居生活為題材者占有相當的比重，從其間可看出他隱居的地方可能在南方。正德年間，元雜劇創作和演出活動的中心，已經由北方轉向南方，許多作家紛紛南下，向杭州匯集，馬致遠隱居的地點可能在杭州附近。此期，和盧摯曾交往。

元朝統治者為了緩和民族矛盾，於仁宗皇慶二年（1317）恢復

科舉，當然這其中仍存在許多不公平的規定，但對於長期被壓制的漢族讀書人來說，無疑是一個讓人歡喜的消息。馬致遠於至治改元時寫了一套〈〔中呂〕粉蝶兒・至治華夷〉表示對統治者的好感。大約在此套完成不久他即去世。

　　馬致遠一生創作豐富，現今流傳的雜劇有《漢宮秋》、《青衫淚》、《薦福碑》、《黃粱夢》、《陳摶高臥》、《岳陽樓》、《任風子》等七種之外，其他皆亡佚；散曲有一百多首，對元曲的發展有巨大的貢獻。

參、《東籬樂府》的成書過程

　　元代雖是散曲的黃金時代，但曲集散佚情形卻極為嚴重，誠如清人梁廷相《曲話》所言：

> 古人作曲本，多自隱其名氏；而鄙俚不文之作，又往往詭託於古人之詞及當代名流而出之；又或原有姓名，相傳既久，不免失脫者：故曲本之考證最難也。（《中國古典戲曲論集成八》頁239）

　　任訥《散曲之研究・作家》也說：

> 曲家大抵為潦倒文人，既鮮知遇於當時，復少顯揚於後世，作劇曲者然，作散曲者又何獨不然？且散曲篇幅簡短，更易於遺佚，而作者興到弄筆，往往隨作隨歌，隨歌隨棄，不甚愛惜，蓋初不欲藉此以沽名也。於是履貫既多模糊，姓字復將湮沒，篇章零落，人物消沉，歷覽詞場，莫此為甚。（任訥，1984：38）

　　散曲作品獲得的不易，是散曲研究的困難。散曲作家，有作品流傳至今者約有二百多人，有專集流傳者，據任氏的統計：張可久（《北曲聯樂府》、《張小山小令》和《張小山樂府》）、張養浩（《雲莊張文忠公休居自適小樂府》）和喬吉（《夢符散曲》、《喬夢符小令》、《文湖州集詞》、《惺惺道人樂府》）等十四人；其餘作家的作品，則散見於選集、曲譜，甚至是筆記小說之中。

　　馬氏的散曲在元代並無專集收存，僅散於總集之中，如《樂府新編陽春白雪》收錄了小令五十二首、套數二首；《朝野新聲太平樂府》收錄小令二十四首、套數十首；《類聚名賢樂府群玉》僅有一首小令；其他總集亦有零星作品。任訥編寫《散曲叢刊》時，由各個總集中，蒐羅而成《東籬樂府》一卷，共計有小令一百零五首、套數十七首、殘套四首，馬致遠的作品，得以重現於後世。隋樹森先生繼之，1955年在北京圖書館發現元楊朝英輯《樂府新編陽春白雪》明抄九卷本，為現存元代散曲選本最早的一部。1964年隋樹森所編《全元散曲》，馬致遠的作品共計115首小令、16首套數和7首的殘套。1980年，遼寧省圖書館發現羅振玉舊藏的元楊朝英輯的《樂府新編陽春白雪》明抄殘存六卷本，澄清了某些作品的作者問題，《東籬樂府》的作品數量增加為小令117首、套數22首、殘套4首，共143首，此乃目前收錄最為齊全的版本。

　　《東籬樂府》的出現，對研究馬致遠的生平和思想、評價其曲作藝術，以及對整個元散曲的研究，意義重大。由於晚出，目前為止，僅有劉益國《馬致遠散曲集校注》（書目文獻，1989）和瞿鈞《東籬樂府全集》（天津古籍出版社，1990）兩本校注。以筆者目前蒐羅所見瞿鈞《東籬樂府全集》，乃以隋樹森《全元散曲》及《全元散曲續補遺》的版本為準。

第三節　本文研究的意義

壹、研究元曲在語言學上的意義

　　中國的詩歌歷來與音樂相聯繫，故有一種因與音樂結合而發展、因與音樂脫離而衰落的規律，從詩到詞、由詞而曲，皆是如此。若由文字記錄語言的角度來看，無論何種文體，皆反映著當時的語言特色。語言的發展變化，是曲能取代詞的重要原因，賀新輝《元曲新賞・前言》云：

> 金元時代，隨著華北、東北、西北地區各民族的政治、軍事上的爭鬥，加強了經濟、文化方面的交流，早在十世紀中葉，契丹族的遼國，建都北京。遼滅金興，金亡元起，北京在三個多世紀裡成了北方政治、經濟、文化的中心，北京地區流行的語言，逐漸與河南、河北、山西、山東地區的語言相融合，形成了新的語言體系，與沈約四聲、陸法言韻部，相去漸遠，並金元詩歌的創作，提供了新的語言材料。同時，由於社會動盪，生活日趨複雜，新詞彙不斷出現，雙音、多音詞日漸增加。……加上南北語音、聲調的差異，俗語方言的不同，由北方首先產生元曲這樣一種新詩體，以適應這些變化的情況，是勢所必然的。（賀新輝，1992：5）

　　由上述可知，從詞至曲的演變，不僅因著音樂的改變，更存在語言變化的因素；元曲可說是民族文化交流融合的產物。因著特殊的語言背景，曲是以當時口語加工而成的文學作品，故不只是對元代作斷代研究的主要材料，更是研究近代漢語的重要語料，其重要性和豐富

性，值得深入探究。

一、從語言發展來看元曲

　　元曲語言，作爲一種文學語言，無疑是當代語言的反映。元世祖至元八年（1271）正式定都北京，不但確立了其政治、經濟和文化中心的地位，也確立了以北京話爲標準的地位。中國古代建都以北方爲多，故向來以北方話作爲交際的用語，即所謂的「官話」，或稱「通語」。元曲活動以北京爲主，所用的語言乃是以北京爲中心的北方話，廣泛地運用在書面上，故應視元曲爲普通話的早期紀錄。就漢語發展的歷史而言，元曲的地位和研究價值極重要，因其對文言有所繼承，卻擺脫了文言，以口語爲基礎，開創了記錄通語的前例。

二、從語言特點來看元曲語言

　　曲論家往往對戲曲語言加上許多限制。元代周德清《中原音韻・作詞十法・用字》論曲語：「可作樂府語、經史語、天下通語。不可作俗語、蠻語、謔語、嗑語、市語、方語、書生語、譏誚語、全句語、構肆語、張打油語、雙聲疊韻語、六字三韻語。」（《中國古典戲曲論著集成一》頁232-233）明代戲曲理論家王驥德更訂出曲禁四十條。然而，列出的各種限制，均可由曲作中尋得，不論在劇曲或散曲，皆廣泛地被運用，反映了社會的不同層面，表達不同身分的人物，此乃文學表達所必須的。況且，文學語言是口語加工後的成果，並不排斥引用古語、方言和行業語等特殊詞語，更可由其中見出各個作家風格的差異。除了語言成分異於其他詩體之外，曲家在豐富的材料，展現多樣的技巧：運用北方話的特點，將平聲分陰陽，仄聲分上去，以利於聲律的婉轉和演唱的平順；具體多變地使用對仗、重疊，讓元曲語言於格律、唱腔的限制之下，能呈現出自然的特色。

貳、運用語言風格學研究《東籬樂府》的意義

　　語言風格學是一門新興的學科，乃是運用語言學的觀念和方法，進行文學作品分析的研究，爲文學和語言學科際整合的結果。其著重於探討「眞」的問題，將文學作品的特點如實地分析、描寫和詮釋；在傳統文學批評之外，提供了另一個角度的看法，爲文學研究開拓宏觀的視野。

　　《東籬樂府》是馬致遠散曲作品的集子，在散曲研究上有著不容忽視的地位。運用語言風格學，可以將其語言的特點如實地呈現出來，展現出馬氏驅遣語言的特性和習慣。例如：如何使用同聲類的字詞，以造成頭韻效果；如何運用顏色詞和數詞；或採用擬聲詞來調整曲作中的音節；不同句式類型的搭配組合等等，均可藉著語言風格學的方法加以分析、描寫和詮釋。如此一來，不僅可以理解《東籬樂府》的語言藝術，亦可略探馬致遠成爲「曲中狀元」的原因，盼望能爲散曲和文學史的研究，提供稍許助益。

　　本文嘗試以語言風格學的角度與方法，解析《東籬樂府》語言運用的特點，從中略見近代漢語的面貌。

第四節　　論文架構說明

　　本論文以語言風格學研究方法爲準則，分析、描寫、詮釋《東籬樂府》的語言風格現象。全文共分七章：

　　第一章〈緒論〉，因元曲文學的價值、馬致遠在散曲發展史上的重要地位，後世對此研究的欠缺，以及筆者個人的求學經歷，皆爲本文的研究動機。第二節考定馬致遠生卒年與生平大略，及其散曲集《東籬樂府》的成書過程。第三節本文研究的意義，談論研究元曲在語言學上的重要性，以及以語言風格學的方法來研究《東籬樂府》的意義。第四節說明論文架構。

　　第二章〈散曲風格的形成〉，本章歸納整理學者們對於散曲各方

面的研究成果，藉此對語料有更深一層的了解。元散曲不僅是流行於當時的表演藝術，也是俗文學的一環，更是中國韻文文學發展的極致。關於它的風格，可由其興起的歷史背景、音樂的形成、語言特色三方面來闡述。第一節散曲興起的歷史背景，散曲是在元代特殊的社會、政治環境下所產生的新詩體，統治者廢除科舉、輕視文人、壓制漢人，使得文風改變；加上都市經濟的發達、市民娛樂的需求，以及貴族對聲色的喜好，故使散曲盛行一時，成為中國特殊的詩歌。因著特殊的興起背景，於是反映社會現實、描寫男女情愛、抒發個人情志等主題即成了散曲作品的骨幹。第二節散曲音樂的形成，散曲是一種可唱的詩體，其音樂的形成是多方面的，依據前人的研究，可以歸納為傳統詞樂、少數民族樂曲、民間歌曲、講唱文學四方面。樂曲系的講唱文學，如諸宮調、鼓子詞、覆賺等，讓散曲音樂在詞樂的典雅之外，呈現俚俗自然的特色。第三節散曲語言特色的形成，散曲語言的特點可以歸納為：通俗自然、豪放灑脫、潑辣詼諧三項，與可加襯字、以口語入曲、豐富的對仗和重疊、押韻自然密切相關；其背後有一股雅文學向俗文學轉化的潮流在極力推動，這是散曲語言特色不容忽略的因素。

第三章〈語言風格學諸問題〉，本章為本論文方法運用的立足點，對於意見紛歧的幾個問題加以澄清，有助於理解漢語語言風格學。第一節語言風格的定義與形成要素，本節由風格的定義和要素說起，再由諸多要素中提出語言要素。整理各家「語言風格」不同定義，大概分為格調氣氛、綜合特點、表達手段、常規變體四個論點。再解釋語音、詞彙、語法三方面的風格要素，藉著說明漢語在各方面的特色，以確立漢語語言風格學的可行性。第二節語言風格學的內容與歷史，依據對研究學科對象、性質和目的的不同看法，學者們對於語言風格學的認定也所有差異：認為是語言學的分支、認為介於語言學和文學之間的邊緣學科、認為以上兩者兼具；這些看法突顯出語言風格學是一個理論和實踐並進的學科。簡介語言風格學在中西方傳統和現代的不同發展。第三節語言風格學與其相關學科，分別介紹

和語言風格學相涉的學科，如修辭學、語體學、文體學、文藝風格學、文章風格學等。第四節語言風格學的研究方法，引介林興仁對語言風格學方法論的哲學方法論、範疇論、具體方法三個層次；本節主要針對具體方法討論，除常見的分析綜合法、比較法、統計法之外，也介紹動態研究法和風格實驗法。

第四章《東籬樂府》的音韻風格，由本章開始進入本論文的重心。音韻是詩歌文學的主體，乃由語音、詞彙、句式、頓歇共同架構的整體。本章以語言學的方法，研究《東籬樂府》的音韻風格，將分為多樣的韻律類型、自然的頓歇、雙聲疊韻詞的運用、句式的反覆等四方面，來闡述馬致遠作品的音韻風格。

第五章《東籬樂府》的詞彙風格，詞彙是語言體系中最為活躍的部分，《東籬樂府》是元朝前期的作品，記錄了近代漢語早期的面貌，複音詞為其構成的大部分，本章將由複音節詞構詞類型說起，談談代詞在《東籬樂府》所產生的作用。成語與典故為全民共同創作語言的成果，為形成散曲語言「俗而不俗」的重要因素之一；馬致遠常以「以古論今」的方法來描寫個人情懷，成語與典故，即成為《東籬樂府》的詞彙風格之一。除此之外，顏色詞、虛詞的運用，與詞類活用的現象，也是馬氏作品的風格特點，本章將一一探討。

第六章〈《東籬樂府》的句法風格〉，句子是語言使用的基本單位，文學作品自然也是由句子所組成的，本章將由結構和語用兩方面來看馬致遠在構句和用句上的特點。走樣句是漢語詩歌語法的特點，借用生成語法來檢視馬氏作品中的走樣情況。對偶是散曲語言的特點之一，以句法學的知識來觀察《東籬樂府》的對偶句，看詞義、詞性、構詞、句法等方面的不行平現象。

第七章〈結論〉，第一節綜合《東籬樂府》的音韻、詞彙和句法的風格。第二節將討論散曲和語言風格學這兩個領域的研究的展望。

參考書目的編排說明：參考書目，為求檢索方便，依作者姓氏筆畫為先後的依據，姓氏相同者依出版時間先後排列。

第二章

散曲風格的形成

就文學史而言，元朝是一個重要的時期，新的政治局面，城市經濟高度發展，前人所鄙視的俗文學蓬勃開展，替代了正統文學[1]，爲廣大人民所喜愛。曲，是元代文學的代表，它承續、發揚傳統詩詞的藝術精神，影響明清戲曲的發展；以生動的語詞表現歷史和新奇的故事，並以優美的韻律來傳達豐富的感情，爲古典文學由雅向俗轉化的標誌。元曲包括散曲和雜劇，是訴諸大眾聽覺的藝術，通俗易曉、本色自然，正是它和傳統詩詞不同的地方。散曲，是一種流行於當時的表演藝術，不僅是俗文學的一環，更具有語言變化發展的成果，爲中國韻文文學發展的極致。往後分別以興起的歷史因素、音樂的形成、語言特點三方面來說明散曲風格的形成。

第一節　散曲興起的歷史因素

散曲，產生於金、元時期的新詩體。一種文學的興起和發展，必有一定的時代背景和社會條件，此爲構成文學風格的客觀因素。散曲盛行於元代，成爲當日文學的主流，乃文學本身的自然發展。中國古典文學，經過先秦、漢魏、六朝、隋唐、兩宋的演進，形成歷史基

---

[1] 所謂俗文學，與雅文學對稱。俗文學，爲大眾共同參與創作的文學，故又稱民間文學、市民文學（這僅是依粗淺的概念將民間文學、俗文學和市民文學等同起來，其實三者之間仍有差異）。雅文學，由貴族、官吏等參與或提倡的文學，故又稱廟堂文學、正統文學。雅、俗，只是以創作者階級的高低來劃分，無關乎作品內容、技巧的好壞。市民文學的繁榮本身就是對中國傳統文學的一個重大的變革，因爲：一、在元代以前，傳統文學和市民文學是處於一個在朝、一個在野的局面，元代開始，市民文學蔚爲大國，地位高於傳統文學；二、傳統文學始終掌握在文人之手，整體而言，它是封建文學，爲鞏固封建制度而存在和發展，市民文學根植於市民階層，民間參與創作和傳播一切活動，以反映市民的思想、感情、願望爲任務；三、市民文學的生命力的演化和革新的迅速，隨著社會的變動，逐漸成爲全民的文學，生命力極強。所以唐宋以來逐漸發展的市民文學，促成元明清文學的重大變革。

礎；尤其是韻文，經過古歌謠、古詩、辭賦、樂府、律詩、詞，已有高度成熟的技術；因此，蒙元之際，在這些基礎上發展爲散曲，乃是自然的結果。蒙元的政治環境與社會環境，客觀上對散曲起刺激和推動的作用，約可歸納爲四點：

壹、都市經濟的發展

元朝在蒙古王公的統治下，雖然文化較低、農業生產因戰亂而遭受到嚴重的破壞，但因其版圖橫跨歐亞，爲因應軍事政治的需要，故力求交通設施的加強；於是官道四通八達，站赤廣設，水陸運輸暢達，促進了國內和國際貿易的發展。自太祖以後，獎勵工藝，諸色工匠，特予優厚的待遇，促成了手工業的發達。種種繁華的景象，於《馬可波羅遊記》有詳細的記載。

工商業發達是都市繁榮的基礎，都市繁榮又爲藝術發展的後盾。因爲都市經濟發展，造成市民階層的擴大；因應市民的喜好，城市娛樂隨之而興，秦樓楚館、勾欄瓦舍隨之發達，根據《馬可波羅遊記》的記載，元初僅大都就有二萬五千名藝伎，這是散曲發展的重大關鍵。

> 眾所周知，在文人的交際圈中，歌伎歷來不可少，在古代詩歌史上，歌詞體式的轉化和更替，歌伎（乃至樂工）起著至關重要的作用。「里巷胡謠」、民歌俚曲由低級形式向高級形式轉化，從民間狀態向文化層擴散，秦樓楚館、勾欄瓦舍是最重要的中間站。唐五代至宋代，詞興盛的最初基地即在秦樓中、酒宴間。（李昌集，1991：315）

散曲初興，也不出這個模式，上至達官貴族，下至布衣貧士，皆出入於秦樓楚館中，在這裡可聽到各種民間曲調；文人喜與歌伎詩酒相

樂、絲竹相和，以曲相贈最爲常見，文人創作散曲蔚爲風氣，促成了散曲的興盛。當時都市經濟的發達，爲散曲興起的重要因素之一。

貳、文人地位沒落

蒙元以異族入主中原，自恃武力強大，不重文治，雖有耶律楚材等人努力漢化，大抵而言，仍不脫游牧封建制度，輕視傳統文化，對儒學和儒生不予重視，影響了元代文人的心理和當時的文風。在社會階級上有「九儒十丐」的劃分，從西漢以來爲中國學術、政治主導力量的儒家思想受到壓制；自中唐、北宋建立的文以載道變成草芥。廢除科舉達八十年之久，斷絕了文人的生路，使他們干祿無階、入仕無路，成了社會上的棄兒。文人們有的不得已爲吏[2]，有的成爲書會才人。他們沒有社會地位，尤其是書會才人，更是脫離了儒生的行列，進入了三教九流。據《錄鬼簿》等書的記載，雜劇作家大都善辭翰、通音律、會謳歌、能樂器，大概是在情勢和生活的逼迫下發展出來的，他們的思想感情與下層市井有更多的溝通，故能寫出較多反映現實也抒發自己的情志的作品；這些作品不只有搬演故事的雜劇，也包括和今日流行歌曲相仿的散曲。

參、種族歧視

元朝部族政權，在中國建立了以氏族血緣關係爲主的軍事統治後，爲鞏固部族統治利益，實行高壓的奴化政治，將人民分爲蒙古

---

[2] 吏，指的是吏胥，而非百官的通稱。元代的書生，並不情願做蒙古官員的吏。自唐宋以來，在漢族傳統的政權體制中，官員和吏之間，即存在著不可逾越的界線。官是決策者，握有生殺大權；而吏僅是供驅使、役於人者。一般來說，吏不可能升爲官，所以向來讀書人的目標在於求官而非求吏。元代文人不得已爲吏的原因在於：一、沒了科考，不能再直接入官；二、元朝留下了由吏入官的通道。儒生若想要入官，必須先經過入吏的階段，所以一批文人即湧入吏途。（么書儀，1993；王明蓀，1992）

人、色目人、漢人、南人四等。蒙古人地位最高，掌控了政治、軍事的大權；色目人，指西域、歐洲各藩屬的人；漢人又次之，包括遼、金人及其統治下的華北人；南人地位最低，指南宋統治下的南方漢人。在社會上，漢人只是三等或四等的國民；在政治上只能當副官，《新元史·百官志序》：「上自中書省，下逮郡縣，親民之吏，必以蒙古人爲之長，漢人南人貳之。」

漢人在政治上既無出路，又無社會地位，不得不過著下層生活，與優伶等混在一起，爲解決現實生活問題，並藉著詞曲來發洩情緒，抒發怨懟和牢愁，曲作中懷才不遇的主題極多。明胡侍《眞珠船·元曲》：

> 元曲如《中原音韻》、《陽春白雪》、《太平樂府》、《天機餘錦》等集，《范張雞黍》、《王粲登樓》……等傳奇，率音調悠圓，氣魄宏壯，後雖有作，鮮與之京矣。蓋當時臺省元臣，郡邑正官及雄要之職，盡其國人爲之，中州人每沉抑下僚，志不獲展，如關漢卿入太醫院尹、馬致遠江浙行省務官、宮大用鈞臺山長、鄭德輝杭州路史、張小山首領官，其屈在簿書、老於布素者，尚多有之。於是以其有用之才，而一寓之乎聲歌之末，以舒其怫鬱感慨之懷，蓋所謂不得其平而鳴者也。（金達凱，1964：47）

肆、上位者的喜好

《孟子·滕文公上》：「上有好者，下必有甚焉者矣。」爲文學史上的定律。唐朝以詩舉士，造成詩極盛於當代，成就中國詩歌的輝煌時期。然而曲之於元朝並非以科舉的方式鼓勵創作，因爲元朝廢除了科舉，斷絕文人的進路。當日蒙元貴族，因征戰頻繁，對聲色極愛

好，孟珙的《蒙韃備錄》記：「國王出師，亦以女樂隨行。率十七八美女，極慧黠，多以十四弦等彈大官樂等四換子為節，甚低，其舞甚異。」一旦進入中原，更流於驕奢淫逸，歌舞戲曲因而受到歡迎。根據《元史百官志》，元代統治者曾把管理樂人的教坊司置於正三品的高位，仁宗曾準備用伶人曹咬住為禮部尚書。好的曲詞，為宮廷所重視，並通過政治力量，向全國推廣。明朱有燉〈元宮詞〉云：「『屍諫靈公』演傳奇，一朝傳到九重知，奉宣齎與中書省，諸路都教唱此詞。」如是，說明了元代的詞曲，不僅是民間的娛樂作品，且是朝廷的承應之具。曲與統治者、貴族階級結緣，為其風行的社會條件。

　　散曲，因著元代特殊的社會政治環境而產生的詩體。廢除科舉、統治者對文人的輕視、漢族士人被壓制，使文風變化；加上都市商業經濟的發達，市民精神生活的需要，以及貴族對聲色的愛好，故能使表演的詩體——散曲盛行於當朝，成為中國特殊的詩歌。反映現實、描寫男女情愛、抒發個人情志等作品，也就成了散曲的骨幹。

第二節　　散曲音樂的形成

　　散曲，是一種可唱的詩體。對演唱的文體而言，音樂無疑是重要的部分。音樂向來被認為是傳達情意較高層次的形式，如：「情動於中，而形於言；言之不足，故嗟嘆之；嗟嘆之不足，故詠歌之；詠歌之不足，不知手之舞之足之蹈之也。」詩本來就是抒發感情的藝術，與音樂結合成為歌，感情的表達更加自然。

　　詞和曲同屬音樂文學，均因歌唱的需要而產生。學者們談論曲的起源時，總是提及詞的衰落：詞原是通俗文學，流傳於民間的伎女歌伶之口；入宋之後，由於文人的參與創作，體裁內容日益豐富，音律修辭日益講究，格律日漸嚴謹；至宋末精華殆盡，窮則變而為曲。王國維《人間詞話》：

> 蓋文體通行既久，染指遂多，自成陳套。豪傑之士，
> 亦難於中自出新意，故往往遁而作他體，以發表其思
> 想感情。一切文體所以始盛終衰者皆由於此。（王國
> 維，1978：122）

這成了文學史上的一項定律。對於詞曲的轉化這個課題，我們不應如此單純地看待。曲並非直接由詞衍生而來，在語言上有詞語的語體化，關涉著從中唐開始以口語入詩，甚至整個俗文學地位的發展，將於本章第三節加以說明。音樂上有詞調的轉化，只是宋代的文人詞，還包括詞樂的根源——唐曲的演變。李昌集分析曲調認為唐曲誕生後，其有三個流行發展的線索：其一是宋代的文人詞；其二是教坊、勾欄中的諸曲藝（宋大曲、宋雜劇、宋隊舞、諸宮調、唱賺、金院本等等）；其三是唐曲的本源——民歌俗曲按自身軌跡在民間的流傳、新生和發展。（李昌集，1991：33）除了詞樂的轉化之外，少數民族舞曲的刺激也是曲調形成的重要因素。

依前人研究的成果，散曲音樂的形成是多方面的，可概分為傳統詞樂、少數民族樂曲、民間歌曲、民間講唱文學等四個部分。

壹、傳統詞樂

曲樂和詞樂的關係，一直是學者們所關注的問題。曲在結構、造句、韻腳的使用等方面，雖與詞有若干不同，但基本上仍可看出詞的影響。從北曲所使用的曲調來看，周德清《中原音韻》列了335個，除去其中非曲牌的煞、尾、催拍子、急曲子之類的節拍式唱段，實際上只有301個曲牌，王國維《宋元戲曲考》指出自唐宋詞者有75個（王國維，1993：83）。詞牌和曲牌關係最明顯的是曲牌大量借用詞牌，以詞牌作為曲牌，據沈雄《古今詞話》的統計，詞曲調相同者有六十多種，如〔小桃紅〕、〔醉春風〕、〔侍香金童〕、〔人月

圓〕、〔風入松〕、〔桂枝香〕、〔滿庭芳〕、〔賣花聲〕、〔太常引〕等等。此外,還有由詞牌變化而來的,如〔碧玉簫〕由詞〔紫玉簫〕而來、〔昇平樂〕由詞〔清平樂〕而來、〔水仙子〕由詞〔天仙子〕而來。

另外還有兩種情形:一是曲的首尾仿照詞的形式,中間略加變化;一是借詞的半闋,其中增減數字或加入短句,成為曲的新體。如〔天淨沙〕是由詞轉化為曲最成功的一種形式,由詞〔清平樂〕下半闋而來,茲舉韋莊和白樸二人作品為例:

> 妝成不整金鈿,含羞待月鞦韆。住在綠槐陰裡,門臨春水橋邊。(韋莊〔清平樂〕何處遊女)
>
> 孤村落日殘霞,輕煙老樹寒鴉,一點飛鴻影下。青山綠水,白雲紅葉黃花。(白樸〔天淨沙〕秋)

〔清平樂〕下半闋是四句,每句六字;〔天淨沙〕除了在第三句之下增加四個字的短句之外,其餘也是每句六字,如去掉第四句的短句,則和〔清平樂〕無異。

散曲的體制和詞的關係也很密切:詞中的尋常散詞和曲中的尋常小令、詞的聯章和曲的重頭、詞的犯調和曲的集曲、詞中成套的詞和曲中的套曲等等,皆說明二者在體制上的關聯。

如上所言,可知曲樂和詞樂關係甚密,曲調中至少有四分之一源於詞樂,或與詞樂相關者,且體制又相承襲;傳統詞樂是散曲音樂的主幹。

貳、少數民族樂曲

明徐渭《南詞敘錄》云:

> 今之北曲,蓋遼、金北鄙殺伐之音,壯偉狠戾,武夫

馬上之歌，流入中原，遂為民間之日用。宋詞既不可被絃管，南人亦遂尚此，上下風靡。（《中國古典戲曲論著集成三》頁240）

明朝王世貞《曲藻・序》：

曲者，詞之變。自金、元入主中國，所用胡樂，嘈雜淒緊，緩急之間，詞不能按，乃更為新聲以媚之。（《中國古典戲曲論著集成四》頁25）

王氏認為曲由詞演變而來，演變的原因則是胡樂的傳入；和二人有相同見解者甚多，如王驥德、吳梅等人。

少數民族音樂，至遲在唐代已大量傳入中國，並且為人們所喜愛，如根據王灼《碧雞漫志》的記載，〔霓裳羽衣曲〕、〔伊州〕、〔甘州〕、〔涼州〕、〔胡渭州〕、〔六么〕等樂調都是；而〔胡渭州〕即〔小石調〕，〔六么〕即〔黃鍾羽〕，俗稱〔般涉調〕（《中國古典戲曲論集成一》頁124-133）。北宋宣和年間，汴京就盛行蕃曲，所謂蕃曲，就是少數民族樂曲。宋人曾敏行《獨醒雜志》記載：

先君嘗言：宣和末客京師，街市鄙人，多歌蕃曲，名曰〔異國朝〕、〔四國朝〕、〔六國朝〕、〔蠻牌序〕、〔蓬蓬花〕等，其言至俚，一時士夫亦皆歌之。（劉大杰，1980：752）

這些曲調，有一部分就是北曲的曲調。北宋末年，女眞族建立的金朝，打敗遼軍，大舉南下，入主中原。隨著金朝政權的建立，女眞樂曲也傳入了北方，元周德清《中原音韻・正語作詞起例》：

> 且如女真〔風流體〕等樂章,皆以女真人音聲歌之,
> 雖字有舛訛,不傷於音律者,不為害也。(《中國古
> 典戲曲論集成一》頁231)

王驥德《曲律・雜論下》所記載外族傳入的大曲有〔哈巴爾
圖〕、〔畏吾兒〕、〔蒙古搖落四〕等十七支,小曲有〔黑雀兒
叫〕、〔阿林納〕等八支,回回曲有〔伉俚〕、〔馬黑某當當〕、
〔清泉當當〕等三支。此外〔者剌古〕、〔阿納忽〕、〔古都
白〕、〔唐兀歹〕、〔阿忽令〕、〔拙魯速〕、〔浪來裡〕等等,都
是少數民族的樂曲。這些外族曲調,無法跟中國傳統的雅樂合奏,而
所用的樂器也不同,陶宗儀《輟耕錄・樂曲》描述其所用與漢人不同
的樂器,如箏、胡琴、渾不似之類等,樂器不同,音調節拍各異,自
然有製作新聲新詞的必要。

參、民間歌曲

民間歌曲,為真正由大眾創作的俗曲俚歌,統稱民歌,對散曲的
音樂和風格影響都極深遠。

宋金時期的民間小調,普遍流行於南北地區,誠如徐渭《南詞敘
錄》所言:

> 夫南曲本市里之談,即如今吳下〔山歌〕,北方〔山
> 坡羊〕,何處求取宮調?(《中國古典戲曲論集成
> 三》頁241)

可見南方地區的民間小調,是南曲的重要來源。元人楊朝英所編
《太平樂府》、《陽春白雪》所收的作品,大多是新的曲調,和詞
調不同,有一部分是宋金時期北方地區流行的民間歌曲。元人芝菴

《唱論》注意到各地的歌曲：

> 凡唱曲有地所，東平唱〔木蘭花慢〕，大名唱〔摸魚
> 子〕，南京唱〔生查子〕，彰德唱〔木斛沙〕，陝西
> 唱〔陽關三疊〕、〔黑漆弩〕。（《中國古典戲曲論
> 集成一》頁161）

　　王國維在《宋元戲曲考》指出〔大拜門〕、〔小拜門〕、〔村里
迓鼓〕、〔叫聲〕等，確考來自民間歌曲；而〔石竹子〕、〔山石
榴〕、〔蔓青茱〕、〔醋葫蘆〕等，可由調名確知亦源自民間。
　　民間歌曲不僅提供豐富的曲調來源，對於詞語、語音、形式和口
語化的演唱、襯字和虛字的運用，均有極大的影響，許多學者認為民
間歌曲是散曲音樂的主體。

肆、講唱文學[3]

　　唐宋以來盛行的大曲、鼓子詞、傳踏、諸宮調、賺詞等講唱文

---

[3]　講唱文學是用韻散兩種文體交織而成的敘事詩，因敘述時有說有唱而得名。唐五代僧侶們
　　所創製的俗講是講唱文學的開山祖。俗講以後的講唱文學，宋代有陶真、涯詞、鼓子詞、
　　諸宮調、覆賺；元代有詞話、馭說、貨郎兒；明清有彈詞、鼓詞、寶卷等，他們都是俗講的
　　嫡系苗裔。這類大多是用第三人稱敘述體；只有少數由於自身的發展或受其他文學、技藝的
　　影響，而改用代言體的（如部分吳音系彈詞），但他們本身仍然是講唱而非演唱。就韻文的
　　文辭和實際歌唱來考察，可以區分為樂曲和詩讚系兩大類。樂曲系是一類是採用樂曲作為歌
　　唱部分的韻文。他們的特點是每首樂曲各有不同的樂調（詞調或曲調），句式是由樂調（牌
　　子）決定的，通常是長短句。它和詩讚系的區別是：有一定的樂調和長短不齊的句式。所用
　　的樂曲和樂調都是當時流行，因而也就隨時不同，由當時的樂曲所決定。它們在宋代用詞
　　調，金元時用北曲，明清用南北曲，或用當時新興的民間樂曲。由於所用的樂曲和樂調不
　　同，又可分為兩項：第一是用唐宋的詞調（詩餘），以兩宋的技藝和作品為限，它包括宋代
　　的小說、諸宮調、敘事鼓子詞、覆賺四種。第二是用宋元以來的南北曲調和民間樂曲，如金
　　代《劉知遠諸宮調》和《西廂記諸宮調》是詞曲的過渡體、元代《天寶遺事諸宮調》用北

學，皆融合當日流行的各種音樂，加上民間藝人的創作，都是曲樂的重要來源，尤其樂曲系類的講唱文學對散曲曲樂影響極著。

一、鼓子詞

　　大約創於北宋，以詞調寫成的詞，合鼓歌唱，可視爲散曲的先聲。鼓子詞和傳踏，都是宋代官僚士大夫集團私筵所用的小型樂曲（宮廷用的大曲、曲破爲大型樂曲），也供市民娛樂在勾欄裡表演。講唱時有歌伴伴唱，這位歌伴同時也是奏樂者；全篇聯合十二首同調的詞牌反覆地運用，也就是說一個節目只重複使用一個曲牌。演唱情形分爲兩類：一種是有說有唱，說唱相間，歌唱部分重複使用同一曲牌；另一種只唱不說，用同一曲牌以分節，歌唱多段曲牌。

二、覆賺

　　起源於北宋而盛行於南宋的伎藝。據耐得翁《都城紀勝》、《夢梁錄》等書的記載，勾欄藝人張五牛吸取了鼓板的動盪和繁複變化的音節特點，重新改造賺詞，兼收各種樂曲的唱法合而爲一，詞句通俗，故能吸引民眾，爲南宋時期流行的民間樂曲。現存作品是元代陳元靚《群書類要事林廣記》戊集卷二所收南宋人《詠蹴踘》的一套〈圓社市語〉，用〔紫蘇丸〕、〔縷縷金〕、〔好女兒〕、〔大夫

曲，而前二種又正是北曲的祖禰。明代敘事道情《莊子嘆骷髏》和有曲牌《陶真選粹樂府紅珊集》是用南北曲。元代說唱貨郎兒、明代敘事蓮花落和清代蒲松齡《聊齋俚曲》的牌子曲等，都是用當時流行民間的樂曲和樂調。詩讚系一類，源出於唐代俗講的偈讚詞（宋代以來的各種講唱文學除寶卷外，都和佛教沒有關係，用詩讚比偈讚妥當），這類詩篇雖和詩體的絕、律、歌、行相似，但因為用韻寬，平仄不嚴，接近口語，畢竟和正式的詩不同。俗講以後的大部分講唱文學都用詩讚體，如宋元明的陶真、元明的詞話、明清的彈詞、鼓詞和現在的各類的講唱文學。它是講唱文學中應用最廣、源流最長的一種形式。在講唱時詩讚也以歌唱為主（唸誦的較少），各有一定的聲腔和歌唱法。它和樂曲的別是：有整齊的七言或十言的句式，通常不註明樂調和聲腔。（葉德均，1979：625-688）

娘〕、〔好孩兒〕、〔賺〕、〔越恁好〕、〔鶻打兔〕、〔尾聲〕
九曲詠一事，有引子和尾聲，一韻到底，為南北曲聯套的始祖。唱
賺，以一定的曲式結構聯綴而成，代表著說唱藝術的日趨成熟。

三、諸宮調

　　因聯合許多不同宮調[4]的樂曲而得名。它的基本方式為：以各個
宮調的隻曲（一曲獨用）為單位，或一曲一尾為一套。唱完一個宮
調的一兩支曲後，就改唱另一個宮調的曲子。諸宮調音樂的來源，
包括唐宋以來的大曲和當時北方流行的民間樂曲，為當時最豐富的
樂曲。可從兩方面看出它的進步：一、當時流行的其他樂曲，如傳
踏、鼓子詞、大曲等都是反覆用同一調子，以同一詞調聯成一套，而
諸宮調除了一曲一尾等基本方式外，又有少數是聯合同一宮調的各種
詞調為一套；二、賺詞雖也聯合同一宮調的各種詞調為一套，但只以
一兩套為止，而諸宮調聯合不同宮調的支曲和許多套曲為一整體。相
傳是十一世紀北宋時，孔三傳所創。就《天寶遺事》所存的五十五個
整套來看，其中四十二套是用三曲至六曲構成，而最多用到十八支
曲，所用曲調和元曲完全一致，這以曲調構成的後期的諸宮調，與元
散曲和雜劇的聯套完全一致。故而諸宮調不僅反映了說唱藝術的高度
成熟，更為曲樂的基礎。

　　元代樂曲系講唱文學，除了上述幾項之外，還有馭說和說唱貨郎
兒，這是宋代所沒有的。馭說沒有作品流傳，後世解釋亦不清，只知

4　中國古代音樂，把調式叫作宮調。中國古代樂律有十二律呂，樂音有五音二變。五音是宮、
　　商、角、徵、羽；二變是變徵、變宮。十二律：黃鐘、大呂、太簇、夾鐘、姑洗、中呂、蕤
　　賓、林鐘、夷則、南呂、無射、應鐘，單數稱律，雙數稱呂。用十二律和宮相乘的叫作宮，
　　用十二律和其他音相乘的叫作調，統稱宮調。曲的宮調出於隋唐燕樂，以琵琶四弦定為宮、
　　商、角、羽四聲，每弦上構成七調，共得二十八宮調，南宋詞曲音樂僅用七宮十一調。曲中
　　元代北曲用六宮十一調，統稱十七調；明清南曲用五宮八調，統稱十三調。而實際運用上，
　　南北曲常用的只有五宮四調，統稱九宮，或南北九宮。（劉致中、侯鏡昶，1987：99-114）

道是一種以樂曲構成的說唱方式，無法看出它和散曲的關係，故不敘述。

四、說唱貨郎兒

　　所謂「貨郎兒」是宋元以來，往來城鄉販賣日用雜物和婦女用品及玩具的挑擔商販，沿途敲著鑼或搖著蛇皮鼓，唱著物品的名稱，有叫聲、吟哦的腔調。後來所唱的調子定型化，成了〔貨郎兒〕或〔貨郎太平歌〕、〔貨郎轉調歌〕樂曲，隸屬於正宮，應用於散套及雜劇。在雜劇中可運用三支或九支，稱三轉或九轉；每支曲的句式又各有異同，故又稱轉調。說唱貨郎兒也沒有作品可見，但從雜劇《風雨像生貨郎旦》可間接看出大概的情形。

　　由以上敘說的各種講唱文學，不僅得知它們和散曲的關係，也可體會出當時講唱文學發達、都市繁華的情況。

　　總之，傳統詞樂到了金、元時期，因少數民族樂曲傳入的刺激，藉著講唱文學的助力，融合民間歌曲，展現新的面貌，形成了新的演唱詩體——散曲，呈現在世人眼前。它已大異詞趣，具備了詞樂、少數民族曲樂、民間歌曲和講唱文學四方面的特點，並於語言、音樂上，展露本身特殊的風格。故而曲樂為長期歷史裡北方所流行的各種音樂的總匯集。

第三節　　散曲語言特色的形成

　　散曲的語言特點，大抵可以歸為：通俗自然、豪放灑脫、潑辣詼諧三項[5]，這和它的形式自由、用韻活潑、以口語入曲密切相關；但

---

[5] 通俗自然、豪放灑脫、潑辣詼諧，趙義山（1993：13-14）認為是曲的文學風格的基因；文學作品的風格，主要以語言為載體，故筆者將此三者歸為散曲的語言特點。

我們不應忘卻當時所處的文化背景，除了元代特殊的政治環境、社會背景之外，還有一股潮流的推動，那就是以城市市民爲中心的俗文學蓬勃發展。此乃曲文學形成的一股無形的助力，在了解散曲的句式、詞彙、用韻等方面的特色之前，先來看看俗文學的潮流對散曲的影響。

壹、時代潮流

　　俗文學開展的時代潮流，可由民間詞、文人俗詞、豪放詞、道士詞等方面來觀察。

一、民間詞

　　民間詞包括兩個部分：民間的歌曲，來自民間的田夫之謠、牧童之歌、蓮娃之唱等，即民歌；另外是說唱藝人的創作。這些作品對於散曲音樂有其影響力，已於上節論述；它們反映著人民的生活與情感，在用詞造語上無多修飾，故自然率眞、生動活潑，爲散曲構成的主要成分，散曲裡可清晰地看到民間詞的特色。

二、文人俗詞

　　俗詞一向爲論家所鄙視，故未有正式的研究；但由有限的記載和現存作品看來，「俗」的表現有的是內容、有的是用詞、有的是情調。內容的俗，指以大膽的手法描寫男女情感，直率、肆意、暢情；柳永、歐陽修、秦觀、黃庭堅、李清照等人留有大量的作品。詞語的俗，這類的詞作品數亦可觀，而且時代越後越明顯，柳永的詞，用明白家常語；到了秦觀、黃庭堅等人，則用方言俚語；辛棄疾、劉克莊等人，所用則不只方言俗語，還有許多口頭語，以口語入詞，成了詞的傳統。滑稽詞，應是受戲弄的影響而產生，作品保存下來的不多，根據王灼《碧雞漫志》的記載，作家卻爲數不少。

三、豪放詞

　　豪放派是宋詞的大派，蘇軾、黃庭堅等人對柳永詞所引發的反動，對詞律的解放。南宋，由於特殊的政治環境，辛棄疾、岳飛、劉克莊等人的作品，多抒發家國之痛、流離之苦，只求真情的流露，直抒胸臆，不假雕琢，呈現著詩歌與散文融合的趨勢。至金朝，元好問為學術界的權威、文壇的代表，也繼承豪放詞的傳統，《金史》評：「為文有繩尺，備眾體。其詩奇崛而絕雕劖，巧綽而謝綺麗。五言高古沉鬱，七言樂府不同古題，特出新意。歌謠慷慨，夾幽并之氣。其長短句，揄揚新聲，以寫思怨者又數百篇。」所謂「揄揚新聲」指參與散曲的創作，以其在文壇的地位和影響，對詞演變為曲的助益，應極為重要。

四、道士詞

　　宋金期間，是詞盛行的時代，道士利用詞為傳教的工具；因以傳教為目的，所面對的是平民百姓，盡可能用通俗易懂的語言書寫。這些作品，表現他們的人生態度、處世哲學、宗教思想，明白通俗、直言其事的作風，與文人俗詞相同，對金元散曲有直接的影響。

　　文人所作俗詞、豪放詞，加上道士詞和民間詞，代表著俗文學的開揚，有助於曲文學的形成和地位的穩固。

　　散曲的語言形成，除有時代潮流的無形力量之外，形式上可察覺者為可加襯字、多樣的詞語、自然的聲韻、豐富的對仗和重疊。

貳、可加襯字

　　曲是依曲調寫成的長短句曲詞，字句有定格，這和詞是一樣的。曲在每句規定的字數之外，可添加襯字，也成就曲的句式比詞更為靈活多變的原因。

　　加襯字，原非曲中所獨有的現象，歷代的韻文《詩經》、《楚辭》、漢魏樂府、唐詩、宋詞、元曲等，都是合樂可唱的；詩入樂

而為歌，不可避免地出現和聲[6]。和聲原是虛詞，後來以實詞記錄下來，即是襯字；它的演變，在詩轉變為詞的時代，唐人的近體詩在合樂時，必須加上和聲，以就曲拍，才能歌唱，把這些和聲逐一填上實詞，就成了長短不齊的詞。既是如此，為何曲中又有襯字的產生呢？曲在初期，並未有律譜讓人共同遵守，作家填作之時，總在曲式韻律允許的情況下，根據表情達意的實際需要來增減字；另外，歌女伶工演唱時，即興發揮，在適當的位置上添字。總之，當按某一曲牌大致固定的旋律節拍來填詞以應歌時，某些句子句數有變化理應是正常的情況。散曲發展到一定的程度，有人欲考訂律譜，以求統一；於是曲譜的製作者，把大多數曲家所遵守的格式稱為正格，此外，字句內有些修飾性的詞就被稱為襯字，即是曲中襯字的由來。

襯字是出於定格的需要，若從以詞合樂的角度來看，正、襯本無分別。歌唱時，一般是將襯字輕輕地帶過，不占重要的拍子，因為北曲的板是可根據實際需要而增加的，襯字的多寡並無礙於演唱[7]。

襯字通常加在句首或句中，不加在句尾；詞性包含了副詞、代

---

[6] 和聲的出現，應該頗早，又稱泛聲、散聲，至晚是在由詩轉為詞時，而產生了襯字。宋沈括《夢溪筆談》：「詩之外，又有和聲，則所謂曲也。古樂府皆有聲有詞，連續書之，如曰『賀、賀、賀、何、何、何』之類，皆和聲也。今管弦中之纏聲，亦有遺法也。唐人乃以詞填入曲，不復用和聲。」朱熹《朱子語類》更具體解釋襯字的原由：「古樂府只是詩，中間卻添許多泛聲，後來人怕失了那些泛聲，逐聲填個實字，遂成長短句，今曲子便是。」近人姚華《菉猗室曲話》：「曲中襯字，所以待歌者之損益。金、元以來，相延不廢，不自曲始也。自五代詞已開其端，兩宋諸家，復循其例。」（羊春秋，1992：193-195）

[7] 較早的曲論家，有些認為襯字是不占拍子，這是極大的錯誤。散曲是一種演唱性質的文藝，常用鼓板來按節拍，凡是強拍都擊板，所以這拍為「板」；次強拍和弱拍用鼓籤或用手指按拍，分別稱為「中眼」、「小眼」，總稱「板眼」；北曲的板較南曲為靈活，如〔混江龍〕等曲，可隨意增加句句；因為北曲是以弦索來伴奏的，在按拍節歌唱正詞之外，如果從腔調上看，還可以加添若干字，那麼就可以由作曲者靈活加添，這又稱「引帶」。襯字板眼，就是它所占的拍子。所以襯字並非是不占拍子，應該是不占唱詞的拍子；由此我們可以想見散曲的演唱，應該類似於今日說唱藝術，有說——襯字部分，有唱——正詞部分。

詞、動詞、數量詞、象聲詞、形容詞等，和正格字緊密結合。如將不同作家、不同體制的曲加以比較，可以發現：雜劇用襯比散曲多；散曲中套數用襯比小令多；書會作家用襯比文人作家為多。因此，更可確定加襯字是以詞應歌的需要，演唱者面對不同的聽眾、觀眾，故對曲詞有不同的說明，這是受當時氣氛所致。加上襯字可使歌詞通俗化、口語化，讓聽者能更清楚曲詞的內容。準此，襯字具有說明、修飾、限制的作用。

可加襯字，讓曲家在曲律嚴格的限制之下，有發揮的空間，突破了原本規定的字數，於是句式不再拘謹，可以自由地發展，而對於元曲的通俗化及表現幽默詼諧的曲體風格都有直接的助益。

參、多樣的詞語

詩莊、詞媚、曲俗，是人們從詞語的運用區分中國傳統的詩歌。曲俗，「俗」是承襲了宋金文人所作俗詞等的傳統，加上曲興起的時代背景，並受表演性質的影響所致，它是可唱的表演藝術，可加襯字，以口語入曲則成了自然的事。然散曲非僅有口語，而含括了各式各樣適合於民眾身分的詞語。

根據周德清《中原音韻・作詞十法》對曲語做了如下的要求：

> 造語可作：樂府語、經史語、天下通語。未造其語，先立其意；語、意俱高為上。短章辭既簡，意欲盡；長篇要腰腹飽滿，首尾相救。造語必俊，用字必熟，太文則迂，不文則俗；文而不文，俗而不俗，要聳觀，又聳聽，格調高，音律好，襯字無，平仄穩。不可作：俗語、蠻語、謔語、嗑語、市語、方語、書生語、譏誚語。（《中國古典戲曲論著集成一》頁232）

周氏所處的時代，因文人參與創作增多，曲有典雅化的情勢，故

有心將曲像詞一樣以律譜規定，其著《中原音韻》乃在「以為正語之本，變雅之端」；所以所言不可作的俗語、市語等語詞，反而是散曲的詞語特色。

　　構成散曲的根本，是大量的口語。散曲不像詩詞以文言為主，而以口語為主，以文言為輔。它所用的口語，是金元時期的「天下通語」。口語有些是俚語、諺語，甚至是歇後語、各地方言、市語等等。口語，與文言相對而稱，明白易曉，如平時說話的語言，將此化為文學語言，乃為曲珍貴之處。俗語可能就比口語更不文雅了，如「一泡尿、沒褒彈」等粗俗的用語。諺語，是當時口頭常說的現成話，雜劇中引用時常用「俗語云、常言道」來開頭，而散曲則直接引用或改寫。歇後語，並非起源於元代，但是頭一次大量運用在文學中，則從元曲開始；而且類型多樣：藏腳式、譬解式、諧音式等；來源也廣泛：取自現社會生活、取自歷史人物和傳說、取自神佛故事、取自古代以來的詩文、取自自然現象、取自文藝和體育等（王學奇、吳振清，1985：122-124）；深刻地反映元代的社會現象，也影響了明清小說的內容，更是散曲語詞豐富的因素之一。市語，應是今日語言學上所稱的「社會方言」[8]，包括了行話、隱語[9]等，為各種不同的社會階級所通行的語言；張永綿〈宋元市語初探〉將市語依使

8　社會方言是社會內部因年齡、性別、職業、階級、階層不同的人們在語言使用上表現出來的一些變異，是言語社團的一種標誌。……社會方言的特點在語音、詞彙、語法等方面都可能出現，但引人矚目的還是一部分用詞的不同。不同的行業由於工作的需要而有一些特殊詞語。（案：這就是所謂的行話）……不同的階級也有自己特殊的社會方言，一般稱之為階級方言。它主要表現在各階級所用的一些特殊用語以及對一些詞語的特殊理解上。……黑話是一種特殊的社會方言，其他的社會方言沒有排他性，不拒絕其言語社團的人們了解、運用，因而其中的有些詞語也可以被全民語言所吸收而成為日常的交際用語，而黑話具有強烈的排他性，對本集團以外的人絕對保密。（葉蜚聲、徐通鏘，1993：204-207）

9　隱語，有兩種意義，一是有意不把本意直接講出來，而用曲折隱伏的詞語暗示出來，如謎語（張永綿，1988）；另外則指黑話。（葉蜚聲、徐通鏘，1993）

用情形分為：會社市語、行院市語、文人市語三者；肯定市語的價值，認為它深刻反映出宋元時代的特色，且為廣大人民對語言創造的成果。方語，即是方言，由於地域不同，人們在事物的稱呼等用語有所差異，形成了各處鄉談的多樣面貌。

　　除了口語可見的各類語詞之外，曲中尚有書生語和譏誚語。書生語，指的是用事用典，這是詩詞曲中共有的，如「王粲登樓」、「郊寒島瘦」等。譏誚語，即是譏諷嘲笑的言語，為散曲和雜劇中皆有的詞言，亦見於後世的俗文學。

　　以上都是散曲常見的語詞，可見散曲在語言運用上，處於開放的狀態，曲家根據內容的需要來使用，成就了元散曲的語言本色。所謂語言的本色，並非一味質樸。在音律表現和諧自然，曲字別陰陽，為的是讓作品能達到耳中聳聽、紙上可觀、吟之上口，尤其不會拗嗓；除了掇取日常生活的語詞之外，更經過散曲家們的加工、安排，方成為和諧押韻的藝術語言，具有天然的美感，方是散曲語言的本色。因此，散曲因能融合民間歌曲和文人語言，善用各種語詞，較詩詞更具民間色彩和地方特色，實為一種雅俗共賞的藝術。

肆、自然的聲韻

　　中國的格律詩的特點之一，就是講究平仄，利用漢語的特性分為四聲，使得平仄相間相對，從而構成和諧的聲律。詞和曲都沿革了這個原則，至曲略有變化：平分陰陽、仄別上去、三聲通押、用韻較密，甚至不避重韻等，為曲在聲韻上的特點。

　　曲具有地方性，北曲的聲韻以元人周德清所編《中原音韻》為主，是按照當時北方實際的語言所制定的，主要以大都話為準，即今日國語的前身。周氏將平水韻歸併為十九韻部，先分韻，再分陰平、陽平、上、去四聲，沒有入聲；將原來入聲字分別派入其他三聲。

　　曲在聲律上講求平聲分陰陽、仄聲分上去，因為歌唱的需要，力求「字正腔圓」。字正，指字音準確，就是咬字清楚，讓人能夠聽

懂；腔圓是指唱時不走調，以求悅耳動聽[10]。

明王驥德《曲律・論平仄第五》：

> 曲有宜於平者，而平有陰、陽；有宜於仄者，而仄有上、去、入。乖其法，則曰拗嗓。蓋平聲聲尚含蓄，上聲促而未舒，去聲往而不返，入聲則逼側而調不得自轉矣。故均一仄也，上自為上，去自為去，獨入聲可出入互用。北音重濁，故北曲無入聲，轉派入平、上、去三聲。（《中國古典戲曲論著集成四》頁105）

《曲律・論陰陽第六》：

> 故於北曲中，凡揭起字皆曰陽，抑下字皆曰陰，……則曲之篇章句字，既播之聲音，必高下抑揚，參差相錯，引如貫珠，而後可入律呂，可和管絃。倘宜揭也而或用陰字，則聲必欺字；宜抑也而或用陽字，則字

---

[10] 曲藝界對表演者的發音，講求五音和尖團字、頭腹尾的清楚。所謂的五音，就是唇、舌、牙、齒、喉，依據不同的字在口腔中開始發音的部分而區分的，涉及聲母準確發音的問題，是咬字技術構成的部分。尖團字，就是齒音和牙音或半舌半齒音間的區別。頭腹尾，字頭就是聲母，字腹要唱得相當明顯，對於韻尾的收音也嚴格要求，這是古人已注意到的問題。明沈寵綏《度曲須知》：「凡敷演一字，各有字頭、字腹、字尾之音。頭尾姑末縷指，而字腹則出字後，勢難遽收尾音，中間另有一音，為之過氣接脈。……由腹轉尾，方有歸束。」無論是頭腹尾、五音或尖團字等，都是聲樂上的咬字問題；在音韻上，都是聲母與韻母的問題。頭腹尾是要求唱者把某些聲韻結構比較複雜的字唱得更加結實、圓滿，並且利用其中韻母的轉變，把歌音唱得更加委婉、曲折；五音是要求唱者把聲母唱得準確；尖團字則是在一定的發展階段中保守傳統唱法，要求唱者對聲母中間的齒音和半舌半齒音用南音來歌唱。參見楊蔭瀏（1987）、于林青（1993）、張澤倫（1993）。

> 必欺聲。陰陽一欺，則調必不和。欲詘調以就字，則
> 聲非其聲；欲易字以就調，則字非其字矣。毋論聽者
> 迂耳，抑亦歌者棘喉。（《中國古典戲曲論著集成
> 四》頁107）

可知曲對聲律的要求，實出於演唱的需要和北音的語音特色。

曲在押韻方面，以平仄通押為常規，較詩韻、詞韻為寬；但是曲韻韻腳的聲調是固定的，該用上聲時不可用去聲，該用去聲時不得用上聲，又比詩詞限制得更為嚴格。曲的用韻較密，有的曲子甚至句句協韻，不避重韻。重韻，乃指用同字押韻，為詩詞中的大忌諱，而曲卻不避。

曲的聲韻雖以《中原音韻》為準繩，但《中原音韻》的編寫，是將前人曲作的韻字加以分類比對，並從歌唱的實際用法來考察，逐一分部定聲所得的結果，以為後世依歸；周氏以前的曲家到底依憑何者呢？其實北曲初興時，以大都、平陽的北方為中心，曲家用韻，當循北方語音，因元代久廢科舉，文人漸疏於音韻之學；且曲原出民間，故而其聲韻乃以自然語言為準，韻書是最後歸納而成的。正如周氏於《中原音韻・序》所言：

> 言語一科，欲作樂府，必正言語；欲正言語，必宗中
> 原之音。樂府之盛，之備，之難，莫如今時。其盛，
> 則自搢紳及閭閻歌詠者眾。其備，則自關、鄭、白、
> 馬一新製作，韻共守自然之音，字能通天下之語，字
> 暢語俊，韻促音調。（《中國古典戲曲論著集成一》
> 頁175）

伍、豐富的對仗與重疊

　　對仗，或稱對偶，和重疊同為中國詩文中常用的方法。散曲，在詩詞的基礎上，將對仗和重疊運用到極致。周德清《中原音韻‧作詞十法》提出了扇面對、重疊對和救尾對三種；明人朱權《太和正音譜‧對式》認為有合璧對、連璧對、鼎足對、聯珠對、隔句對、鸞鳳和鳴對、燕逐飛花對、疊句、疊字等多種；王驥德《曲律‧論對偶第二十》論說有兩句對、三句對、四句對、隔句對、疊對、兩韻對、隔調對等多種對仗。綜合三人所言，共有二種重疊、十一種對仗的方式。單就對仗而言，尚可加上流水對、借對、當句對等，散曲的對仗，至少有十四種之多，因篇幅所限，不一一詳論，茲以下列為例略說一二：

1. 兩句對：又名切對、的對、的名對、合璧對。乃是對偶中最基本的形式，曲中甚多。

2. 三句對：即鼎足對，俗稱三槍；如用在調末則為救尾對。以三句為一組互為對仗，為曲中獨有且最具特色的方式。它既可突出曲的文采，又增強曲的氣勢，促進曲的音樂美。

3. 四句對：又稱連璧對。以接連的四句為對，通常和排比手法配合運用。因為句式相同，旋律一樣，容易流為板滯，所以散曲中並不多見，但若運用得宜，也可以顯出曲家的學問和才氣。

4. 隔句對：亦名扇對。即曲中的奇數句對奇數句、偶數句對偶數句，它有兩種形式：字數相等的為扇面對，具有整齊、規矩的特性，偏於工整之美；字數不等的是長短句對，因為長短相間，錯落有致，具有參差的美感。

5. 重疊對：在律詩的對偶句，上下兩句不得出現重複的字詞，且必須有各自獨立的意思，或相映襯，或相補充；如果意思相同，則被稱為「合掌」，為詩家忌諱。詞可允許同字相對，但同句相對則少見。散曲卻放寬到同字、同句相對，甚至有些曲牌如〔山坡羊〕的末尾兩句規定用重疊對；張可久〈潼關懷古〉：「興，百姓苦；

亡，百姓苦。」

6. 多句對：又稱聯珠對。在一首曲子，全部或大部分的句子皆爲對偶句，對偶句之多如聯珠，故名。

其他鸞鳳和鳴對，是首尾相對；燕逐飛花對，以三句爲對，可包含在鼎足對中；而流水對、句中對、借對等詩詞中亦可見，故不贅言。以下談談散曲在語言上的另一特色——重疊。

重疊，包括疊字和疊句。疊句，僅限於少數曲牌，如〔叨叨令〕、〔山坡羊〕、〔晝夜樂〕等，且受格律的嚴格限制，必須在某一句位重疊，違此則不合律。〔叨叨令〕的第六句須重複第五句，而且句末還要加上「也末哥」，如「兀的不悶煞人也末哥，兀的不悶煞人也末哥」之類。反觀疊字，則不受任何限制，或用於某句中，或用於某幾句中，甚至整曲皆用。在正格之外所加的襯字，有一部分即用疊字，而且是模擬客觀事物的擬聲詞。誠如梁廷枏《曲話》認爲元曲疊字多新異。藉著字音的重複，表現語言的節奏感和旋律美，增強語調的和諧，不論是疊句或疊字的運用，皆具此效果。

元代散曲家在各種詞語的基礎上，配合自然的聲律，加以提煉、組織，形成了《中原音韻》認爲的「文而不文，俗而不俗」的語言風格。散曲運用大量的民間語詞，使得散曲的語言質樸、自然、生動；對仗和重疊手法的運用，讓散曲語言呈現工麗典雅的特點。諸多特點，皆爲曲家勇於創作的成果，使散曲得以繼唐詩、宋詞之後，成爲一種雅俗共賞的文藝。

由各節論述，可以了解散曲的興起，有著一定的歷史背景，當時城市經濟的富裕、市民娛樂的需要，加上對文人不利的生活環境，使得他們投身於書會之中，寄情於曲的製作，爲散曲的功臣。曲樂，同是大環境變動的產物，因少數民族音樂的傳入，傳統詞樂不再滿足新詞的需要，因此詞樂、民歌、異族樂曲，藉著講唱文學的形式和藝人們的創作，融合爲一，金元時代的新詩體遂告誕生。語言更展現了時代潮流趨勢的結果：民間俗文學和文人士大夫雅文學兩大潮流，自唐

宋以來逐漸融合，到元朝，以一代文人的學識才情創作俗文學。因此，元曲可說是雅俗兩大潮流融匯合流結果。在形式上，因可加入襯字，詞語的運用上，自然以俗代雅、以俗為美；各種多樣的詞語是曲家運用的材料，藉以自然的聲律、豐富的對仗和重疊的手法，巧妙地將民間詞語與文雅語詞結合，形成了散曲語言的本色，顯露出通俗自然、豪放灑脫、潑辣詼諧的文學風格。誠如王國維所言：「故謂元曲為中國最自然之文學，無不可也。」（王國維，1993：123）準此，散曲乃中國最自然的詩歌。

第三章

語言風格學諸問題

本章為本論文方法運用的立足點。就一個新興的學科而言，難免有些意見紛歧的地方，藉著各節的闡述，盼能對語言風格學的觀念能有所釐清。

第一節　語言風格的定義與形成要素

風格這個概念是什麼？它何以形成？如就語言學的立場，究竟應稱言語風格或語言風格？各有何含義？語言風格何以形成？在漢語研究語言風格的可行性如何？諸多問題，皆是語言風格學得以成立的前題，本節將一一解決。

壹、風格的定義與要素

「風格」（style）一詞，源於拉丁文stylus一字，本章係指古代在蠟版上書寫用的一種象牙或骨製的筆尖，漸漸轉用來指書法，後來又轉化為藝術上的術語。（陳郁夫，1979：62）關於風格二字的定義，迄今仍未統一，它是音樂、美術、美學、文藝學、語言學、修辭學、文章學以及其他學科所共同使用的一個抽象的術語；人們往往容易感受卻難於詳細說明它究竟為何物，由此現象可知研究風格的困難和不足。

在中國，「風格」一詞，最早見於晉朝葛洪《抱朴子・行品》：「士有行己高簡，風格峻峭，嘯傲倨蹇，凌儕慢俗。」此處的用法，指人在風度、品格、行為等方面所有表現的綜合特點，當時用以概括士大夫的威儀規範。梁朝劉勰用風格評論文學作品，如《文心雕龍・議對》：「及陸機斷議，亦有鋒穎，而腴辭弗剪，頗累文骨，亦各有美，風格存焉。」自齊梁以後，用風格來評論文藝作品日益增多。對於風格的解釋，一般是指風貌、格調，是各種特點的綜合表現，此定義引出風格的特性──物質性、整體性、獨特性、可感性（張德明，1990：25）。風格必須具有物質材料、表現工具和表達

手段，此即物質性，說明風格並非神祕不可知，它通過一定形式表現精神本質，是運用表達手段的總和，並具獨創性，我們藉由形式來感覺它的存在，此乃可感性。

　　既然風格是由某些物質材料經過某些方式展現，而構成風格的要素又是哪些呢？鄭頤壽將形成風格的因素稱之爲「格素」，進一步說明格素的內涵：語言可分爲言表與言裡、表層與深層、能指與所指兩個方面。格素可分爲外現形態格素和內蘊情志格素兩個部分。外現形態格素包括語言格素和非語言格素。語言格素有：語音、詞彙、語法等格素，非語言格素有：篇章、辭格、表達方式、藝術方式和圖符（圖表、公式、符號）等格素。內蘊情志格素包括主觀格素和客觀格素。主觀格素包括表達者世界觀、思想、感情、人格、性格、素質、情操、閱歷、知識、文化素養、興趣愛好、社會職業、性格年齡等格素。客觀格素包括：時代精神、社會風尚、地理環境、自然風光、民族氣質、文化傳統等格素（鄭頤壽，1994：173）。如以文學作品爲例，內蘊情志格素，即是作家所處的時代背景、地理環境和社會風氣等客觀因素對他的影響，造成了他的思想、情感等主觀方面的轉變，藉著語言和非語言的要素展現出來，即是文學作品的風格。

貳、語言風格的定義

　　語言是形成風格的要素之一，語言風格研究的出發點，屬於語言學的範圍。自十九世紀瑞士語言學家費爾迪南‧德‧索緒爾（Fredin and de Saussure）提出「語言和言語」（langue et parole）的學說之後，「語言」和「言語」不再混用：langue，指一個語言社團的人群共有的語言系統；而parole則指特定的人在特定的情況下實際說話行爲和其所說的話語。國內外學者依此提出劃分「語言風格」和「言語風格」的主張，但意見並不一致。張德明〈風格學的基本原理〉一文中認爲：

> 所謂「語言風格」是語言體系（語音、詞彙、語法）
> 本身各種特點的綜合表現，即靜態中的風格，包括語
> 言的「民族風格」和「時代風格」。……而所謂「言
> 語風格」則是語言運用中各種特點的綜合表現，即在
> 特定交際場合中形成的特殊的言語氣氛和格調，形成
> 的各種言語變體和表達手段的系統，包括言語的語體
> 風格、流派風格、表現風格、個人風格等。（張德
> 明，1994：13）

這段話對二者做了簡明的區分。但是目前在學術界，仍很少嚴格將
「語言風格」和「言語風格」分開使用，有人是爲了術語統一而趨從
習慣，有人則是因爲目前風格研究尚嫌不足的情況[1]，所以「語言風
格」一詞則可能有三種內涵：一指語言體系中的風格，即其本義；二
指語言運用所產生的風格，即言語風格；亦可能兼指二者。

　　因爲語言風格內涵不一，各家在下定義時，產生了不同的解釋，
大致可歸納爲以下幾種說法[2]：

一、格調氣氛論

　　認爲語言風格是語言運用表現出來的一種言語氣氛和格調。氣氛
格調，原是中國傳統文論中的用詞，明朝何孟春《歲餘詞話》：

---

[1]　程祥徽（1992：3）主張依從習慣，而張滌華等人（1988：471）「言語風格」條：「由於體
　　現言語風格的主要手段是語言體系中的各種風格要素，在目前風格研究還嫌不夠的情況下，
　　對於語言風格和言語風格的區分還不明確，兩者有時候被認為是同義術語。」另有學者，如
　　鄭遠漢則一改習慣，以言語風格代替語言風格。

[2]　黎運漢（1990：2-4）歸納各家說法，說明與言風格是在語言運用中形成的言語氣氛和格
　　調、各種特點的綜合表現，語言的變異或變體；而張德明（1990：16-21）提出格調氣氛
　　論、綜合特點論、表達手段論、常規變體論等四項。

　　王安國曰：「文章格調，須是官樣，今樂藝亦有兩
　般：教坊則婉媚風流，外道則〈鹿鳴〉嘲哳，村歌社
　舞，抑又甚焉。亦與文章相類。」（張德明，1990：
　16）

　　自五十年代起，學者開始吸收西方的現代風格學理論，用以說明語言風格，此說以高名凱、胡裕樹為代表，亦為語言風格最早的定義。1960年高名凱引進風格學理論，並說：

　　風格是語言在特殊的交際場合中為著適應特殊的交際
　目的而形成的言語氣氛或格調及其表達手段。（張德
　明，1990：17）

1987年胡裕樹：

　　為什麼要把語言風格看成是一種言語格調和氣氛呢？
　這是因為語言風格是存在于言語之中，存在于具體的
　言語活動之中的。脫離了具體的言語活動，語言風格
　就失去了存在的意義。作為一種具體的言語活動，風
　格受特定的交際場合、交際目的的支配。在不同的交
　際場合，為了達到不同的交際目的，必然要選用不同
　的交際手段，也就必然會形成不同的言語格調和氣
　氛。（胡裕樹，1992：552）

除將語言風格視為格調氣氛之外，胡氏並於本段最後作結論：「因此，可以這樣說，語言風格是指由于交際情境、交際目的的不同，

選用一些適應于該情境和目的語言手段所形成的某種言語氣氛和格調。」（胡裕樹，1992：553）

二、綜合特點論

　　主張語言風格是語言運用中所形成的各種特點的綜合表現。此說是學術界較爲熟悉的，影響也較大，以潘允中、宋振華、王今錚、張靜等人爲代表。

　　1979年宋振華、王今錚主張：

> 語言風格，也就是在語言中存在的風格現象，是在語言材料的基礎上，在實際運用語言時產生的現象，是在語言實踐中語音、語法、詞匯、修辭的基礎上形成的許多特點的綜合的結果。（宋振華、王今錚，1979：170）

　　張靜也解釋：

> 語言風格，是指語言運用所表出來的各種特點的綜合。（張靜，1980：229）

　　黎運漢於《現代漢語修辭學》提出類似的結論：

> 語言風格就是人們在言語活動中，由於交際場合和交際目的的不同而運用語言表達手段所形成的諸特點的綜合表現。（黎運漢，1991：201）

這段話亦可爲「表達手段論」做說明。

三、表達手段論

　　認為語言風格是某種語言表達手段的體系。此說流行於國外，以蘇聯為最，葉菲莫夫、維諾拉多夫等人為代表，他們以功能修辭學的觀點來研究語言風格。在國內則以方光燾為主：「風格是一定的世界觀表達手段的體系。」

四、常規變體論

　　認為語言風格是人們在運用語言時，有意識地違反自然語言，也就是違反了語言常規而產生的現象。此說源於布拉格語言學派，他們認為文學語言的特點，是具有美學目的地對自然語言進行扭曲。此說在國內廣泛地影響了語言風格學的研究者，如王德春等人在談到語體風格時，總認為是語言功能的變體；葉蜚聲、徐通鏘談及「語言是全民的交際工具」這個主題：

> 　　我們在不同的場合對不同的人說話，並不使用千篇一律的表達方式，所以語言又有豐富的風格變異。社團變異和風格變異，都是在語言的統一基本材料和規則的基礎上形成的。……語言正是在各種變異中表現出自己的全民的性質。（葉蜚聲、徐通鏘，1993：11）

這段話不僅為語言風格的來源做了註腳，也說明了語言風格在語言體系中的地位。不僅語言風格的研究者如此，作家們也持此說，李文彬（1983）〈變換律語法理論與文學研究〉引用詩人余光中的話：

> 　　我嘗試把中國文字壓縮、搥扁、拉長、磨利，把它拆開又併攏，摺來且疊去，為了試驗它的速度、密度、

　　和彈性。[3]

此無疑是文學語言來源的最佳詮釋。

　　以上四種定義，雖然各有不同，不難看出它們之間的相通處，即說明了語言風格產生於實際的言語活動中，各家論述的差異，可以視為從不同角度來詮釋語言風格。如果要為語言風格做較為完整性的解釋，似乎可以這麼認為：語言中的各種物質材料，在不同的交際活動中，為適應需要，藉著不同表達方式，改造原有的語言規律，產生出許多特色，這些特色綜合起來進而形成了不同的格調和氣氛，即是語言風格。

參、語言風格的形成要素

　　如果我們要進一步問：形成語言風格的要素包括哪些呢？對於這個問題，學者大抵概括為制導因素和物質材料因素兩方面。

　　所謂的制導因素，是起決定作用的因素，又可分為主觀和客觀兩部分：主觀的部分，則指交際環境、交際方式、交際對象等等。所謂的物質材料因素，指語言風格的表達手段，又可分為語言要素和非語言要素（修辭、篇章、藝術方式等）。

　　如果將這些要素和風格構成要素相比較，可以發現：制導因素即是內蘊情志格素，物質材料因素即是外現形態格素，如此一來，似乎可以說明，語言風格是諸多風格的一種；但若要純以語言學的角度

---

[3]　余光中《逍遙遊·後記》：「在《逍遙遊》、《鬼雨》一類的作品裏，我倒當真想在中國文字的風爐中，煉出一顆丹來。在這一類作品裏，我嘗試把中國的文字壓縮，搥扁，拉長，磨利，把它拆開又併攏，折來且疊去，為了試驗它的速度、密度和彈性。我的理想是要讓中國的文字，在變化各殊的句法中，交響成一個大樂隊，而作家的筆應該一揮百應，如交響樂的指揮杖。」此段話代表著詩人的創作觀。

來論語言風格憑藉何者而產生呢？那麼，似乎取其間的語言要素即可，因為語言是它最根本的基礎，不論有多少的制導因素（內蘊情志格素），都要依附物質材料因素（外現形態格素）來展現；文學作品中，語言要素又是非語言要素的根本，語言是根本中的根本。

　　語言是由語音、詞彙、句法三者結合而成的符號系統，它們皆存在著許多同義的表達手段和變異運用形式，在交際活動中反覆被運用，穩定下來，成為某種特定的語言風格。

一、語音的風格要素

　　語音是語義的表現形式。語音系統任何要素的選擇、組合和配置都可形成不同的風格。漢語的語音分為聲、韻、調三個部分。韻母主要是由元音組成，元音有的洪亮、有的細微，各有不同的特點。例如：較洪亮的韻母如江陽等韻，通常用以表現雄偉、豪放、激昂的感情，使用可根據不同的情境和目的選擇韻母，有助於形成不同的語言風格。平仄不同的調，可增加詩歌和散文的音調美感。重疊，不但具有強烈的描繪功能，更能增添音響效果，可加強音樂美和形象性，從而表現明朗、清新的特點。此外，依著語音而產生的雙聲、疊韻、擬聲、諧音等，和節奏、頓歇的配合，也是語音的風格要素，被廣泛地用於文學作品中。

二、詞彙的風格要素

　　詞彙的表達方式，對於語言風格的形成有極重要的作用。口語詞、方言詞、古典詞、外來語、科學術語、成語、諺語、歇後語等等，和具有感情色彩與形象色彩的語詞，適用於各種不同的場合。詞語的多樣形式，可增加語言的生動性，更是形成作家個人語言風格不可忽略的要素。

三、句法的風格要素

句法表達方式的風格色彩，突顯於同義句式。同義句式的意義基本相同，其差別則靠風格色彩。例如長句簡潔明快，較宜用於文學語言；短句豐繁嚴謹，多用於政論和科學用語。又如鬆句，多用於文藝抒情和說理；緊句多用於科學用語。其他如常式句和變式句、方言句式和普通句式等等，皆可爲不同的交際場合，提供不同的選擇。

肆、漢語語言風格研究的可行性

在了解語言風格的形成要素之後，漢語是否適合研究語言風格呢？這是許多人所關心的問題，因爲語言風格學是由西方引進的理論，漢語是單音獨體的語言，沒有詞形變化、具有聲調、語句結構極爲靈活，在語音、詞彙、句法各方面皆不同於西方語言；因此有人質疑是否可以用語言風格學的理論來研究中國的文學，尤其是傳統詩歌的研究。

文學語言，乃在自然語言的基礎上加工而形成的[4]，不同於一般的書面語，是一種追求美的藝術語言，具有情意性、形象性、生動性、變異性、音樂性、獨創性、多義性和多樣性等多項特色（鄭頤壽、諸定耕，1993：48-56）[5]，這些特色在詩歌中強烈地表現出來，

---

4 「文學是語言的藝術」在國外是個舊話題，如由語言學和符號學角度來看，文學是一種超越日常言語行爲的語言創造活動，因爲語言是文學創作中最活躍的因素，連接著作者的思維和文本的符號化過程。波蘭語言學家穆卡波夫基認爲語言可分爲四個層次，即科學語言、生活語言、文學語言、詩歌語言，依次建立在前一個層次的基礎上，且各自的狀態不同。如此我們可以理解：文學語言是日常（自然）語言的基礎上加工而成；而詩歌語言又在文學語言的基礎而來，故而能成爲語言高度運用的結晶，所以不同於其他文學語言。

5 關於文學語言的特色，另有不少學者論及，如向新陽（1992）談到文學語言的審美特性，舉出了情感美、形象美、音樂美、整體美四項；趙代君（1992）提出情境性、貼切性、暗示性三點；寇顯（1988）認爲在語言的符號性質的制約下，文學傳達形成了四個特徵：形象構成的間接性、藝術信息的模糊性、符號內涵的體驗性和傳達效應的豐富性。國內越來越多的學

尤其明顯的情意性、音樂性更是其他文學語言望塵莫及，二者乃是詩歌語言基本的特徵，也是詩歌與其他文學語言最爲顯著的區別。袁行霈認爲：

> 文學是語言的藝術，各種文學體裁都離不開語言。……詩歌另有一套屬於詩歌王國的語言，那是對日常交際使用的語言加以改造使之變了形的。詩歌既遵循語言規範，又時時欲超出這規範，或者說自有其超常的規範。……中國詩歌對語言的變形，在語音方面是建立格律以造成音樂美；在用詞造句方面表現爲：改變詞性、顛倒詞序、省略句子成分等等。各種變形都打破人們所習慣的語言常規，取得新、奇、巧、警的效果，增加了語言的容量和彈性，取得多義的效果；強化了語言的啓示性，取得寫意傳神的效果。（袁行霈，1987：4）

這段話爲中國傳統詩歌和漢語的關係。詩歌雖變形自日常的漢語，但並未超離漢語的規律，以語法爲例，看它如何被運用於詩歌之中：

> 中國詩歌藝術的另一個奧妙在於意象組合的靈活性。在這方面，漢語語法的特性給詩人以極大的方便。漢語句子的組織常常靠意合而不靠形合，中國詩歌充分利用了這個特點，連詞、介詞往往省略。詞和詞，句和句，幾乎不需要任何中介而直接組合在一起。……

者注意文學是語言的藝術，也就是說在從事文學作品研究時，語言的成分已漸被重視，此一現象更有利於推廣語言風格學。

> 沒有嚴格意義的形變化，不受時、數、性、格的限
> 制，也是漢語的一個特點。詩人可以靈活地處理和表
> 現意象的時空關係、主賓關係，不黏不滯，自由地揮
> 灑筆墨，使詩歌的含義帶有更大的彈性。（袁行霈，
> 1987：4）

　　漢語語法的特性，在詩歌創作中被恰當地運用；不僅說明詩歌語言的合乎語法，更可以表示漢語語法不同於其他語言的地方。

　　我們應認識漢語在語音、詞彙、語法各方面的獨特性，不當以西方語言學的立場來否定漢語的特性和用處；雖然現代語言學的理論是引自西方語言學，但是經由眾學者的努力，已逐步建立屬於漢語的語言學理論，在其基礎上建立語言風格學應是可行。況且傳統的風格研究，一直沿襲著《文心雕龍》的理論體系，對於風格的形成和風格因素的分析是多元化的，但對語言風格要素的提出和解釋卻較為籠統，慣用高度抽象的語言來描述，不易讓人明瞭，造成各說各話的現象。現代語言風格學的理論，明確地論說風格的本質，提出了語言風格要素，確指它在形成風格的地位和作用，可以解決傳統文論的難題，為文學研究者開拓一條新的路徑，提供另個角度的看法和可能性，對文學創作者而言，應是頗有助益。總之，漢語的獨特性，不當是建立語言風格學的阻力，應該是助力；因為這些特點，可以讓漢語語言風格更形豐富。漢語語言風格的研究是確實可行的，這是無庸置疑的。

第二節　語言風格學的內容與歷史

　　語言風格學（Stylisics），簡稱風格學或風格論，是研究語言風格的學科，其研究對象、性質、目的任務為何？皆是這個學科內容的

重點，也關係著它的研究方向和發展；它在中西方發展的歷史又爲何
呢？本節將一一論述。

壹、語言風格學的内容

語言風格學的研究對象，在國內外有不同的主張。

德國的威克納格（W. Wiegand）認爲風格學理論探討的對象是
語言表現的外表。

蘇聯的葛利別林認爲風格學是研究如何在文學語言的不同風格
裡，應用語言的表情的手段和風格手法的方式的學科。穆拉特則認爲
是語言的功能風格。

國內有廣狹兩個說法：廣義的語言風格學不僅研究全民語言在應
用的風格現象，研究它在備用狀態的風格現象，就是民族語言本身
的特點及其運用時各種特點的綜合，包括語言的民族風格、時代風
格、流派風格、語體風格、個人風格等等；狹義的語言風格則只研究
語言運用的某些風格現象，有的談語體風格，有人講修辭風格或作家
風格。

對研究對象的看法不同，在學科的性質上也就有不同的主張[6]：

一、風格學是語言學的分支

在國外，從西歐到蘇聯的部分學者、在中國如高名凱等多位語言
學家都把它視爲語言學的一個新興的學科或重要的部門。王振昆等主
編《語言學基礎》（1983中央廣播電大出版社）談到風格學是理論
語言學、描寫語言學的一個分支。程祥徽《語言風格初》把語言風格
學作爲語言學的一門分科。王煥運認爲：

---

[6] 轉引張德明（1994：7-8）的觀點，再加入王煥運、劉月蓮、丁金國、竺家寧、唐松波諸位
學者的意見。

語言風格學是以語音、詞匯、語法、修辭在不同時代語言、不同文體語言、不同作家作品語言中表現出來的不同特點作為分類標準的，它屬於語言學的範圍。語言風格學應該對各類語言風格在語音、詞匯、語法、修辭中表現出來的成系統的語言特點進行定性定量的全面的闡述，給人以科學的和系統的認識，並舉出各類風格的典型範文。（王焕運，1982：89）

劉月蓮：

現代漢語風格學，可以被定義為它是研究漢語處於交際活動中，或正在被使用狀態下的時候所表現出來的風格，及其規律的一門語言學分支學科。（劉月蓮，1994：34-39）

二、風格學是介於語言學和文學之間的邊緣學科

呂叔湘在〈把中國語言科學推向前進〉的講話中說：

語文教學的進一步發展就走上修辭學，風格學的道路，也就是文學語言的研究，這是語言學和文學交界處的學科。（中國語言學會編，1981：14）

丁金國主張：

語言風格學是一門介於文藝學和語言學之間的邊緣科學，它專門研究對語言的具體應用及其結果。風格學的這一性質決定了它是一門實踐性的科學。（丁金

國，1984：57）

竺家寧主張：

> 「語言風格學」是一門新的學科，它是語言學和文學
> 相結合的產物。換句話說，它是利用語言學的觀念
> 與方法來分析文學作品的一條新途徑。（竺家寧，
> 1994：275）

三、認為風格學是語言學的一個分支，帶有一定的邊緣性

大陸一些學者認為修辭學、風格學都是屬於這種性質的學科。張德明同意此說，因為語言風格是修辭效果的集中表現，是語言現象的最高平面；它比修辭的範圍更大，所涉及的非語言要素更多，所以它既是語言學的一個分支，也帶有一定的邊緣性。唐松波認為：

> 語言風格學是修辭的成果，語言風格學便是修辭
> 學。……主要運用現代語言學成就研究形式（語言）
> 方面的特點，確切地說，研究形式如何適應內容（思
> 想與感情）的技巧。（唐松波，1988：41）

唐氏《語言・修辭・風格》開頭即表明：現代修辭學是語言學的新園地，是一門具有新鮮內容的多科性的邊緣學科。他將語言風格學視同修辭學，無疑是肯定了語言風格學是語言學的一支，且具有邊緣性。黎運漢承認語言風格學屬於語言學的範疇，但也不忘它的特殊性：

> 語言風格學與其相關的許多學科如語言學、美學、文

藝學、文章學、民族學、哲學等有著密切的聯繫，它
研究語言風格現象要綜合運用這些學科的理論和知
識，在文學語言、文藝語體風格和作家風格的研究上
又帶有特別明顯的邊緣性。……但是科學的性質決定
於它的研究對象與主要的理論基礎。語言風格學的研
究對象如前面所説的是語言的風格現象，它在闡明風
格現象和揭示其規律時，雖然也借助美學、文藝和哲
學等學科的原理，但主要是運用普通語言學和修辭學
理論。……這就從本質上決定了語言風格學屬於語言
學的範疇，而且是一門既有系統的理論性又有很強的
實踐性的科學。當然，它也不單純是語言學的一個分
支，因為它所涉及的範圍相當廣泛，與之有密切關係
的學科也比語言學的一般分支要多。因此，我們認
為，語言風格學是語言學中的一門新興的、特殊的、
獨立的學科。（黎運漢，1990：23-24）

不論對語言風格學的性質是如何堅持己見，學者皆無法否定一個
事實：語言風格學是一個理論和實踐相容的學科。這個學科的目的和
任務是具體研究全民語言中風格現象的本質特點，揭示其構成因素和
表達手段的系統；加以說明語言風格的分類標準和類型，並找出其
發展規律。在應用方面，丁金國認為可以做到下列幾項（丁金國，
1984：57）：

1.指導人們正確選擇語言成分和使用語言材料，使表達的內容和語言
　形式達到和諧的一致，從而達到交際所要求的目的。

2.對於文藝創作和文藝批評來講，它能使作者與讀者都能從語言材料
　的角度，也就是從物質標記捕捉藝術特徵，研究作家作品的風格，
　從而達到提高文藝批評的質量和推動文藝創作的目的。

3.幫助語文教師提高教學質量。

4.對外語教學也有不容低估的作用。在外語教學，可引導人們深入觀
　察語言的特徵、比較各語言成分的細微差別，從而使學生能夠學會
　與語境風格相適切的外語。

　　語言風格學是研究風格如何在語言中被表現出來，本應包含一切
語言形式的風格，處理口頭語言，也處理書面語言（文學語言和非文
學語言）；就目前發展的狀況而言，話語風格、體裁風格、語體風格
等已漸為人關注；但大體來說，對於語言風格學的討論，仍多採狹
義觀點，將研究重心置於文學作品的個別風格，也就是說較趨向靜態
的研究。若換角度來說，文學作品，不僅具有語言在備用狀態的特
點，在作家驅遣語言的立場看來，作品的語言風格無疑是這些特點具
體運用的成果。文學作品的研究，應可視為語言風格學的基礎，從研
究中對於學科有新的見解，開拓新的理論，助益語言風格學內其他領
域研究更進步。

貳、語言風格學的發展歷史

　　中外關於風格的研究，均經歷傳統和現代兩階段。

一、西方傳統風格學

　　西方的風格學，源於古希臘時代的辯論術和修辭學，主要的見解
在於劃分形式和內容，認為語言是思想的外貌，而風格是經過特殊設
計的樣式，文字以隱喻的方式來表現思想。哲學家亞里斯多德首先提
出語言風格的理論，後人譽之為語言風格學的先驅者，他著有《詩
學》和《修辭學》二書。《詩學》用內容和摹仿方式區分喜劇和悲
劇；考慮這兩種戲劇模式，有不同的風格運作方式和固定的技巧，把
握在生存事實的過程呈現出不同的美感情調。在《修辭學》第三卷裡
談及語言風格學的研究對象、語言風格的基本要求和形成風格優劣的
原因，他認為語言的準確性是優良風格的基礎；並論述了生動清晰的

語言文字美和遣詞造句、修辭的關係等問題。所有的理論,對後世研究語言風格都有極重要的影響。

古羅馬時代的賀拉斯承繼著亞氏的理論,並進一步深探。他在《詩藝》、《詩學》提倡風格的一致性,反對風格的不協調,明定每種體裁都應遵守其規定和用法,肯定創新,但是無論如何作品必須自相一致。並爲各種詩體的音步做了詳細具體的規定,認爲要創新詞句表現新的事物。創新包括精心安排原有的詞句,語言是要新陳代謝的。這些見解,對古典主義頗具影響力。

雅典修辭學家朗加納斯《論崇高》,點出了崇高風格的五個來源,包思想感情、選詞和修辭格的運用等等,關涉內容和形式兩方面,爲風格成因的原始理論之一。

但丁《論俗語》是西方論述近代語言的第一部完整的著作,不僅在語言學史上占有一席之地,對於風格學的研究亦不容忽視。當時的文學作品是以拉丁文寫成的,老百姓是無法欣賞的,但丁認爲這樣是違反自然的;而俗語是人民的日常語言,簡單易懂,較符合自然,應是較高貴的語言。他主張用人民的語言,寫人民的文學,並講究詞采風韻和精心錘鍊,《神曲》即實現了他個人的理想。

十七、十八世紀,文藝的新思潮影響了修辭學的發展,使得風格的研究異於從前。法國啓蒙運動的代表人物——伏爾泰、狄德羅等人開始注意民族風格和流派風格等問題。伏爾泰(1694-1778)《論史詩》反對古是今非的觀念,主張從各民族的史詩探尋共同的法則、鑑賞標準,同時注意到了各民族的語言特徵、文學風格和時代風尙。狄德羅(1713-1784)著重藝術上的流派和風格,反對保守、理性的古典主義。十八世紀,法國科學家布封發表了《論風格》,提出「風格即人」的著名理論,對全世界的風格研究產生了深遠的影響力。

十九世紀以前的西方傳統風格論,對於文學作品本身的問題並未予重視,而把研究的重心放在文學理論的外圍,即文學與社會、哲學等關係來探討,這個現象,於日後的語言風格研究中得到了改善。

二、西方現代語言風格學

德國的學者首先為現代語言風格學的研究開了先鋒。十九世紀初，德國語言學家威廉・封・洪堡特（W. von Humboldt, 1767-1835）解釋了語言的兩個面貌：一個作為事業、作為語言、作為系統、作為社會現象；另者作為力量、作為口號、作為個人的應用。此說乃是語言和言語的初步概念，為語言中功能風格的分類打下基礎。文論家、語言修辭家威克納格（1806-1869）論述風格形成的主觀因素和客觀因素，對研究各種風格形成原因、系統類型都有很大的理論意義。

眞正運用現代語言學的理論研究風格現象，則是二十世紀的事，語言風格學在二十世紀才成為一門獨立的現代科學。

二十世紀初，瑞士語言學家德・索緒爾（1857-1913）在洪堡特的基礎，正式提出區分語言（langue）和言語（parole）的理論，為語言風格和言語風格的研究奠定了理論根基。

1905年索緒爾的學生查利・巴里（C. Bally, 1865-1947）出版了《風格學》一書，將表現風格的語法手段或語法的風格作用作為研究對象；把語言分析視同個人、集團表達思想感情用不同風格方式聯繫起來；讓語言風格學成為語言學中一個獨立的分支學科。1909年，巴里發表《法語風格學》，闡述了語言手段不同所形成不同的語言風格。

1926年布拉格學派成立，為結構主義語言學的一個分支，以特魯別茨柯依（N. Trubetzkoy）、馬德修斯（V. Mathesius）等為代表。他們偏重語音和風格的研究，強調以功能進行語言分析，認為語言成分在語言結構中具有作用，即關係功能，和其他社會現象也有相關，具交際功能和社會功能。因其以功能觀點出發，重視語言規範的工作和語言的藝術功能、美學性質、文學批評以及語言修養等問題，使語言理論和文藝理論相交融，故又稱功能學派，尤其是他們著名的「風格是常規的變異」的理論，乃是風格研究不可忽略的學說。

　　繼布拉格學派而起的英國倫敦學派，又稱功能結構主義學派、弗斯語言學派，主要的貢獻在於提出語言環境的理論解釋風格現象，發展布拉格學派「風格是常規的變異」的學說。

　　二十世紀五十年代，蘇聯語言學家涉及風格學的研究，不但發表許多論文和專著、舉辦專門性的討論會，還成立專門性的研究機構，使風格學在語言學中占有重要的地位，影響了中國的修辭學和風格學的研究。

　　六十年代晚期，變換律生成語法理論興起，爲日後的話語分析和語用學奠下根基；風格學研究者亦將這些理論運用在文學理論的研究上；所以，七十年代中，文學批評者的興趣和研究重心，乃從作品的內部分析，轉移到讀者對作品的接受反應上。英美方面出現了學術性較強的文藝文體學的論文集和專著，發表各種語言學派的觀點和各種語法理論分析文學作品語言的著作。

　　近二十年來，英國成立了新風格學（new stylistics），運用語言學的觀點和方式，進行文學作品風格的研究，從語言學的角度，分別探索同一內容不同形式的風格變體，以及文學、社會傳播功能的風格價值，語言風格學的分析技巧，運用得宜。

三、中國傳統風格學

　　中國傳統的風格學研究有一段悠久的歷史，總的來說可以歸於美學、文學和古漢語修辭學的領域，既談到藝術風格、文學風格，也包含了作家作品的語言風格、風格的成因和類型等等。但是傳統風格學的研究重點並不在於文學作品的語言分析，而比較重視體裁的劃分和體裁的風格等方面的研究。

　　傳統風格學對文學風格問題的關注，始於文筆區分的研究。文筆說就是對文學體裁的辨析。秦漢以後，單篇文章大量出現，詩賦以外的作品日益增多，無法以詩賦來概括，史家在記載某人的著作時，將這些非詩賦類的作品一一列出，因此形成了體裁分類的基本概念。另

一方面，先秦典籍《易經》、《尚書》等書論及作者性格和作品風格的關係，如「吉人之辭寡，躁人之辭多，誣善之人其辭游」。《禮記》論及音樂的聲情關係和風格情調：

> 樂者，音之所由生也，其本在人心之感於物也。……
> 其樂心感者，其聲嘽以緩；其喜心感者，其聲發以
> 散；其怒心感者，其聲粗以厲；其敬心感者，其聲直
> 以廉；其愛心感者，其聲和以柔。（〈樂記〉）

以剛柔論風格正是中國古典風格論的傳統。《國語》、《論語》、《方言》、《史記》、《論衡》等書，論述了風格的華樸、雅俗、簡繁和風格的優劣高下等等問題。

　　魏晉南北朝時期古典文論的繁榮，推動了風格理論和體裁分類的進一步發展。曹丕《典論》和陸機《文賦》，在前人風格論的基礎上開創了文體風格和個人風格的理論。談文體風格，同時也表明對文學體裁分類的看法：曹丕論述了奏議、書論、銘誄、詩賦等各種文體的風格特色；陸機論述詩、賦、碑、誄、箴、頌、論、奏、說等各種文體的特色和繼承性。個人風格方面，曹丕主張文以氣為主，認為作家因著個性氣質不同，創作的風格也有差別；陸機則注意作家的主觀性和文學形式的客觀性對風格的影響力，這些都為《文心雕龍》開啟先例。齊梁劉勰《文心雕龍》，乃是中國古典文論和修辭學的代表作，更是風格理論承先啟後的鉅著。劉氏在〈體性〉、〈風骨〉、〈隱秀〉和〈定勢〉，討論作家個人風格、修辭表現風格和文體風格等各方面，形成自己的體系，影響後代極鉅。

　　唐代司空圖《詩品》，以二十四等品評詩歌，重視詩歌風格的分類，對傳統的藝術風格、文學風格和語言風格的研究皆有重大的影響，《續詩品》、《補詩品》、《書品》、《畫品》等著作相繼產生。

宋朝嚴羽《滄浪詩話》和元明清的文論和詩話、詞話、曲話等著作，廣及作家個人風格、時代風格流派風格、地域風格和各文體的風格。

總而言之，中國傳統的風格論具有以下特點：重視風格類型和範疇的研究，尤其是修辭表現風格；重視文體風格的研究，以及同文體內部間不同表現；時代風格和流派風格常與文風相結合；在風格評論上，以大量的抽象概括、比喻的方式描述。這些特色均影響後世的風格研究。

四、中國現代語言風格學

1959年以前，中國現代風格的研究以漢語修辭學為主導。當時的修辭學著作都相繼討論作家個人風格、修辭表現風格和文體風格等。王易《修辭學通詮》、陳望道《修辭學發凡》、徐梗生《修辭學教程》、郭步陶《實用修辭學》等書承續傳統風格論，論述風格的成因、類型和應用。宮廷璋《修辭學舉例》吸收西方現代風格學的理論，介紹風格的定義、類型和表現手段，是本期特殊的著作。此期仍是承接著傳統風格學的成果，尚未全面引入現代語言風格學的理論。

1959年，語言學家高名凱將西方現代語言風格學的理論正式引進中國，引介新知、提出劃分風格類型的標準之外，同時以建立「漢語風格學」為主要目標。1960年，科學出版社《語言風格與風格學論文選擇》一書，引入蘇聯語言學界關於語言風格學的討論，國外的風格學理論的翻譯對中國語言風格學的研究是具有影響力的。在五十年代末、六十年代初的兩次學術討論中，這個學科已有了進展，討論修辭學中的風格理論和語言、言語的風格理論。高名凱〈文風中的風格問題〉、〈語言風格學的內容和任務〉、《語言論》等著作，由語言和言語理論的角度，系統地論述語言風格學的問題。張志公〈詞章學？修辭學？風格學？〉、王德春〈語言學的新對象和新學科〉、張須〈風格考源〉、邇遙〈文體和風格〉、唐松波

〈論現代漢語的語體〉等文章，討論風格學的對象、性質和內容範圍等問題，雖不夠深入，然對於語言風格學的拓展功不可沒。

　　1985-1990年，相繼出版了四部語言風格學的專著，將漢語風格學的發展向前推進了一步。程祥徽《語言風格初探》（1985香港三聯書店、1991臺北書林出版有限公司）、張德明《語言風格學》（1990東北師範大學出版社）、鄭遠漢《言語風格學》（1990湖北教育出版社）、黎運漢《漢語風格探索》（1990商務印書館）這四部專著構成了漢語現代風格學的體系。

　　臺灣方面，因受西方語言學和大陸的雙重影響，學者已漸注意風格學，梅祖麟、丁邦新、李文彬、曹逢甫、周英雄、竺家寧等多位學者，致力於引進不同的語言學理論，嘗試用於分析中國文學，其中以變換律語法為著，如：

1. 梅祖麟（1969）〈文法與詩中的模稜〉
2. 梅祖麟、高友工合著，黃宣範譯（1974）〈論唐詩的語法、用字與意象〉
3. 黃宣範（1974）〈從語言學論文學體裁的分析〉
4. 李文彬（1983）〈變換律語法理論與文學研究〉
5. 竺家寧（1992）〈漢語與變換律語法〉
6. 周英雄（1992）《結構主義與中國文學》引進結構主義的理論，運用於樂府詩、新詩等作品的實際分析中。
7. 張靜二（1990）〈從結構主義與記號學論律詩的張力〉聯合結構主義理論和符號學的理論來研究中國文學。
8. 曹逢甫（1988）〈從主題——評論的觀點看唐宋詩的句法與賞析〉，以「主題——評論」的語法理論做了新的研究嘗試。
9. 丁邦新（1975）〈從聲韻學看文學〉談論音韻風格在文學中的展現。

　　竺師家寧於中正大學中文研究所講授「語言風格學」課程，致力漢語語言風格學的教育工作；1994年發表〈語言風格學之觀念與方法〉，為語言風格學和傳統風格研究的關係、價值判斷與語言分

析、文學語言和自然語言、語言風格的研究方法等等的問題做了簡要的爬梳，誠爲入門者不可少的指標。

　　漢語語言風格學的建立，由引進西方的理論，理論的修訂和運用，無論在對口頭語言研究或對書面語言的研究，一步步的實驗與嘗試，皆包含歷代學者們的心血；在他們的努力之下，這個學科已爲人重視，將有更多的研究者投注於其間，此現象無疑是一個新學科的希望。因此，研究的過程未必順遂，但漢語語言風格學客觀的前途是可以預期的。

第三節　　語言風格學的範圍

　　誠如黎運漢所言：語言風格學是一個與其他學科相涉的學科，爲語言學中特殊的部門。英語的Rhetoric和Style這兩個單詞，都表示「修辭、辯術、說話、語體、文體、風格」等意義，這對學術界來說是很麻煩的，因爲修辭學、語體學、風格學都是國外引進的，因而常有三者混淆的情況。學科間的聯繫和影響，本爲客觀存在的事實；但一門獨立學科的界限，應該是明確的，這決定於該學科研究對象的特殊性。

　　本節將分別介紹與語言風格學相涉的幾個學科，如文體學、語體學、修辭學、文藝風格學、文章風格學。

壹、文體學與語言風格學

　　「文體」這個名詞，代表著兩個概念：一是文學體裁的簡稱；一是由Style所翻譯而來。文體學包括中國傳統的文學分類和西方的文學批評。

一、中國的文體學

中國傳統的文論，特別注重文學體裁的劃分，由此表現每個文學評論家不同的觀點。文體的「體」用以表示體裁，始於東漢時代。曹丕《典論‧論文》將文分為奏議、書論、銘誄、詩賦四科八類，並賦予不同的標準。陸機《文賦》將文學分為十類：詩、賦、碑、誄、銘、箴、頌、論、奏、說。李充《翰林論》、摯虞《文章流別志論》亦是文體研究的重要典籍。劉勰《文心雕龍》將文體分為二十二種。隋唐以後，產生新的文體，並有評論的著作。明代吳訥《文章辨體》和徐師曾《文體明辨》是文體論的新作。一般說來，中國古代學者偏重於對文章體裁進行劃分和論述，把研究的興趣放在文體的分類上，分類的標準又以某種風格為主。按古人的見解，某種文體以某種風格為特徵，某種體裁自要具備某種風格。文論就成了風格論的傳統版本。

二、西方的文體學

西方的文體學──Stylistics，也就是後來引進中國被稱為風格學或風格論的語言風格學，也有人直接稱它為文體學；研究廣義的語言風格，不局限於文學作品的語言形式。何者是文體呢？文體學又如何解釋呢？根據[英]雷蒙德‧查普曼（R. Chapman）所言：

> 對不同文體所進行的語言學研究叫作文體學。……文體乃是社會環境的產物，是語言使用者之間的共同關係的產物。因此，文體學是社會語言學──將語言與社會聯繫起來研究──的一部分。……文體學特徵同時還可以產生於暫時聯繫之中，只涉及到說話者在工作時間或閒暇時間裡的語言使用情況，然而，每種文體都在某一群體中用於交際，群體可大可小，可密集可分散，文體的特殊則被那個群體的成員公認為是具

> 有交際功能的。……對於文學研究者來說，文體學的用處在於它為評價文學作品提供了某種依據。然而「文體」並不是語言學分析中的一件飾品或者一種美德，它並不具有任何絕對意義上被描繪為「好的」或者「壞的」特性。它也不能被侷限於書面語言、文學、或者語言的任何單一方面。如果不對文體學調查實行開放，語言就沒有用處。（[英]雷蒙德·查普曼，1989：15-16）

作者將文學視為文體學研究最為困難的一類語言，認為通過語言學來研究文學，必須把文學作品視為語言的有效實現的可檢驗部分；故將應用於文學研究的文體學稱之為「文學文體學」。國內的語言風格學在研究對象上，本應採用廣義的語言風格，包含所有的語言現象，但目前的研究狹義地以文學語言為主，即是文學文體學。在大陸方面，將文體和語體相通用，因為都是研究語言運用的情形，但是語體則著重於語言和語境的對應性，二者還有不同；為了避免混淆，還是稱「語言風格」和「語言風格學」較為妥當。

貳、語體學與語言風格學

語體學與語言風格學同為語言學領域內的新興學科，不僅是修辭學研究的重要內容，也是語用學與語言教學研究的重點之一。

解釋語體之前，先說明「語域」這個概念，根據《語言學百科詞典》解釋為：「指在特定的社會環境，如在學術界的、宗教界的、正式的或非正式的場合使用的語言變體。」簡言之即「語言的使用域」。1964年由新弗斯學派英國的哈利迪（M. A. K. Halliday）提出，認為在研究語言結構以外，還要研究語言和環境的關係。語體是因著社會交際的需要後產生，為適應不同交際環境、目的、對象、內容、方式、任務，採用不同語言材料所形成的言語特點的綜合體；也

就是在特定的語域使用不同的語言類型而產生的言語樣式。語體學即研究依賴言語環境選擇和運用語言材料的原則。

　　語體學源起和語言風格學相關，尤其是蘇聯的語言學家，強調以功能角度來研究語言，研究語言在不同的社會交際環境和言語形式的使用情況；認為語體是語言根據交際的言語環境而形成的體式，是功能上的類別，稱為「功能風格」。從1953到1955年間，展開大規模的語體問題研究，促成了功能語體的研究。蘇聯現代語體學還重視語體的歷時研究，研究語體的演變、修辭現象的變化、語體的發展歷史和趨勢等等。英美方面起步較晚，50年代才重視語體，著重於言語環境方面的研究。英國功能結構語言學從弗斯到哈利迪，美國社會語言學家拉波夫（W. Labov）、費什曼（J. Fishman）等人，對語境的研究皆聯繫著語體。英美方面對語體的研究，側重於研究制約語體產生的語境因素、各種語境中語言材料的特點及其與語境的對應關係，描寫語體的功能及其分類，採用了共時的研究方法。關於漢語語體的研究，首推張弓《現代漢語修辭學》，借鑑國外的語言學理論，系統地論述現代漢語各類語體及其語言特點，為中國現代漢語語體學的建立奠下基礎，也形成日後的修辭學著作亦立專章說明語體和語體學。1987年王德春《語體略論》是語體研究的重要著作。

　　語體本身是一種功能風格，是語言的變體，故和個人風格、時代風格有密切的關係。語體學是研究語言在特定環境中的使用情況，並且劃分類型，如談話語體、書卷語體、科學語體、藝術語體、政論語體、事務語體等等；和語言風格學以研究全民語言的風格現象的本質特點（包括動態和靜態）、揭示其構成因素和表達手段的系統、說明語言風格分類標準和類型，最後找出其發展的規律是不同的。語言風格學的研究對象是全民的語言，不侷限於哪一類型的語言，範圍較廣；研究的目的亦有所不同。或許可以把語體視為語言風格學研究的一部分。

參、修辭學與語言風格學

　　修辭學是屬於語言運用的學科，也是語言學的分科。語言風格學在內容和修辭學有重疊之處，因此有人將二者等同起來，其實這是錯誤的；因爲這兩個學科的基本要求並不相同。

　　什麼是修辭呢？黎運漢和張維耿《現代漢語修辭學》歸納三項：一、修辭是一種活動或行爲，爲了提高語言的表達效果，對語言進行加工、修飾和調整；二、修辭是一種方法或手段，依據題旨、情境，運用各種語文材料、各種表現手法，恰當地表現所要表達的內容的一種手段；三、修辭是美化語言。修辭學是研究如何根據具體的語境和表達思想內容的需要，選取恰當的語言形式，以提高表達效果的科學（黎運漢、張維耿，1991：1-3）。

　　修辭學運用修辭方法鍛鍊字句，並顧及情境與題旨的需要，注意篇章結構的形式安排，其目的在於說明修辭的技巧、歸納出各種修辭格，幫助學習文學作品的創作和欣賞，最基本目的是「求美」。語言風格學是運用語言學的方法，研究語言風格現象，尋求其發展的規律，其目的在於「求眞」，無關涉價值評論和美醜。二者是不能混爲一談的。當然語言風格學也和修辭學相重疊的，如重疊詞，爲修辭學中複疊的一種，文學作品經常採用，又如押韻和雙關等等手法，亦是修辭學研究的內容；修辭學研究它們的美，語言風格學則利用語音學的知識解釋它們何以爲美、它們形成的語言風格。故而，有人認爲修辭學是語言風格學的基礎，修辭是手段而語言風格是結果，如黎運漢、宋振華等學者；魏成春甚至主張在二者之間建立辭采學（宋振華，1987；黎運漢，1994；魏成春，1997）。由此可看修辭學和語言風格學的相關性，或許等到語言風格學的基本理論完全建立後，這些問題都能有所澄清。

肆、文藝風格學與語言風格學

　　文藝風格學是文藝學的一環，和語言風格學分別屬於不同領域的學科，它們有密切的聯繫，也有區分。

　　文藝風格是文學作品在思想、內容和語言形式上各種特點的綜合表現，包含作品的題材、主題思想、藝術形象、情節結構、表現技巧、語言技巧等方面。文藝風格學的研究對象，爲文學作品的藝術風格。

　　語言風格學的對象是所有的語言領域，文藝作品僅是其中之一，語言風格學的研究範圍較文藝風格學爲大。如果以文學作品爲對象，文藝風格學的內容又大於語言風格學，文學作品的語言風格只是構成文藝風格的一部分，具有不可忽略的重要性。文學是語言的藝術，文藝風格是通過語言表現出來，語言也是讀者對於作品風格認識的最先接觸點。文學作品的語言風格是文學風格組成的一部分，也是語言風格研究的重點，更是這兩個學科相交處。文藝風格學在描述風格時，總是用一些抽象程度高的詞語，讓人無法正確了解其意，語言風格學恰可彌補這個缺點。

伍、文章風格學與語言風格學

　　文章風格學，是研究文章中的風格現象，爲文章學的一部分。文章，指一切組織成篇章的書面語言，包括文學作品和非文學作品；只限於書面語言，不涉及口語。文章風格，是文章思想內容和形式特點的綜合表現，反映作者的思想、性格、興趣、愛好、語言表現手法和體裁格式等等。

　　文章的語言風格，是語言風格學的一部分，也是形成文章風格的重要部分。語言是傳達思想的符號，觀念不能離開語言而存在，語言和文章之間的關係十分密切。當然語言風格研究的範圍較文章風格學爲大，它包含了一切的語言形式，書面語言和口頭語言；而文章風格學所要研究的不只文章的語言，還有作者的思想背景、性格等對文

風格的影響性；這兩個學科應區分清楚，不可將二者混為一談。

　　語言風格學是研究語言中的風格現象，包括書面語言、口頭語言、文學形式、非文學形式、靜態的、動態的，運用語言學的方法研究，將語言風格現象如實地呈現出來，不涉及價值判斷，它是一門求真的學科。

第四節　語言風格學的研究方法

　　任何一個學科的建立和發展，所採用的方法占有重要的地位。語言風格學，自然也離不開方法的運用和方法論的研究，更與學科研究的對象、性質等皆有相關。語言風格學是將語言學在語音、詞彙、語法各方面的知識，用以研究語言事實；其方法和純語言學的研究有相似的地方，然因其對象性質的差異，自然有不同性。

　　林興仁（1994）〈風格實驗法是風格學研究的基本方法〉提出語言風格學方法論的三個層次，依序為：哲學方法論、範疇論、具體方法。哲學方法論，從哲學的角度看待語言風格問題，認為語言風格是人際交往中產生的社會現象，此乃語言風格現象的第一性；而研究者對它的研究分析，應是主觀反映客觀，為第二性的語言風格現象。傳統的風格研究之所以以主觀、印象式的方法評論，形成玄虛、浮華等現象，乃是因為在哲學方法論欠缺唯物辯證的精神，未把語言風格研究建立於語言物質因素的基礎上。第二層是範疇論，此涉及學科的研究對象、目的等方面的問題，影響一個學科的發展。語言風格是語言的功能變體，為了適應不同的交際目的和任務，也因表達的內容的需要，於其所處的語境範圍中，選擇、運用、組合語言表達方式而形成的語言格調氣氛、方式、特點的系統。這個系統具有自身的特點，不僅與全民語言材料、風格要素、風格手段、交際環境、交際範圍、交際目的、對象、任務、內容等等聯繫，更和心理學、邏輯學、文化學、美學、文學、社會語言學等學科相關，有了這樣的認

識，研究時可避免片面、孤立的缺失。第三是具體方法，哲學方法論、範圍論二者，是一門學科能以建立、運作得宜的基礎；然而若沒有具體的方法，仍只是空口說白話，難以呈現於世人眼前。具體方法，決定於研究的對象、內容和目的。語言風格學的具體方法，主要有比較法、歸納法、演繹法、描寫法、概率統計法、動態和靜態結合法等，相輔相成，共同揭示語言風格現象的特點和規律。

　　目前語言風格學運用的具體方法，大致以比較法、分法析綜合法、統計法三者爲主，如黎運漢《漢語風格探索》；張德明《語言風格學》多了「動態研究法」；林興仁主張「風格實驗法」亦爲語言風格學的基本方法。分別敘述如下：

壹、分析綜合法

　　分析綜合法，又稱「分析歸納法」，是語言風格學最基本的研究方法，每種風格類型的確定和風格特點的歸納，端賴此法。

　　分析是把客觀對象分解爲各個部分，認識部分在整體中的作用；綜合是把分析而來的各部分有機地結合成整體，並認識對象的整體性，即歸納法的應用。任何一個科學性的研究，都要應用邏輯方法研究客觀對象，找尋規律，分析法和綜合法成爲各門科學普遍運用的研究方法；當然，也是語言風格學的重要方法之一。藉著分析，將作品分成若干小的部分，具體認識風格要素、風格手段的構成及作用；通過綜合，將風格要素、風格手段合爲一體，從整體上認識篇章風格的體系性、統一性，和語言風格學的系統觀相吻合。

　　怎麼將分析綜合運用於語言風格的研究呢？邁遙〈文體與風格〉的一段話可以作爲具體的說明：

> 　　分析的方法是在成篇的語言材料裡，研究個別的語言單位（一詞一組）或語言單位的類型（某類詞語，某類句式，某一修辭方法）揭示它們的風格功能。綜合

的方法是以分析研究的結果為基礎，通過對大量材料的分析，發現哪些語言特點經常出現於哪一種文體中，於是得出結論：某種文體的特點是什麼樣的，這些語言特點是怎樣適合於一定的交際目的。（邁遙，1961：13）

運用語言學的知識研究文學作品，有人質疑文學作品在被支解之後，當中所謂的意象、內蘊、韻味等美感是否會消失殆盡呢？會有這些問題，除了大部分的文學研究者對於語言學知識的缺乏和存疑之外；從另一個角度來看，確實也是語言風格學這個新興學科的難處，更可作為新學科發展時的警惕。如何使語言風格學成為文學作品研究的新方法？如何把語言學的知識做為文學研究的助力而非阻力？乃成為語言風格學努力的方向和目標。比如將一臺機械各部分拆下來，不但要知道它有多少零件，更想了解的是這些零件在整部機械扮演什麼樣的角色？功用如何？諸多的問題，單靠拆卸功夫是無法獲得圓滿的答案，必須配合機械原理、動力學等相關資料。同理可證，語言風格學不單是分析文學作品，更重要的是綜合分析所得到的結果，描寫出語言的特點，最後的目標在於詮釋這些特點在風格表現的重要性。

分析綜合法是語言風格學主要的方法。比較法是在其基礎上發展出來的；統計法在大範圍而言，也可歸於它之下，幫助說明語言特點在風格的地位；但是比較法和統計法在每次研究不一定必然採用，而分析綜合法卻是風格研究不可少的，可見其重要性。

貳、比較法

比較法是將兩種或兩種以上的研究對象，互相呈顯特性，辨別異同或高下好壞的方法。通過客觀事物互相對立方面的比較，可以深入認識事物的本質和特徵。它不僅是語言風格學的方法之一，更為

其他學科所用，如「比較語言學」、「比較語法學」、「比較修辭學」、「比較文學」等等，當然在不同性質的學科裡，比較法的重要性和性質亦有差異。比較法在語言風格學占有特殊的地位，風格特徵的把握，運用比較的方法會更加準確。語言風格是運用各種特點的綜合表現，此為學者公認或不反對的事實，特點是必須經過比較，方能概括的表現出來。故而在語言風格學發展的初期，「比較」即被這個新的學科所接納。

　　《風格學概論》的作者巴里認為文體學[7]全部研究的步驟可以歸結為比較。蘇聯學者在語言風格學的研究，以功能修辭學的理論為基礎，而比較法即是功能修辭學的重要方法之一。李鴻敦〈俄語修辭研究的現狀概述〉言：

> 功能修辭學著重於研究受一定社會生活領域交際特點所制約的言語語體內部功能結構的統一性和體系性。它並不排斥比較法，然而它是在對語體內部類型研究的基礎上進行的比較，比較是為了深刻地理解每一種有著內部完整體系的語體的特點。功能修辭學將研究語體內部類型的方法與語體間比較的方法辯證地結合起來。（中國修辭學會主編，1987：39）

　　岑麒祥於〈風格學發凡〉明確指出比較法的二個途徑：一、外部比較，將一種語言與他種語言互相比較，尋出其表達情意的不同特

---

[7] 文體學，即是語言風格學，由stylistic翻譯而來，和中國傳統所謂的「文體」不同。傳統的文體是「文學體裁」簡稱，如詩歌、辭賦、詞、曲、散文、論說文等等；而在大陸方面上又稱「語體」。「語體」指語言在不同場合所呈現不同的樣貌，即使在各個領域中，語言有其適用性。各種文學體裁，就廣義的角度而言，即是不同的語域，其所採用的語言各有差異。語體的範圍比文體的範圍來得寬些。

點;二、內部比較,比較一種語言內表示情感的方法與純粹思想的方法,探求其特異之處。外部比較,可適用於語言民族風格的研究;內部比較,適用於民族語言內部各種風格變體的研究;如語言的功能風格、表現風格、流派風格、作家個人語言風格的研究等。可見比較法在語言風格、文學風格的研究,均是一種應用廣泛的方法,對於促進新興學科的發展有著重大的意義。語言風格既然是語言文學之間邊緣性的學科,也是研究語言運用特點的學科,必須充分運用比較法,既要善於從同類或相似的現象求得異中之同,更要善於找出同中之異。

運用比較法在充分材料的基礎上,可對風格類型和風格特點進行多方面的比較,如個人風格、語體風格、時代風格、民族風格,各有其範圍:

1.個人風格的比較:
　⑴同時代不同作家的語言風格比較。
　⑵同題材不同作家的語言風格比較。
　⑶同作家不同題材的語言風格比較。
　⑷同作家不同時期的語言風格比較。

2.語體風格的比較:
　⑴同作家不同語體(或文體)的語言風格比較。
　⑵同時代同主題不同語體的語言風格比較。

3.時代風格的比較:
　⑴同語體(或文體)不同時代的語言風格比較。
　⑵同題材不同時代的語言風格比較。

4.流派風格的比較:
　⑴不同流派同時代作家的語言風格比較。
　⑵同流派語言風格相似的作家比較。

5.民族風格的比較:
　⑴同外文著作同一譯者的不同譯本的語言風格比較。
　⑵同外文著作不同譯者的不同譯本的語言風格比較。

此外，地域風格，如比較《詩經》和《楚辭》在虛詞運用的不同等。學術界在上述各範圍皆取得一定的成績和經驗。

參、統計法

統計法是用數學方法以達到定量分析和精確表述的方法。它是現代語言學應用的新方法，也是語言風格學的新方法。通過定量分析到定性分析，說明事物達到一定的數量後就會引起質變，也就是要探究反映在量上質的特徵。

自二十世紀後葉以來，受數理語言學的影響，此法普遍地運用於語言風格學研究。語言學者認為功能語體和作家的語言風格、語言特色的研究，是無法離開統計法的，尤其是俄國的功能修辭學派更是如此。功能修辭學利用統計語言學的方法，提出數據，由質和量的統一上研究修辭現象。

統計法可適用於各種語言風格的研究，無論是民族風格、時代風格、個人風格甚至是語體風格等，都是語言各種特點的綜合表現，風格特點的質必然反映在語言因素的量上，通過分析形成風格特點的各種語言因素的量，找出質的依據，可以深刻地了解風格本質。然而它並非絕對的、最為精確的方法，只有和其他方法相互配合，才能對語言風格全面的考察和分析，這是必須特別注意的。

肆、動態研究法

動態研究法，和靜態研究法相對，二者為語言研究的兩個概念。靜態研究是指語言結構要素的內部研究，揭示語言特徵的研究方法，又稱結構分析法；動態研究是指語言運用的綜合性研究，即是針對言語活動（張德明，1990：301），研究人們怎樣使用語言，這是語言動態研究。

在語言學不同的領域裡，靜態研究法和動態研究法各有不同的適應性：純語言學的研究運用的是靜態研究法，而語言風格學就是採動

態法。換而言之，純語言學的研究，著眼於各級語言單位的靜態表現，用靜態解剖法對它們進行結構分析；而語言風格學除注重語言的結構特徵之外，更在靜態分析所得的基礎上，重視語言動態表現。研究分析中，如何運用動態分析法呢？觀察一個語言手段，應用在不同的語境，形成不同的風格要素，組成不同的語言風格。比如修辭同義手段，對形成風格有重要的作用，本身是一種靈活的同義手段，而且語言要素的風格作用必須在動態應用中，通過修辭的選擇方得以實現，所以修辭學的某些方法即為語言風格學動態研究的輔助方法，就是修辭學和語言風格學相重疊的部分。

伍、風格實驗法

　　風格實驗法，1930、1931年由A.M.彼升可斯與JI.B.謝爾巴所提出的；目前漸漸地被大陸學者接受與運用，以程祥徽於《語言風格初探》第七章〈從比較中看語言風格──老舍語言風格之二〉為著。林興仁於1993年12月在澳門所舉辦的語言風格學國際研討會上發表了〈風格實驗法是語言風格學研究的基本方法〉一文，談及風格實驗法的實質、來源、基本方法、應用範圍和功用等問題，詳盡地介紹此法。

　　風格實驗法，又稱同義形式比較法。此法乃因語言各個層次和言語運用存在著大量的同義現象，可以說是上述動態研究法的具體運用方法；應用範圍極廣，如詞語同義形式，句式同義手段、修辭格和非修辭格、句群和段落的同義形式、語體同義形式等等。以文學作品而言，一個作品的產生，作家必定面臨著同義形式間的比較和選擇，這些同義形式之間存在著些微的差異，從中選擇出最富表現力者，這就是風格實驗法。就語言風格研究者的立場，必須完全掌握被研究的語言，除了共同語之外，盡可能多熟悉幾種方言，有意識地搜集風格要素和風格手段，方可進行研究。假設某一風格要素或風格手段的功能，根據研究者使用語言的經驗，列出一定條件下的語言材料來檢查假設是否能成立；按次序更換某一風格要素或風格手段的使用條

件，就能確定某個語言風格現象使用的範圍和不同表達方法出現的條件，最後記錄各種風格材料肯定和否定的應用場合、使用界限及風格特徵。

語言風格的研究，以尋找語言風格現象的特點和規律爲目標，在方法的運用，無法單靠哪一個方法來完成研究，唯有各種方法相互幫助，才能達成目標。尤其在漢語語言風格學正嘗試建立的當前，更不容偏廢。日後語言風格學研究者若再發明任何方法，亦與上述五種方法並用，共同完成任務。

第四章

《東籬樂府》的
音韻風格

　　人類用語言來表達情意，實以語言為重要之媒介。詩歌是最注重音樂美的文學，文學既以語言為創作的材料，詩歌的音樂美自然藉著語言來表現。謝雲飛〈語言音律與文學音律的分析研究〉論及詩歌音樂美的根本——音律：

> 人類用語言來表達情意，實以語言為重要之媒介。用語音來表達語言，是有一定的規律和一定的節奏的。表達語言及語詞組織的規律，我們稱之為「語法（Grammar）」；語言用語音表達時的節奏（Harmony），我們稱之為「音律（Rhythm）」。一般語言表達時所顯示的音律，是指語言在表達過程中，其語言聲音所表現出來的高低、強弱、長短及音色的變化之適切分配而言的。若把語言運用到文學上去，尤其是需要特別顯示音律的詩歌，及組織嚴密的有韻文字，則其語音所表現的高低、強弱、長短及音色的變化，更須有十分精密和適切的調配，這種文學語言上的音律，我們稱之為文學音律。實際上，文學音律也是語言音律的一種，因為文學作品本就是用語言來表達的。……如果我們用分析語音的方法，來剖釋語言的音律和文學的音律，則對語音在語言中所居的地位之重要，會有更進一層的了解；而對語言音律的把握和運用，也更能掌握理論的根據，而使運用更臻精與合理。（謝雲飛，1978：2-3）

丁邦新進一步將中國的文學音律分為明律和暗律兩類：

> 明律用在詩、詞、曲方面，明白規定一首詩或詞有多

少字，哪些字該平聲、仄聲，甚至更清楚地規定某些
字該是上聲或去聲。這種明律是創作者每一個人都要
遵守的。……暗律是潛在字裡行間的一種默契，藉以
溝通作者與讀者的感受。不管散文韻文，不管是詩是
詞，暗律可以說無所不用。它是因人而異的藝術創造
的奧祕，每個作家按照自己的造詣與穎悟來探索這一
層奧祕。（丁邦新，1975：131）

　　文學的音律，尤其是詩歌的聲韻，不能完全依賴語言的天工，還
要靠人巧。「人巧」，除了格律之外，還應包括丁邦新談到的「暗
律」，這是作家們善用天工和人巧的成績。

　　就漢語詩歌而言，中國詩歌音樂美是依憑漢語特點架構起來的。
漢語以單音獨體為主，字音結構本身即為音節結構，一個漢字通常就
是一個音節，具備聲韻調三部分。韻母大多是元音，元音是樂音，如
在音節中占主要地位，聲音響亮悅耳。聲母由輔音組成，沒有複輔
音，音節結構形式較為整齊，以清輔音居多，致使整個音節的音響柔
和。聲調，主要由音高決定，表現音響的高低升降，聲調的曲折變
化，讓音節抑揚有致，為詩歌格律形成的要素。聲、韻、調在詩歌語
言以一定的間隔、一再地重複，產生詩歌語言的節奏。故而，詩歌語
言的節奏包含由聲和韻產生的押韻規律、由聲調和頓歇產生的狹義節
奏規律。

　　漢語到了元代，語音有明顯簡化的現象，以《中原音韻》為例，
聲母25個、韻部19個、聲調4個[1]。中國詩歌傳統的節奏規律，到了元

---

[1] 由繁趨簡，是近代漢語語音，特別是北方話語音發展的總體特點。隋唐時代《切韻》、《廣
韻》的聲母有36個，韻部有61個（不計聲調，四聲相配）。元代《中原音韻》聲母25個，韻
部19個。隋唐時候的聲調，許多方言是四聲各分陰陽，共有八調；到了金元時代，北方話的
聲調減少為四調。（袁賓，1992：57-63）

曲,因可加襯字以及演唱的性質、詞語多音節化的影響,不再以二字一頓爲主,三字一頓增加,使得節奏較爲自由。語音和節奏的新發展,使得體察《東籬樂府》音韻風格時,不僅是以語言學的知識與觀點,客觀的解釋詩歌語言;更深一層的意義,則在尋求中國詩歌的新規律。除此,詞彙的聲韻關係、詞與詞組成的句式,關涉作品音韻風格的表現,故一併納入討論。

《東籬樂府》在聲調方面與曲譜吻合,符合格律,表示其聲律嚴謹,此正是其音韻風格之一。本章由多樣的韻律類型、自然的頓歇、雙聲疊韻詞的運用、句式的反覆等四方面加以剖析,祈盼能尋找馬致遠散曲在聲律謹嚴之下,語音、詞彙、句式共同形成的音韻風格。

第一節　多樣的韻律類型

詩歌是音樂性的文學,當我們朗讀時覺得頓挫有致、音調鏗鏘,此爲音樂美的展現。如果,我們進一步追問:詩歌音樂性所由何來呢?就語言學的觀點,詩歌的音樂性,實乃依附語言形式而存在。因此,用語言學的知識來分析作品,能夠深入而全面地呈現詩歌韻律,把它們內在的規律揭發出來,這就是韻律的研究(竺家寧,1995a:51)。

韻律的探索,爲語言風格學的一部分,它突破傳統詩文格律的研究方法,以語言學的觀念和方法,將研究的重心放在詩歌語言,找出能造成音樂性的種種因素。準此,檢視《東籬樂府》的韻律類型,可歸納爲:同音重複、頭韻、押韻、句中韻、協主要元音、協韻尾、雙聲疊韻詞等七項。雙聲疊韻詞,除了是韻律類型之外,也是詞彙形成節奏的因素,於本章第三節專節討論;本節針對其他六種韻律類型一一舉例說明。

壹、同音重複

　　同音重複（Reepetition），指相同或同音的字，在一句或不同句中，反覆出現，造成先後呼應的效果。《東籬樂府》的同音重複，依據重複者的情形，可分爲單音詞的重複、複音詞（詞組）的重複，以及重疊詞的使用三方面：

一、單音詞的重複

　　　　1.春城春宵無價。（〈〔仙侶〕青哥兒・十二月之正月〉）

句首和第三個字，皆用「春」字，可視爲兩個由「春」字構成的詞組相鄰運用，強調了「春」，也收音於「春」。

　　　　2.半梅花半飄柳絮。（〈〔雙調〕壽陽曲・江天暮雪〉）

在句子的第一、四字，皆用「半」，形成「半—半—」的形式。

　　　　3.他本傾城卻傾吳。（〈〔南呂〕四塊玉・洞庭湖〉）

與前兩個例子不同，重複的字不置於句首，而於第三、六字上重複用兩個「傾」字。

　　　　4.不知音不到此，宜歌宜酒宜詩。（〈〔雙調〕湘妃怨・和盧疏齋西湖之一〉）

這是兩句相鄰的六字句，前一句在第一、四字的位置上重複「不」字，第二句則在第一、三、五字的位置皆用「宜」，都是等距反覆同一字，產生強烈的節奏感。

　　　5.君知君恨君休惹。（〈〔雙調〕撥不斷之四〉）

全句七個音節，有三個「君」字，可視爲三個以「君」字爲首的詞組的重複使用，讓語音收束在「君」這個音。

　　　6.枕上憂。馬上愁。（〈〔南呂〕四塊玉・嘆世之五〉）

這是一組重複「上」的對偶句。

　　　7.樵夫覺來山月底。釣叟來尋覓。（〈〔雙調〕清江引・野興之一〉）

在相鄰的兩個句子，各用了一個「來」字，有前後相應的作用。

　　　8.我頭低氣不低。身屈心難屈。（〈〔雙調〕夜行船・天地之間〔離亭宴帶歇指煞〕〉）

第一句的「我」是領調字，也是主語，所引領的這兩個句子，都是它的謂語。兩個謂語以「名詞＋低（屈）＋名詞＋否定詞＋低（屈）」重複出現。

9.不如<u>醉</u>還<u>醒</u>。<u>醒</u>而<u>醉</u>。（〈〔雙調〕慶東原·嘆世〉）

〈〔雙調〕慶東原·嘆世〉共有六首，皆用「不如醉還醒。醒而醉」的句子作尾。在這兩個句子的「醒」和「醉」，以「A還B，B而A」的形式出現，不但句子裡聲音已相回複，在全組作品的同樣位置共用了六次，有顯明的強調作用。

二、複音詞（詞組）的重複

1.自是<u>知音</u>惜<u>知音</u>。（〈〔南呂〕四塊玉·海神廟〉）

全句七個音節裡，用了兩次「知音」，共占四個音節。

2.逢<u>一箇</u>見<u>一箇</u>因話說。（〈〔雙調〕壽陽曲之五〉）

句子前的六個音節裡，間隔地重複「一箇」，強調其語音，有鮮明的節奏感。

3.<u>相識</u>每勸咱是好意，<u>相識</u>若知咱就里，和<u>相識</u>也一般憔悴。（〈〔雙調〕壽陽曲之二十三〉）

相接連的三個句子裡，皆出現「相識」這個詞，讓聲音因著「相識」而反覆接連，產生熟悉感。

4.<u>暮雨</u>迎，<u>朝雲</u>送，<u>暮雨</u><u>朝雲</u>去無蹤。（〈〔南呂〕

　　四塊玉・巫山廟〉)

在相鄰的三個句子裡，第一句和第二句句首的詞，全出現在第三句裡，造成「A-B-AB」的規律。

　　5.公卿自有公卿祿，兒孫自有兒孫福。(〈〔雙調〕
　　　　夜行船・簾外西風〔離亭宴帶歇指煞〕〉)

這是一組對偶句，第一句用了兩個「公卿」，第二句有兩個「兒孫」，在兩句的第三、四字的位置上皆用「自有」，此乃對偶工整、語音回複頻繁、韻律感強的句子。

　　6.沒道理沒道理，忒下的忒下的。(〈〔般涉調〕耍
　　　　孩兒・借馬〔尾〕〉)

這是兩個以重疊詞組構成的句子。

　　7.弄玉吹簫送蕭郎，送蕭郎共上青霄上。(〈〔南
　　　　呂〕四塊玉・鳳凰坡〉)

相接的兩個句子裡，共出現四個發[siau]音的字、有兩個「上」、兩個「郎」、兩個「送」；而且第一句尾、第二句開頭，以「送蕭郎」的詞組相連，形成修辭學上的頂眞格，在語音上的重複作用，進而強調了「送蕭郎」的語義。此例可作爲同音重複這個韻律類型的最佳例證。

三、運用重疊詞
　　重疊詞，是重複音節而構成的詞。因其本身有相同的音節，具有

音樂效果，向來爲文人們所喜愛，可視爲一詞內的同音重複。它的結構問題，於第五章詞彙風格討論，此處僅就其韻律效果說明。

> 1.平沙細草<u>斑斑</u>，曲溪流水<u>潺潺</u>。（〈〔越調〕天淨沙・秋思之二〉）

這是一組對偶句，在句末以AA式重疊詞相對。

> 2.<u>低低</u>的哇聲相應。（〈〔雙調〕壽陽曲之十七〉）

以「AA的」重疊詞爲句首，突顯「低低的」意義，使得語音在一開始就重複，並連接一個輕聲字。

> 3.罷字兒<u>磣可可</u>你道是耍。（〈〔雙調〕壽陽曲之七〉）

將ABB式重疊詞置於句中，在一群不同的聲音中，有兩個相同的語音相鄰，突顯了重疊詞的詞義。

> 4.<u>昏慘慘</u>孤燈不住挑。（〈〔仙呂〕賞花時・掬水月在手〔賺煞〕〉）

句首用ABB式重疊詞出現，使得全句具有節奏感。

> 5.<u>兩兩三三</u>見遊人。（〈〔仙呂〕青哥兒・十二月之二月〉）

以AABB式重疊詞爲句首，不但有明顯的音樂性，更強調了遊人零散

的情狀。

> 6.真堪惜，<u>沉沉著著</u>，<u>曲曲直直</u>。（〈〔般涉調〕哨遍・張玉嵒草書〔四煞〕〉）

以AABB重疊詞相對，具平穩和諧性。

> 7.<u>畫一畫</u>如陣雲，<u>點一點</u>似怪石，<u>撇一撇</u>如展鵾鵬翼。（〈〔般涉調〕哨遍・張玉嵒草書〔三煞〕〉）

這是一組鼎足對，其句首都是「A一A」形式的重疊詞。

> 8.都想著吃<u>登登</u>馬頭前挑著照道，<u>鬧炒炒</u>昏鴉噪，<u>點點</u>銅壺催，<u>浥浥</u>殘星落。（〈〔雙調〕喬牌兒・世途人易老〔清江引〕〉）

全首作品裡，以ABB和AA重疊詞出現，使聲音不至於渙散，加強了節奏感。這四個富節奏感的重疊詞，皆為擬聲詞，讓人讀來，有身臨其境的臨場感。

貳、頭韻

　　頭韻（alliteration）為韻律學上的專有名詞，指在一群字或一行詩中，字母相同或發音連續重複，即聲母相協的現象，類似於傳統所言「雙聲」。但頭韻和雙聲是兩個不同的概念：「雙聲」一般認定是一個詞，也就是「雙聲詞」；頭韻卻不限定是一個詞，它的範圍大於雙聲詞。頭韻的「韻」指稱「韻律」與音節中韻母的部分不同。
　　押韻原理，是在一定的時間裡，利用部分或完全相同的語音重

複，將聲音和其所帶的情感前後呼應。傳統所謂的「押韻」是讓音
節的後半部分重複出現，以達到協韻效果；然就押韻的原理，音節
的前半部的重複出現，同樣可以達到協韻的效果（竺家寧，1995b：
3）。換言之，利用相同或相近似的聲母的反覆出現，將渙散的聲
音組成一個整體，使其相互呼應，從而產生節奏感，此即「頭韻效
果」。這個被傳統文學批評忽略的課題，我們借用語言學的方法，來
分析《東籬樂府》，找出馬致遠的用心之處。

一、連續使用頭韻者

> 1. 良辰媚<u>景</u>[k-]<u>休</u>[x-]<u>空</u>[k'-]<u>過</u>[k-]。（〈〔南呂〕四塊
> 玉・嘆世之六〉）

將頭韻置於句末的四個音節，占全句4／7的音節。在這四個協舌根
音的音節裡，基本上以舌根塞音為主，並插入舌根擦音，成為「塞—
擦—塞—塞」的現象。

> 2. <u>到</u>[t-]<u>頭</u>[t'-]<u>來</u>[l-]<u>難</u>[n-]免無<u>常</u>[tʃ-]<u>日</u>[ʒ-]。（〈〔南
> 呂〕四塊玉・嘆世之二〉）

這是舌尖音、舌葉音組成的句子，占6／8音節。以兩個舌尖塞音開
頭，再以舌尖邊音與舌尖鼻音連接。句末兩個舌葉音，則是塞擦音和
濁擦音的相協。

> 3. <u>倒</u>[t-]<u>大</u>[t-]<u>來</u>[l-]<u>閑</u>[x-]<u>快</u>[k'-]<u>活</u>[x-]。（〈〔南呂〕四
> 塊玉・嘆世之七〉）

此例字字相協，前三個音節協舌尖音，後三個音節協舌根音，將全句

的六音節明顯地分爲「三三」節奏。

二、間隔使用頭韻者

  1.留[l-]下西[s-]樓[l-]美人圖[t'-]。（〈〔仙呂〕青哥
  兒・十二月之四月〉）

本例協舌尖音，「西樓」是一個雙聲詞，與句首、句尾皆相協，形成
一種間隔式的和諧感。

  2.梧桐[t'-]初彫[t-]金井[ts-]。（〈〔仙呂〕青哥兒・
  十二月之七月〉）

這是一個六字句，協舌尖音字占總音節的1／2，音頓爲「二二二」
的形式劃分，協韻字皆出現在音頓末處，間隔時間相同。

  3.信[s-]馬[m-]攜[x-]僕到[t-]鳴[m-]珂[k'-]（〈〔南呂〕
  四塊玉・嘆世之八〉）

這是以「四三」音頓劃分的七字句，協頭韻共占六個音節。兩個音頓
間，以交叉方式相協爲本例的特色，「信、到」協舌尖音，「馬、
鳴」皆爲雙唇鼻音，「攜、珂」協舌根音，形成了「舌尖—雙唇—舌
根」的協韻規律。

三、連續與間隔使用頭韻者

  1.歲[s-]功來[l-]待[t-]將[ts-]遷[ts'-]謝[s-]。（〈〔仙呂〕

青哥兒‧十二月之十二月〉）

本句協頭韻占全句6／7音節，這些皆爲舌尖音，而且句首句尾相呼應。

2.細[s-]尋[s-]思[s-]自[ts-]古名流[l-]。（〈〔黃鍾〕女冠子‧枉了閑愁〉）

本句協頭韻比例爲5／7，也是句首句尾相協。句首處，連續以三個舌尖擦音[s]出現，與「細尋思」的情境相吻合。

3.誰[ʃ-]能躍馬常[tʃ'-]食[ʃ-]肉[ʒ-]。（〈〔南呂〕四塊玉‧嘆世之三〉）

句中協韻比例爲4／7，全是舌葉音。

　　以頭韻的理論來檢視《東籬樂府》使用的情形，發現協頭韻的比重極重，或連續出現、或間隔運用，以頭韻頻頻回複，協韻的時間減少，聲音呼應的頻率增加，進而強調聲音所帶的感情。

參、押韻

　　韻，是詩歌表現音樂感的重要方式，也是古今中外詩歌的共通點。就語音學的角度，韻乃是音色的組合，謝雲飛〈語言音律與文學音律的分析研究〉說道：

　　音色的運用，在一般語言中可形成音律上的美感，尤其是文學語言之音律中的「諧韻（Rhyming）」，完全是利用音色來造成的，這在詩歌和有韻的文學作品中，是一項不可或缺的要素。……音色也就是「音

質」，詩歌中所謂的「押韻」，就是用音色去表現音律的一種方法。也就是把同一音色的「音節」間隔多少時間就讓它重複出現一次，使這種「重複出現」顯得相當的規則化，而這時在詩歌的語言中便出現一種因音色而形成的音律，此之謂「音色律」。音色律的表現，通常都是在一行的最後一個音節。（謝雲飛，1978：23）

可知謝氏所指的「韻」是音節後半部的反覆，也就是字音中韻母的重複。韻母的結構，包括韻頭（介音）、韻腹（主要元音）、韻尾三部分；押韻的「韻」指韻腹和韻尾，換言之，押韻要求韻腹和韻尾的相同。中國詩歌裡，韻被安排於句末，因為句末總是意義和聲音的較大停頓處，故押韻又稱「押腳韻」。韻是相同的音色有規律地重複出現，形成前後呼應的回環美；當它在句尾出現時，能使字音相互聯結，同聲相應，產生和諧悅耳的語音美感。如此，不僅語言具有抑揚頓挫、流暢回復的韻律感，更有助於表達思想感情，正如馬雅可夫斯基（V. Mayakovsky）《怎樣寫詩》說：

沒有韻腳……詩就會分散。韻腳使你回到上一行，回想起前一行，使敘述一個思想的所有詩行共同行動。……總是把意義最顯著的詞放在詩行末尾，並且無論如何使它押韻。（劉煥輝，1993：124）

這段話說明了韻腳通過前後押韻字眼的呼應，具有聯繫各詩行的語音，和突出含有重要意義的詞的作用，藉此讓讀者感受作品表達的豐富的思想感情。正因其重要性，中國詩歌十分注重押韻，視押韻為學詩的啟蒙，曲自然也不例外。

　　觀察《東籬樂府》押韻的情形，發現馬致遠用韻極密，句句押

韻且一韻到底者有75首，占作品總數30%；非句句押者有172首，占作品總數70%，而且只是一兩個韻腳不協同韻。緊湊的押韻現象，爲《東籬樂府》的音律風格。

一、每句韻

　　「每句韻」指作品的每一句都押韻，如果一韻到底，則稱爲排韻。這種押韻形式較少出現在詩詞，因爲詩句較多時，可能會把韻用盡，而且容易顯得單調，沒有變化。曲平上去三聲可互協，單調刻板的缺點可以克服；況且曲中不避重韻，即使套數也不會發生韻盡的情形。每個停頓處都押韻，聲音和情感在短時間內即和前句相呼應，故而句句押韻能造成氣勢連貫、急切的效果。《東籬樂府》的句句押韻，以排韻爲主要，如：

> 1.前年維舟寒瀨[-ai]，對篷窗叢菊花開[-ai]。陳跡猶存戲馬臺[-ai]，説道丹陽寄奴來[-ai]，愁無奈[-ai]。（〈〔仙呂〕青哥兒・十二月之九月〉）

〈〔仙呂〕青哥兒・十二月〉共有十二首，每一首皆句句押韻。

> 2.酒杯深[-iəm]，故人心[-iəm]，相逢且莫推辭飲[-iəm]。君若歌時我慢斟[-iəm]，屈原清死由他恁[-iəm]，醒和醉爭甚[-iəm]。（〈〔雙調〕撥不斷之九〉）

〈〔雙調〕撥不斷〉共有十五首，皆爲句句韻的作品。
　　《東籬樂府》句句韻的作品，往往是一組主題相同的作品，藉由排韻的方式，以平上去三聲不同的韻字，收束同樣的情感，不流於重複單調，收氣勢前後相連貫的效果。

二、交叉韻

格律規定某句不須押韻的地方，《東籬樂府》仍和其他韻腳押同韻，有時或以別韻出現，而形成交叉韻的現象。如：

> 1. 寫的來狂又<u>古</u>[-u]，顛又<u>實</u>[-i]，出乎其類拔乎<u>萃</u>[-uei]。軟如楊柳和風<u>舞</u>[-u]，硬似長空霹靂<u>催</u>[-uei]。真堪<u>惜</u>[-i]！沉沉著著，曲曲直<u>直</u>[-i]。（〈〔般涉調〕哨遍・張玉喦草書〔四煞〕〉）

本調第一、四、六、七句，協韻與否均可。句中韻腳「實、萃、催、惜、直」為齊微韻。第一、四句「古、舞」互押魚模韻。

> 2. 有也閑<u>愁</u>[-ou]，無也閑<u>愁</u>[-ou]，有無間愁得白<u>頭</u>[-ou]。花能助<u>喜</u>[-i]，酒解忘<u>憂</u>[-iou]。對東<u>籬</u>[-i]，思北海，憶南<u>樓</u>[-iou]。（〈〔雙調〕行香子・無也閑愁〉）

本調第四、六、七句可以不押韻。第四、六句，以齊微韻的「喜、籬」隔句而押。

三、換韻

> 1. 江梅<u>態</u>[-ai]，桃杏<u>腮</u>[-ai]，嬌滴滴海棠顏<u>色</u>[-ai]。金蓮肯分迭半<u>折</u>[-ie]，瘦厭厭柳腰一<u>捻</u>[-ie]。（〈〔雙調〕壽陽曲之十二〉）

例句以皆來韻爲主，從第四句開始換爲車遮韻。《中原音韻》沒有
「捻」字，在先天韻見現代漢語與它同音的「撚」[nien]。「撚」
字在《廣韻》屬上聲二十七銑，乃殄切；「捻」字在《廣韻》見
於入聲三十帖「苶」字下，奴協切，又音涅。「涅」字於《廣韻》
入聲六屑。在《中原音韻》車遮韻「入聲作去聲」有「揑」字，
「揑」字《廣韻》見於「涅」字之下。「捻」字在國語二讀，一讀
同「撚」，一讀同「揑」；由於格律規定本曲最後一句的韻腳爲去
聲，依「捻」字在《廣韻》和「揑」字的關係，故擬如揑[nie]。前
一句的韻腳「折」亦屬車遮韻，故確定爲作者有意換韻而非錯用。

> 2. 拋糞時教乾處拋[-au]，尿綽時教淨處尿[-iau]，拴時
>   節揀箇牢固椿橛上繫[-i]。路途上休要踏磚塊，過水
>   處不教踐起泥[-i]。這馬知人義[-i]，似雲長赤兔，如
>   益德烏騅[-uei]。（〈〔般涉調〕耍孩兒‧借馬〔四
>   煞〕〉）

本調第一、四、六、七，協韻與否均可。本句「拋、尿」爲蕭豪
韻，「繫、泥、義、騅」爲齊微韻。第二句本應押齊微韻，但爲與第
一句（本可不押）相協，故換協蕭豪韻。

肆、句中韻

《東籬樂府》用韻極密，這和曲文學本身動聽的要求有關；除
此，馬致遠更善於運用句中韻。所謂「句中韻」乃指一句中有幾個
字的主要元音和韻尾相同，它們之間相互協韻（竺家寧，1995b：
2），進而使聲音收束的時間更短，這是曲譜所無法規定的，乃作者
個人的巧心安排。如：

　　1.暮[-u]雨[-iu]朝[-iau]雲去[-iu]無[-u]蹤[-iuŋ]。
　　（〈〔南呂〕四塊玉・巫山廟〉）

在第一、二、五、六字的位置上，以魚模韻字重複，形成語音兩兩相押的作用，並與朝[-iau]和蹤[-iuŋ]，都有[u]音，雖不押韻，卻具相同唇形收音。

　　2.兀[-u]的不[-u]勝如[-iu]。（〈〔越調〕小桃紅・四公子宅賦之夏〉）

在句子的第一、三、五的位置上，皆用魚模韻字，產生間隔出現的韻律感。

　　3.是[-i]離[-i]人幾[-i]行淚[-uei]。（〈〔雙調〕壽陽曲・瀟湘夜雨〉）

本句六個音節有四個音節押齊微韻字，使得本例開口度較低，適於表達離家在外的感傷情緒。

　　4.韓[-an]信乞飯[-an]，傅[-u]說版築[-iu]。（〈〔黃鍾〕女冠子・枉了閑愁〉）

這是一組用典的對偶，句首句尾互押，第一句「韓」、「飯」押寒山韻，第二句「傅」、「築」為魚模韻。

　　5.聽[-iəŋ]夜雨[-iu]無[-iu]情[-iəŋ]。（〈〔雙調〕集賢賓・思情〔尾〕〉）

五個音節裡用了兩個韻部的字。句首「聽」與句尾「情」押庚青韻，「雨、無」緊鄰相押魚模韻。

> 6.受了[-iau]多少[-iau]閑[-ian]煩[-an]惱[-iau]。（〈〔商調〕水仙子‧暑光催〔么篇〕〉）

「了、少、惱」爲蕭豪韻，「閑、煩」爲寒山韻字，也是一句押兩個韻部的例子。

> 7.綠[-iu]楊[-iaŋ]堤數[-u]聲漁[-iu]唱[-iaŋ]。（〈〔雙調〕壽陽曲‧漁村夕照〉）

「綠、數、漁」同爲魚模韻，而「楊、唱」爲江陽韻；本句呈現開口度小與開口度大的韻錯落互押的情形。

伍、協主要元音

協主要元音（Assonance），爲表現詩歌音樂性的方式之一。主要元音是韻母組成的基本部分，亦爲音節的核心。元音又稱母音、響音，發音時聲帶振動、氣流不受阻礙，是響度大而且悅耳動聽的樂音。《東籬樂府》每以相同的主要元音表現韻律效果，如：

> 1.午[-u-]夢[-u-]薰風[-u-]在何[-o-]處[-u-]。（〈〔越調〕小桃紅‧四公子宅賦之夏〉）

「午、夢、風、何、處」五個字的主要元音皆是後圓唇舌面元音，占句子5／7音節。

2.投至狐[-u-]蹤[-u-]與[-u-]兔[-u-]穴。（〈〔雙調〕夜
　　行船·秋思〔慶宣和〕〉）

在句子裡連續出現四個[u]，有緊收語音的作用。

3.兩[-a-]三[-a-]航[-a-]未曾著[-a-]岸[-a-]。（〈〔雙調〕
　　壽陽曲·遠浦帆歸〉）

4.劃[-a-]地將[-a-]芭[-a-]蕉[-a-]葉兒擺[-a-]。（〈〔商
　　調〕集賢賓·思情〔尾〕〉）

以上兩例，皆以[a]元音相連、間隔相協。

5.山[-a-]上[-a-]栽[-a-]桑[-a-]麻[-a-]。（〈〔雙調〕新水
　　令·題西湖〔阿納忽〕〉）

全句皆以響度最大的[a]元音相協。

6.琉[-o-]璃[-i-]鍾[-u-]琥[-u-]珀[-u-]濃[-u-]。（〈〔南
　　呂〕四塊玉·嘆世之六〉）

句子第三、四、六，均以[u]相協。此外，這是以「三三」劃分的六
字句，每三個音節以「圓—展—圓」唇形規律出現。

7.黑[-e-]河[-o-]邊[-e-]有[-o-]扇[-e-]尾[-e-]羊。（〈〔南
　　呂〕四塊玉·紫芝路〉）

以[e]、[o]兩個元音交錯出現，形成舌位以「前—後—前—後—前—

前」的規律，在唇形上則以「展—圓—展—圓—展—展」的規律，表現明顯的節奏感。

陸、協韻尾

協韻尾（Consonance），以相同或相似的韻尾間隔或連續出現，以達到類似押韻的效果。押韻，利用相同的語音收束，而韻尾是音節的末尾，以完全相同或僅有發音部位相同的音，使聲音收於相同部位。表演藝術每每利用這個原理，運用韻尾來拉長吟詠，藉以達到韻律效果。清人王德暉、徐沅澂合著《顧誤錄·頭腹尾論》論到：

> 字各有頭腹尾，謂之聲音韻。聲者出聲也，是字之頭；音者度音也，是字之腹；韻者收韻也，是字之尾。三者之中，韻居其殿，最為重要。計算磨腔時刻，尾音十居五六，腹音十有二三，若字頭之音，則十且不能及一。蓋以腔之悠揚轉折，全用尾音，故其為候較多，顯出字面，僅用腹音，故為時稍促。（《中國古典戲曲論著集成九》頁68）

由上文，更明瞭協韻尾對於曲文學的重要性。馬致遠喜用鼻音和圓唇元音韻尾，如：

> 1.被啼鶯[-ŋ]喚[-n]將[-ŋ]春[-n]去。（〈〔仙呂〕青哥兒·十二月之四月〉）

句中連續以四個鼻音韻尾相協，以「舌根—舌尖」的規律重複出現。

2.東[-ŋ]風[-ŋ]喚[-n]醒[-ŋ]梨花夢[-ŋ]。（〈〔越調〕小
桃紅・四公子宅賦之春〉）

「東、風、喚、醒、夢」皆鼻音收尾，以「舌根—舌根—舌尖—舌根
—舌根」規律出現，使其同中亦有變化。

3.想[-ŋ]像[-ŋ]間[-n]神[-n]仙[-n]宮[-ŋ]類館[-n]娃。
（〈〔雙調〕新水令・題西湖〔駙馬還朝〕〉）

爲舌根鼻音與舌尖鼻音相協，依序爲「舌根—舌根—舌尖—舌尖—舌
尖—舌根—舌尖」，發音部位「後—前」的規律移動。

4.恨[-n]不得明[-ŋ]皇[-ŋ]掌[-ŋ]中[-ŋ]看[-n]。（〈〔南
呂〕四塊玉，馬嵬坡〉）

以鼻音韻尾相協，形成「舌尖—舌根—舌根—舌根—舌尖」首尾相
協、句中連續相押的規律。

5.屎[-u]綽[-u]時教[-u]淨處[-u]屙[-u]。（〈〔般涉調〕
耍孩兒・借馬〔四煞〕〉）

本句以[u]元音相協，占音節數的5／7。

6.丁[-ŋ]香[-ŋ]枝上[-ŋ]，荳[-u]蔻[-u]梢[-u]頭[-u]。
（〈〔大豆調〕青杏子・姻緣〔還京樂〕〉）

這是一組對句。第一句「丁、香、上」皆以鼻音收尾韻，第二句四個
字，全用後高圓唇舌面元音[u]收尾。

7. 不[-u]合[-o]青[-ŋ]樓[-u]酒[-u]半[-n]酣[-m]。（〈〔雙
　調〕夜行船・不合青樓〉）

本例爲圓唇元音韻尾和鼻音韻尾交錯相協。

　　英烈〈詩歌的音樂美〉談到：

> 在一首詩每行詩句的末尾都用同韻字，或隔行詞句的
> 末尾用了同韻字，這樣把同一收音的字放在同一位置
> 上，就叫作「押韻」或「押腳韻」。它的作用在於，
> 把同韻字有規則地配置在詩句末，使它經過一段距離
> 之後，不斷反覆出現，互相呼應，造成全詩聲音上聯
> 結成一個整體，使文字束於韻而不離散，使詩句繫於
> 韻而不紛亂。（英烈，1990：92）

　　雖然只談到押韻的作用，但其他韻律類型亦相同。韻律的基本原
理是讓相同或相類似的聲音，有規律地反覆出現，因爲相同或相似的
音色在詩歌中規律性的出現便形成音律上的美感（謝雲飛，1978：
57）。同音重複、頭韻、押韻、句中韻、協主要元音、協韻尾每種
韻律類型，都是利用這樣的原理存在於語言中。有些韻律類型是傳
統文學研究者所忽略的，我們借用了語言學的方法、觀念、來分析
《東籬樂府》，發現馬致遠正是運用多種的韻律類，讓聲音和意義回
複頻繁，聲音結構緊密，展現聲情並茂、音韻和諧、節奏鮮明的風
格。

第二節　自然的頓歇

　　停頓和間歇，形成時間的間隔，使詩歌分為若干部分，產生緊慢相容的節奏感。為什麼會有這樣的頓歇存在呢？謝雲飛認為：

> 無論任何人在說話的時候，他都不是把要說的話一口氣地、不分高低地、不停頓地說完的；也不是按照音節一個一個死板地讀出來的，而是要有適切的停頓或間歇，配以適當的高低抑揚，把話分成若干小的段落，很有節律地說出來。……這種適切的停頓和間歇，不完全是標點符號斷句的地方，而且每個說話的人所停頓的地方，可能不完全一樣，但說話必須有適切的停頓和間歇，再配以抑揚頓挫，把它生動地表達出來，這是天經地義的事，這就是語言的音律。（謝雲飛，1978：10-11）

可知頓歇在語言表達上的重要性。頓歇具有不完全一致性，又依何者來劃分呢？根據謝氏的意見，包括生理的需要和語義的需求兩方面：

> 說話和人的呼吸活動發生極密切的關係，呼吸供給說話必須的空氣量，不呼吸，人便不能說話。……為了適應人類本身呼吸上的需求，所以人們在說話的過程中，不得不作適當的停頓或間歇，否則，人的生理上就有不自然和不舒服的感覺。……人類使用語言的目的是為了要表情達意，以完成交際、思想交流，……

為了要清楚地、明確地傳達思想、情感，而使對方能
清楚、明確地了解和接受你所表達的情意，就必須用
盡方法使自己的語詞之語義能顯明地表達出來，而在
一些語詞和另一些語詞之間作適切的停頓、間歇、升
高、降低、拉長或縮短音調、加重或減輕語氣，就是
使語義更明顯化的一種方法。……隨著人們在生理上
呼吸的要求，在口語裏自然而然地分成若干段落，這
種段落叫做「呼氣段落」，……其長短的伸縮性必須
牽就兩個條件，一是不妨礙語氣和語義的完整性；二
是不妨礙呼吸的自然性。（謝雲飛，1978：11-13）

　　雖每個人說話的快慢不同、停頓處也不一，仍要符合共同的語言
規律，不能違反語義的完整性；通常一個意義完整的詞，即是一個頓
歇的單位。這與漢語的特性相關，漢語基本上是一字一音節，也就
是「單音獨體」，每個音節具有一定的詞義，為最小的音、義結合
體，在構詞和構句上可獨立運用，這對漢語詩歌頓歇節奏的組成具有
決定性的作用，誠如陳本益所言：

漢詩就易於以一定數量的音節組成音義統一的音組。
這種音組既然有一定的意義（它一般就是一個詞或者
詞組），它的後面就容許有久暫不等的頓歇，這種音
組及其後面的頓歇在詩句（或詩行）中的反覆，便構
成了漢詩的「音節・頓歇節奏」。（陳本益，1994：
47）

漢語用兩個單音節詞組成詞組，中國傳統詩歌即發展以「二音節一頓

歇」的形式,這種若干音節一頓歇,又簡稱為「音頓」[2]。由頓歇形成節奏時,因為每一個音頓裡的音節數不同,藉著反覆而形成節奏的效果。

詩中,每句的音節數是固定的,以二音節或單音節一頓為主,而且位置固定,如五言詩為二二一、七言為四三(二二二一)等。曲,可加襯字,使其句式多變,每一句的音節數不定,正因為襯字的加入,吟唱的速度加快、口語和虛詞的加入,使得三音頓增多。襯字的運用,實際上打破了曲譜的定格,句式伸縮自如,從而突破了古代詩固定的節奏形式。

本節將解讀《東籬樂府》句子裡的間歇的節奏;時間較長的停頓,則可形成句子,不同音節數的句子的搭配,也是作者的巧心運用,亦在討論範圍之內。

壹、間歇節奏

間歇,是句子裡語句的暫歇處,每一個間歇處,大抵是意義完整的單位,並與呼吸、換氣的需要相配合。本單元針對《東籬樂府》句子內部的頓歇所形成的規律,來看它與二音頓傳統的同異,從中解析其風格。

傳統詩歌的音頓,以二音頓為主;《東籬樂府》則以三音頓

---

[2] 音頓,為「音節頓歇」的簡稱。關於詩歌中頓歇單位的稱呼,各家用法不一,也就是在兩個間歇之間的詞或詞組,到底應該稱為什麼呢?有沿自英詩而稱為「音步」,有人認為是幾個音節的組合,故稱為「音組」、「音尺」者。術語的紛歧,乃對於漢語詩歌節奏論不一(陳本益,1994:9-42),共列出五種節奏評論,依序為平仄節奏論、重輕節奏論、音組節奏論、頓節奏論、音節節奏論。陳氏在書中提出「音節‧頓歇節奏」的理論,將節奏單位,統一稱為「音頓」,其實「音頓」與「音組、音步、音尺」的所指皆相通,陳氏由漢語語音的特點出發,非沿用西方詩學的用法,指出音頓節奏的特性:和意義節奏統一、整齊均勻、簡單而又複雜。故筆者採用其說法,以音頓作為詩句中間歇單位的稱呼。(陳本益,1994:64)

爲主，二音頓次之。在五字句和七字句，《東籬樂府》和傳統的「二三」、「二二三」或「四三」相同。當然在五、七字句之外的句子，更能展現出其音頓節奏的特色。往後以其代表作〈〔般涉調〕耍孩兒‧借馬〉略探其間歇節奏規律。

1. 近來時／買得匹／蒲梢騎，氣命兒般／看承／愛惜。逐宵／上草料／數十番，喂飼得／膘息／胖肥。但有些／穢污／卻／早忙刷洗，微有些／辛勤／便下騎。有那等／無知輩。出言／要借，對面／難推。〔般涉調〕

2. 懶設設／牽下槽，意遲遲／背後隨，氣忿忿／懶把／鞍來備。我／沉吟了／半晌／語不語，不曉事／頹人／知不知。他又不是／不精細，道不得／他人弓／莫挽，他人馬／休騎。〔七煞〕

3. 不騎呵／西棚下／涼處拴。騎時節／揀地皮平處／騎。將／青青嫩草／頻頻的／喂。歇時節／肚帶／鬆鬆放，怕坐的困／尻包兒／款款移，勤覷著／鞍和轡，牢踏著／寶蹬，前口兒／休提。〔六煞〕

4. 飢時節／喂些草，渴時節／飲些水，著皮膚／休使／粗氈屈。三山骨／休使／鞭來打，磚瓦上／休教／穩著蹄。有口話／你／明明的／記：飽時／休走，飲了／休馳。〔五煞〕

5. 拋糞時／教乾處／拋，尿綽時／教淨處／尿，拴時節／揀箇／牢固樁橛上／繫。路途上／休要／踏磚塊，過水處／不教／踐起泥。這馬／知人義，似／雲長／赤兔，如／益德／烏騅。〔四煞〕

6. 有汗時／休去／簷下拴，渲時／休教／侵著頦。軟
   煮草／銼底細。上坡時／款把／身來聳，下坡時／
   休教／走得疾。休道人／忒寒碎，休教鞭／颩著／
   馬眼，休教鞭／擦損／毛衣。〔三煞〕

7. 不借時／惡了／弟兄，不借時／反了／面皮。馬兒
   行／囑付／叮嚀記：鞍心／馬戶／將伊打，刷子
   去刀／莫作疑。則嘆的／一聲／長吁氣。哀哀／怨
   怨，切切／悲悲。〔二煞〕

8. 早晨間／借與他，日平西／盼望你，倚門／專等／
   來家內，柔腸／寸寸／因他斷，側耳／頻頻／聽你
   嘶。道／一聲／好去，早兩淚／雙垂。〔一煞〕

9. 沒道理／沒道理，忒下的／忒下的。恰才／說來的
   話／君專記：一口氣／不違／借與了你。〔尾〕

　　在這首套數裡，作者用了許多助詞，如結構助詞「的、得」、時
態助詞「了、著」，還有詞綴「兒」，以及大量的重疊詞，都使得句
子無法完全以傳統「二字一頓」來劃分，必須符合實際的語氣來劃
分，如例9〔尾〕，第二句的「的」是一個標誌形容詞的結構助詞，
必須和「忒下」相連，以構成一個三音頓，所以這句雖然是一個六字
句，但無法以傳統的「二二二」來劃分。

　　在七字句方面，有與傳統詩句式相同的，如例8對句「柔腸／寸
寸／因他斷。側耳／頻頻／聽你嘶。」；但更多如例7「不借時／惡
了／弟兄，不借時／反了／面皮」、例5「拋糞時／教乾處／拋，尿
綽時／教淨處／尿」、例6「休教鞭／颩著／馬眼，休教鞭／擦損／
毛衣」等，都是和「二二三」不同的音頓節奏。

　　在五字句上，例5「這馬／知人義，似／雲長／赤兔，如／益德
／烏騅」這三句，第一句和「二三」的傳統句式相同，而第二、三

句這一組對偶句，以「一二二」的方式爲頓。在五、七言之外的句子，《東籬樂府》的間歇方式如下：六字句，多以「三三」爲頓，如例2「懶設設／牽下糟，意遲遲／背後隨」；八字句以「三二三」，如例2「不曉事／頹人／知不知」爲多；九字句則多爲「三三三」，如例1「近來時／買得匹／蒲梢騎」。

　　從作品中看出《東籬樂府》的頓歇節奏，因爲虛詞、口語，爲兼顧表意完整和呼吸的需要，故以三音頓爲基調。語氣上較傳統二音頓稍顯急切，然語義表達上更加清楚。另外一方面，語音上許多可唸輕聲的字加進來，如「的、得、兒」等，讓以三音頓爲主的急促感得以鬆緩。緊慢相互搭配，讓其音頓的節奏感更爲鮮明。

貳、停頓節奏

　　停頓，是較大的間歇，兩個停頓間所形成的即是句子，故停頓節奏所要探討的是句與句的搭配，就是不同音節數所構成的句子，它們組合成的作品，句與句之間是否可以形成某種效果？因爲曲中可加襯字，句子的音數，不再完全受限於格律，句子的長短可自由調配。如是，討論不同音節數的句子的搭配才有意義。如果一個句子的音節總數是一、三、五、七……等，稱「奇數句」；若一個句子的音節總數是二、四、六……爲「偶數句」。茲將《東籬樂府》1677個句子的音節數統計如下表：

奇數句	音節	一	三	五	七	九	十一	十三	十九
	數量	7	281	222	493	50	13	4	1
偶數句	音節	二	四	六	八	十	奇數句合計：1071（64%）		
	數量	8	237	211	129	21	偶數句合計：606（36%）		

由統計表格，整部《東籬樂府》以奇數句爲主體，此現象可解釋爲馬

致遠個人的習慣，甚至是有意爲之；因爲曲的可加襯字，已突破了曲譜中字數的限制，句子音節數的多寡，應在作家個人掌控之中，作家因著實際需要而調整，表現不同的風格。

一、奇數句與奇數句的搭配

　　奇數句，本身不如偶數句來得和諧；太過的和諧容易拘泥，容易顯得呆板，所以中國傳統古典詩，以七、五言爲主，乃在平衡中求變化。《東籬樂府》以奇數句爲主，如：

> 1.綠鬢衰，朱顏改，羞把塵容畫麟臺，故園風景依然在。三頃田，五畝宅，歸去來。（〈〔南呂〕四塊玉‧恬退之一〉）

「三‧三‧七‧七‧三‧三‧三‧」是〈〔南呂〕四塊玉〉的標準格式。全首以五個三字句爲基調，中間加入兩個七字句，使得這首作品有長短的變化，快慢的交遞不會顯得過於舒緩。

> 2.櫓搖搖，聲嗟呀，繁華一夢天來大，風物逐人化。虛名爭甚那？孤舟駕，功名已在漁樵話，更飲三杯罷。（〈〔雙調〕新水令‧題西湖〔山石榴〕〉）

「三‧三‧七‧五‧五‧三‧七‧五‧」這是以兩組「三‧七‧五‧」組合出現。

> 3.欲賦終焉力不加，囊篋更俱乏。自賽了兒婚女嫁，卻歸來林下。（〈〔雙調〕新水令‧題西湖〔一錠銀〕〉）

「七。五。七。五。」，就句子結構而言，這是兩組複句，在音節上
正好以「七。五。」形成一種定量重複的規律。

> 4. 世途人易老，幻化自空鬧。蜂衙蟻陣黃粱覺，人間
> 歸去好。（〈〔雙調〕喬牌兒・世途人易老〉）

「五。五。七。五。」這和例1一樣，都是在某個奇數句為主的作
品，再加入不同音節數的句子，以求變化，這是《東籬樂府》奇數句
搭配的常見現象。

馬致遠運用奇數句的組合，利用不勻稱的句子，形成整首作品的
和諧。

二、偶數句與偶數句的搭配

《東籬樂府》偶數句較少，或許作者有意迴避過多整齊的形式，
避免形成作品的板滯。偶數句的相配，乃三種組合中數量最少的。觀
察這些偶數句的作品，可以發現馬致遠運用不同音節數的偶數句相搭
配，以求同中有異，如：

> 1. 枯藤老樹昏鴉，小橋流水人家，古道西風瘦馬。夕
> 陽西下，斷腸人在天涯。（〈〔越調〕天淨沙・秋
> 思之一〉）

「六。六。六。四。六。」這首作品，不只以兩個音節一頓為主，而
且句子的音節數，也是以偶數為主。六字句在傳統詩歌是少見的，因
為容易顯得單調。馬致遠這首代表作，在第四句的地方，用了不同於
六字句的四字句，語氣上顯得較為緩和，末句又回到六字句，使得作
品不但有變化，而且有回應的效果。

2.真箇醉也麼沙，真箇醉也麼沙。笑指南峰，卻道西
樓，真箇醉也麼沙。（〈〔雙調〕新水令·題西湖
〔醉娘子〕〉）

「六。六。四。四。六。」這是〈〔雙調〕醉娘子〉的標準句式，其
特殊之處，也就在於第一、二、六句這三個六字句的末尾，都要是
「也麼沙」，這屬於語用虛詞中的格律虛詞，將於第五章第五節討
論。馬致遠用了三句重疊，加入兩個四字句，以錯開太多相同的音
節。

3.咸陽百二山河，兩字功名，幾陣干戈，項廢東吳，
劉興西蜀，夢説南柯。韓信功兀的般證果，蒯通言
那裡是風魔，成也蕭何，敗也蕭何，醉了由他。
（〈〔雙調〕蟾宮曲·嘆世之二〉）

「六。四。四。四。四。四。八。八。四。四。四。」本例與前述兩
例不同，本例以四字句爲基調，全首幾乎都是對偶句。第一、二、
三句是個複句，語義完整，頭句「咸陽」是個領調字，被它所引領的
「百二山河，兩字功名，幾陣干戈」則是一組鼎足對。第四句至第六
句也是一組鼎足對。第七、八句則換用兩句八字句相對，以符合急切
的口吻。第九、十句，回到四字句，也是一組對句。末句是獨用的四
字句。

三、奇數句與偶數句的搭配

奇數句與偶數句的搭配，是《東籬樂府》數量最多的。奇偶的相
配的組合變化較多，如：

1.春風驕馬五陵兒，暖日西湖三月時，管絃觸水鶯花市。不知音不到此，宜酒宜歌宜詩。山過雨顰眉黛，柳拖煙堆鬢絲。可喜殺睡足的西施。（〈〔雙調〕湘妃怨‧和盧疏齋西湖之一〉）

「七。七。七。六。六。六。六。八。」先以一組奇數句的對偶開頭，在全首作品一開始即有對稱感。第四句開始，以兩組六字句對偶形成，極具勻稱、平衡。末句則改以八字句。

2.笑陶家，雪烹茶，就鵝毛瑞雪初成臘，見蝶翅寒梅正有花，怕羊羔美醞新添價，拖得人冷齋裡閑話。（〈〔雙調〕撥不斷之六〉）

「三。三。八。八。八。八。」兩個三字句，在語氣上較緊湊。第三句開始，是一組八字句的鼎足對，語氣急切，反覆三次。末句亦為八字句，但非對偶句。

3.馮客蘇卿先配成，愁殺風流雙縣令。撲籟籟淚如傾，淒涼愁損，相伴著短檠燈。（〈〔仙呂〕賞花時‧長江風送客〉）

「七。七。六。四。六。」例句中的偶數句，以ABA的形式出現，有交錯的音樂感。

4.也不怕薄母放訝揺，諳知得性格兒從來纖下，顛不剌的相知不綣他，被莽壯兒的哥哥截替了咱。（〈〔大石調〕青杏子‧悟迷〔擂鼓體〕〉）

「八。十。九。十一。」如果以語義來分，可以歸爲兩組，音節數以「偶—偶—奇—奇」的方式出現。

由句中間歇節奏和句間搭配的停頓節奏二者，了解《東籬樂府》的間歇是符合生理的呼吸需求與意義完整，藉著間歇突顯、豐富內容和情感，進而表現出緊慢有致、鮮明的韻律感。停頓節奏，《東籬樂府》以奇數句爲主體，偶數句間、奇數句間、奇數句和偶數句的配合，構成內在暗律、於同中求異、和諧中求變化。這些手法，共同造就了《東籬樂府》勻稱和諧又不失活潑多變的風格，爲馬氏善用暗律的成果。

第三節　雙聲疊韻詞的運用

雙聲與疊韻，爲漢語雙音詞所獨具的語音形式。這種利用聲音部分相同構成的詞彙，廣泛地運用在詩歌語言，成爲詩歌表現音樂性的有力工具。李重華《貞一齋詩話》：

> 疊韻如兩玉相叩，取其鏗鏘；雙聲如貫珠相聯，取其宛轉。（袁行霈，1987：124）

王國維《人間詞話》：

> 余謂苟於詞之蕩漾處多用疊韻，促節處用雙聲，則其鏗鏘可誦，必有過於前人者。（王國維，1978：42）

換言之，疊韻多用在需要聲音舒暢、悠長之處，雙聲多用於需要聲音短暫、急促之處。二者搭配使用，能使語音的音響節奏跌宕回環，利

於吟誦。雙聲詞、疊韻詞的音樂效果確實存在，其原理爲：在一連串不同的聲音裡，出現了聲韻部分相同或完全相同的兩個相鄰的字，強調某一個聲音及其所表達的情緒，因其音樂性和抒情性，故在中國古典詩歌廣泛地運用。

　　《東籬樂府》在對偶句和句首、句末、第二音頓處，多運用雙聲疊韻詞，強調其音樂感和節奏性；雙聲疊韻詞，爲馬致遠在頭韻、協韻之外，表達聲音、意義回顧頻繁，呈現出聲音結構緊密特色的方法。本節的雙聲疊韻詞包括雙聲詞、疊韻詞和雙聲疊韻詞三者。雙聲詞，指聲母相同而韻母不同的詞；疊韻詞，指韻母相同而聲母不同的詞；雙聲疊韻詞，聲母和韻母皆相同的詞。聲母以輔音構成者爲多，發音部位相同的詞，亦可造成雙聲效果，故納入雙聲詞的範圍。

壹、對偶句的雙聲疊韻詞

　　漢語單音獨體、具聲調的特色，使得對偶成爲詩文中表達勻稱、和諧效果的手法。對偶句每每也是語音特點的匯集重點，《東籬樂府》廣用對偶，相同的位置上運用雙聲疊韻詞，藉此形成聲音的對比效果。如：

一、雙聲詞對雙聲詞

　　　　1. 柔腸[ʒiou, tʃiaŋ]寸寸因他斷，側耳[tʃai, ʒi]頻頻聽
　　　　　你嘶。道一聲好去[xau, k'iu]，早兩淚雙垂[ʃuaŋ,
　　　　　tʃ'uei]。（〈〔般涉調〕耍孩兒・借馬〔一煞〕〉）

四個句子分別爲兩組對偶句。前一組對句，以舌葉音的濁擦音和塞擦音構成句首的兩個雙聲詞；第二組對偶句，分別以舌根擦音、塞音的雙聲詞與舌葉擦音、塞擦音的雙聲詞，於句末相對。

　　2.快興到金壺[kiəm, xu]，涼意入郊墟[kau, xiu]。
　　（〈〔雙調〕夜行船·天地之間〔碧玉簫〕〉）

和前例相同，也是由舌根音構成的發音部位相同的雙聲詞。本組對偶句先塞音後擦音，氣流先短後長。

　　3.離香閣[xiaŋ, kau]近花科[xua, k'uo]。（〈〔仙呂〕賞花時·掬水月在手〔么〕〉）

這是一組當句對，皆為舌根音擦音和塞音所構成的詞，為兩個發音部位相同的雙聲詞。

　　4.西風塞上胡笳[xu, ka]，月明馬上琵琶[p'i, pa]。
　　（〈〔越調〕天淨沙·秋思之三〉）

前句由舌根擦音、塞音所組成的雙聲詞；後句是雙唇塞音的雙聲聯綿詞。

二、雙聲詞對疊韻詞

　　1.本待學煮海張生[tʃiaŋ, ʃəŋ]，生扭做遊春杜甫[tu, fu]。（〈〔南呂〕一枝花·惜春〔梁州〕〉）

這是以人名相對的對偶句。前句「張生」是由舌葉塞擦和擦音組成的雙聲詞，而且皆以舌根鼻音收音。「杜甫」同為魚模韻字。在兩句間，以相同的「生」字連接，語音在經過較長時間的停頓後，立即相呼應。

2.胸懷[xiuŋ, xuai]灑落，意氣[i, k'i]聰明。（〈〔般涉
調〕哨遍・張玉嵒草書〉）

這是一組主謂句的對句，兩個主語分別以雙聲和疊韻相對，「胸
懷」由舌根擦音所構成的雙聲詞，「意氣」屬齊微韻。

3.古鏡[ku, kiəŋ]當天[taŋ, t'ien]秋正磨，玉露[ɸiu, iu]瀼
瀼[ʒiaŋ, ʒiaŋ]寒漸多。（〈〔仙呂〕賞花時・掬水月
在手〉）

「古鏡」為舌根塞音雙聲詞，對魚模韻的疊韻詞「玉露」。第一句第
二音頓處，「當天」是尖塞音的雙聲詞；第二句第二音頓處的「瀼
瀼」為重疊詞。

三、疊韻詞對疊韻詞

1.管握銅龍[t'uŋ, liuŋ]，賦歌赤壁[tʃ'i, pi]。（〈〔般涉
調〕哨遍・張玉嵒草書〉）

這是詞義不平行的對偶句，關於對偶句的假平行於第六章第四節另立
專節討論。若就語音關係而言，「銅龍」不但是東鍾韻的疊韻詞，
[t']與[l]是舌尖前音，故是廣義的雙聲疊韻詞。「赤壁」為齊微韻
字。

2.體面妖嬈[iau, ʒiau]，精神抖擻[tou, sou]。（〈〔大石
調〕青杏子・姻緣〔還京樂〕〉）

這是主謂句對偶句，疊韻詞作為說明主語的謂語。「妖嬈」為蕭豪韻字，「抖擻」為尤侯韻字。就構詞法而言，「妖嬈」是個合義詞，「抖擻」是聯綿詞。

四、疊韻詞對雙聲詞

1.屠沽[t'u, ku]／乞食[k'i, ʃi]／為僚宰，版築／躬耕[kuŋ, kiəŋ]／有將才[tsiaŋ, ts'ai]。（〈〔雙調〕撥不斷之十三〉）

本例在兩句的第二音頓處相對，「乞食」同為齊微韻字，「躬耕」為舌根塞音的雙聲詞。此外，前句句首「屠沽」為魚模韻的疊韻詞；後句句末「將才」為舌尖塞擦音的雙聲詞。

2.回鸞態／飄飈[pi'au, iau]／翠被[ts'uei, p'ei]，過雲聲／留亮[liou, liaŋ]／歌喉[ko, xou]。（〈〔大石調〕青杏子・姻緣〔還京樂〕〉）

本例每句第二音頓和第三音頓皆以相同或相近的聲音所構成的詞。第二音頓處皆為聯綿詞；「飄飈」為疊韻聯綿詞，屬蕭豪韻，「留亮」是雙聲聯綿詞。句子最後一個音頓，「翠被」為齊微韻疊韻，「歌喉」為舌根音雙聲詞，而且主要元音相同。

3.貧不憂愁[iou, tʃ'ou]，富莫貪圖[t'am, t'u]。（〈〔雙調〕夜行船・天地之間〔錦上花〕〉）

「憂愁」為尤侯韻的並列式合義詞，「貪圖」是由舌尖前送氣塞音主從式合義詞。四個字有三個字是收後高圓唇元音[u]，[u]響度較低、

唇形收束，有助於表達語意。

　　在各組對偶句，馬致遠習慣將雙聲疊韻詞置於句首或句末，使有語音關係的詞，處於換氣前後的音頓，鄰接較長停頓時間，成爲強調的重點，在對偶句更爲突顯。

貳、句首的雙聲疊韻詞

　　句首的位置，是較長時間的停頓之後的位置，就曲而言，是一個換氣的地方。如在句首即讓相同或部分相同的聲音連續出現，更能強調聲音的所指內涵。依聲音的關係可分三種類型：

一、雙聲詞

　　　　1.分付[fən, fu]與東君略添些。（〈〔仙呂〕青哥兒・十二月之十二月〉）

句首與第二個音頓都是雙聲詞。「分付」是唇齒清擦音，發唇齒音時必須以上齒和下唇共同阻止氣流，是不容易發的音。

　　　　2.相思[siaŋ, si]病，怎地醫？（〈〔雙調〕壽陽曲之十六〉）

以舌尖擦音所構成的詞，擦音是適合拉長的音。

　　　　3.曲江[k'iu, kiaŋ]頭麗人天氣[ki]。（〈〔仙呂〕青哥兒・十二月之三月〉）

「曲江」以舌根塞音組成，和句尾「氣」的舌尖塞音、舌根相互呼應，成爲一種頭韻效果，句子由[k]開首，也由[k]結尾。

4. <u>乞巧</u>[k'i, k'au]樓空夜筵散。（〈〔越調〕小桃紅・四公子宅賦之秋〉）

以舌根送氣塞音構成的雙聲詞。

5. <u>寰海</u>[xuan, xai]清夷。（〈〔中呂〕粉蝶兒・寰海清夷〉）

以舌根擦音所構成的雙聲詞。

二、疊韻詞

1. <u>東風</u>[tuŋ, fuŋ]園林昨暮。（〈〔仙呂〕青哥兒・十二月之四月〉）

「東、風」皆屬東鍾韻，句中其他四個字分別屬於四個不同的韻部，收音不相同，如此更能突顯句首「東風」的節奏性。

2. <u>襄王</u>[siaŋ, uaŋ]謾說陽臺夢。（〈〔南呂〕四塊玉・巫山廟〉）

「襄王」同屬江陽韻，收於舌根鼻音[ŋ]。本句的韻尾依序為「ŋ-ŋ-n-／-ŋ-／-ŋ」共有四個舌根鼻音，一個舌尖鼻音，鼻音為本句主要的韻尾。鼻音響度大，本句的響度極強。

3. <u>翡翠</u>[fei, ts'uei]坡前那人家。（〈〔仙呂〕青哥兒・

十二月之正月〉）

「翡翠」是質色兼表的顏色詞，就聲音關係是個疊韻聯綿詞。關於顏色詞部分，請參照第五章第四節。

　　4.麗日[li, ʒi]遲遲簾影篩。（〈〔仙呂〕賞花時·弄花香滿衣〉）

和前例的「翡翠」相同，皆為齊微韻。「麗日」是主從式的合義詞。

　　5.讀書[tu, iu]須索題橋柱。（〈〔雙調〕撥不斷之三〉）

讀書，為魚模韻。本句韻尾以後高圓唇元音[u]為主，以「u-u-u-o-i-u-u」出現，兩個非[u]的，一個是後次高圓唇元音，一個是前高展唇元音；故而本句收音以高圓唇元音為基本，藉著圓唇將聲音收束於內，氣流較不易散去，有助於表達某種特定的情感。

三、雙聲疊韻詞

　　1.想像[siaŋ, siaŋ]間神仙宮類館娃。（〈〔雙調〕新水令·題西湖〔駙馬還朝〕〉）

「想像」舌尖擦音聲母的江陽韻字，句首以雙聲疊韻詞，有助於聲音的統一，不會渙散。

　　2.至治[tʃi, tʃi]華夷。（〈〔中呂〕粉蝶兒·至治華

夷〉）

「至治」是聲韻皆同的詞。

參、句末的雙聲疊韻詞

句末，是全句最後一個音頓，曲的演唱因實際情況而拉長聲音的節拍，以收吟詠讚嘆的效果，強調其詞的內涵。如：

一、雙聲詞

　　1.散秋香桂娥將就[tsiaŋ, tsiou]。（〈〔仙呂〕青哥兒・十二月之八月〉）

以舌尖塞擦音組成的雙聲詞，塞擦音發音是先緊後鬆的情形，正好可以符合句末拉長的需求。

　　2.寫長空兩腳墨淋漓[liəm, li]。（〈〔般涉調〕哨遍・張玉嵒草書〔么〕〉）

由舌尖邊音構成的雙聲聯綿詞，邊音是濁音，其響度為輔音之冠，在許多擬聲詞或詞嵌中，都以[l]為主，因其悅耳響亮。

　　3.著領布袍雖故舊[ku, kiou]。（〈〔黃鍾〕女冠子・枉了閑愁〔黃鍾尾〕〉）

這是一個舌根塞音雙聲並列式合義詞，舌根塞音是在較易發音部位上，以緊張的方法發音。

4.紅日如奔過隙駒[kuo, xi, kiu]。（〈〔雙調〕撥不斷
　　之四〉）

「過隙駒」是典故詞，典故於第五章第三節討論。此處謹就語音
談，它是由舌根音所組成的雙聲詞。

5.好姻緣取次[ts'iu, ts'i]磨滅[muo, mie]。（〈〔雙調〕
　　夜行船・簾外西風〔風入松〕〉）

句末兩個音頓連續使用雙聲詞，發音部位由舌尖到雙唇，由易至
難；發音方法由塞擦而鼻，響度逐漸增強。
　　以上各例是單句的使用情形，亦見多句句末連用雙聲詞的例證。
如：

6.草書掃地無蹤跡[tsiuŋ, tsi]。天再產玉嵒翁。卓然獨
　　立根基[kən, ki]。甚綱紀[ka, ki]。（〈〔般涉調〕哨
　　遍・張玉嵒草書〉）

這三個詞都是常用的合義詞，皆爲雙聲詞，重複在句末出現，造成明
顯的節奏感。

二、疊韻詞

1.律管兒女漫吹灰[tʃ'uei, xuei]。（〈〔仙呂〕青哥兒・
　　十二月之十一月〉）

「吹灰」是由齊微韻構成的疊韻詞。齊微韻，以[uei]三個高元音爲
韻，氣流不易散流爲此韻特點。

2.錦帳佳人會<u>溫存</u>[uən, ts'uən]。（〈〔仙呂〕青哥兒‧十二月之十月〉）

由眞文韻所形成的疊韻詞。眞文韻，以舌尖鼻音[n]收尾，響度大。

3.新月曲<u>闌干</u>[lan, kan]。（〈〔越調〕小桃紅‧四公子宅賦之秋〉）

「闌干」爲寒山韻字，收音和眞文相同，其主要元音是前低展唇舌面元音[a]，加上舌尖鼻音韻尾[n]，極響亮。

4.仙桂影<u>婆娑</u>[p'uo, suo]。（〈〔雙調〕賞花時‧掬水月在手〉）

這是屬於歌戈韻的聯綿詞。

5.也不怕薄母放<u>訝搯</u>[a, k'a]。（〈〔大石調〕青杏子‧悟迷〔擂鼓體〕〉）

「訝搯」屬於家麻韻字，是個沒有韻尾的韻，主要元音[a]，開口大、響度大。

6.月纖妍人自<u>娉婷</u>[p'iəŋ, t'iəŋ]。（〈〔仙呂〕青哥兒‧十二月之七月〉）

「娉婷」屬庚青韻的疊韻聯綿詞。

7.恨薄情四時[si, ʃi]辜負[ku, fu]。（〈〔雙調〕壽陽曲
之二十二〉）

在相臨的兩個音頓連用兩個疊韻詞，使得聲音的協韻效果更加彰
顯。

三、雙聲疊韻詞

1.尋思樂毅非良將[liaŋ, tsiaŋ]。（〈〔雙調〕撥不斷之
十四〉）

句首「尋思」爲舌尖擦音雙聲詞，句尾「良將」亦爲舌尖音所構成的
詞，具頭韻效果；而「良將」亦爲江陽韻字。

2.東籬半世蹉跎[ts'uo, t'uo]。（〈〔雙調〕蟾宮曲・嘆
世之一〉）

本例是舌尖音、歌戈韻構成的雙聲疊韻聯綿詞。

3.俺不是曾花裡鑽延，酒樓上貪婪[t'am, lam]。
（〈〔雙調〕夜行船・不合青樓〔鴛鴦煞〕〉）

這是由舌尖音、監咸韻組成的雙聲疊韻詞。

肆、第二音頓處的雙聲疊韻詞

除用在句首、句末、對偶句之外，馬致遠也將這種具有聲音特點的詞用在句中，尤其在第二音頓，如：

> 1.商女／<u>琵琶</u>[p'i, p'a]／斷腸聲。（〈〔南呂〕四塊玉・潯陽江〉）

「琵琶」是一個音譯的外來語，其構詞原本或許是擬聲詞，也可能是聯綿詞。就內部語言關係而言，爲一個雙聲詞。

> 2.塞上／<u>清秋</u>[ts'iəŋ, ts'iou]／早寒。（〈〔越調〕天淨沙・秋思之二〉）

「清秋」爲舌尖塞擦音的雙聲詞。

> 3.四海／<u>縱橫</u>[tsiuŋ, xuŋ]／第一／管筆。（〈〔般涉調〕哨遍・張玉喦草書〔尾〕〉）

「縱橫」爲反義並列式合義詞，是個東鍾韻的疊韻詞。

> 4.也做了／<u>長江</u>[tʃ'iaŋ, kiaŋ]／販茶客。（〈〔商調〕集賢賓・金山寺〔隨調煞〕〉）

「長江」同爲江陽韻的疊韻詞。

> 5.他／<u>只是</u>[tʃi, ʃi]／思故鄉。（〈〔南呂〕四塊玉・紫芝路〉）

「只是」是支思韻疊韻詞，也是由舌葉音構成的雙聲詞。

　　6.桃花／嫣然[ɕien, ʒien]／三月天。（〈〔雙調〕壽陽
　　　曲之十三〉）

「嫣然」是「然」詞尾的派生詞，為先天韻疊韻詞。

　　7.宮商／律呂[liu, liu]／隨時奏。（〈〔中呂〕喜春
　　　來・六藝之樂〉）

「律呂」是標準的雙聲疊韻詞，兩字同音，只是聲調不同。
　　竺師家寧《古音之旅》提到雙聲疊韻詞在文學上的作用：

　　　文學是求美的，古代的歌謠常常運用一些雙聲、疊韻
　　　的詞彙，來造成朗誦、吟詠上的音樂美。……例如中
　　　國最早的歌謠總集──《詩經》，正可以看到大批的
　　　這類詞彙，……諸如此類的詞彙，都是在人們的語言
　　　習慣中不知不覺而自然產生的，不是人為的去分析字
　　　音，然後有意造出這樣的詞彙，因為在那個時代還不
　　　具備分析字音的知識。（竺家寧，1989：105）

　　《詩經》時代開始，這種自然產生、漢語構詞特性的雙聲疊韻詞
即成為詩歌語言的成員，此為由詞彙所構成的韻律效果。
　　《東籬樂府》自也不例外，馬致遠巧妙地將雙聲疊韻詞安排於對
偶句相對的位置上，有效地強化韻律感。句首或句尾，相臨較長頓
歇，為節奏明顯處，出現大量的雙聲疊韻詞。此外，句中出現處以第
二音頓為多。這些地方，都經過了或長或短的停歇之後，容易和其

他句子或詞間隔開來，形成明顯的節奏感，從而強調聲音的所指內涵。如此，聲音在相鄰回複，韻的效果明顯易見，聲音結構緊密的風格明白呈現。

第四節　句式的反覆

　　句式，為句子的結構類型。前幾節裡分別討論了韻律類型、頓歇、雙聲疊韻詞等問題，分別代表著語音、停頓、詞彙形成的音韻風格，本節討論相同句式重複造成的節奏。如此分節，是論述的方便，實際上，語音、詞彙、句法、頓歇相結合，才是音律的整體。頓歇是形成節奏的方法，通常是一個語義完整的單位，也就是詞或詞組。句式正是組織這些詞或詞組的方法；相同句式的反覆，正是一些語義單位與其包含的頓歇，以同樣的方式組合起來。陳秀貞言：

> 　　由於相同句式的反覆，等於是使許多小的單位有最整
> 齊的規律性的停頓，同時也結合許多小的語言單位的
> 停頓，產生更大的語言單位的停頓規律，從而使音律
> 更為顯著。（陳秀貞，1993：53）

　　傳統詩文的「對偶」即運用相同句式相鄰，而產生突顯、強調的節奏規律，只是那時的人們還不懂得句法，只會運用而不知其內在的原因為何。因此，句式的重複也就成了文學作品的一種暗律。如今，我們運用語言學的知識，能夠發現前人所未發現，清楚地了解其原理。關於句子結構的多項問題，將於第六章句法風格詳細討論，本節僅以句式能形成節奏做說明。

　　句式重複形成節奏，可以由兩方面來討論：一是帶同字的句式重複；二是不帶同字的句式反覆。本節將由這兩方面來檢視《東籬樂府》中句式反覆的情形。

壹、帶同字的句式反覆

　　帶同字的句式反覆，指句式相同的句子裡，帶有相同的字，這與第一節的「同音重複」有部分重疊，但並不相等。「同音重複」不一定是同字，而且不限在不同句子，或相鄰的句子裡；本單元所指，必須是相鄰的兩個或兩個以上的句子，其中的同字必須擔任相同的語法功能。如：

> 1.一箇力扶漢基，一箇張晉室。（〈〔雙調〕慶東原‧嘆世之五〉）

　　這是一組主謂句的重複。「一箇」在句子皆擔任主語，代指諸葛亮和羊祜。兩個句子，都用「一箇」當主語。

> 2.雁北飛，人北望。（〈〔南呂〕四塊玉，紫芝路〉）

　　這也是主謂句的重複，「北」為謂語的狀語。

> 3.雲來也是空，雨來也是空。（〈〔南呂〕四塊玉‧巫山廟〉）

　　這兩個連動句，僅更換主語，謂語部分完全相同，以「來也是空」重複使用。

> 4.無也閑愁，有也閑愁。（〈〔雙調〕行香子‧無也閑愁〉）

　　和前例相同，僅改動主語，謂語相同。

5.怨<u>離別</u>，恨<u>離別</u>。（〈〔雙調〕撥不斷之四〉）

這是一組零句皆爲動賓結構。以同義詞「怨」、「恨」爲動詞，接受者皆爲「離別」，不僅韻律節奏強烈，語氣也極強。

6.青草畔<u>有</u>收酪牛，黑邊<u>有</u>扇尾羊。（〈〔南呂〕四塊玉・紫芝路〉）

兩句皆以「……有……」的句式出現，爲存現句的重複出現。

7.<u>有一</u>片凍<u>不死</u>衣，<u>有一</u>口餓<u>不死</u>食。（〈〔般涉調〕哨遍・半世逢場作戲〔三〕〉）

這也是兩句存現句相鄰反覆，以「有一……不死……」的句式重複。

8.但<u>有些</u>穢污卻早忙刷洗，微<u>有些</u>辛勤便下騎。（〈〔般涉調〕耍孩兒・借馬〉）

這是句式相同的句子，卻非對偶句。以「副詞＋有些……賓語＋連詞＋（狀語）動詞」組合而成，爲兩個承接複句的連續。

9.<u>愛他那</u>一操兒琴，<u>共他那</u>兩句兒詩。（〈〔南呂〕四塊玉・臨邛市〉）

省略主語的動賓結構，以「動詞＋他＋那……兒＋賓語」的句式相連出現兩次。

10.感春情來來往往蜂媒，動春意哀哀怨杜宇，亂春心
　喬喬怯怯鶯雛。（〈〔南呂〕一枝花‧惜春〔梁
　州〕〉）

爲一組鼎足對，皆爲「動詞＋春……＋AABB＋主語」的形式，
AABB皆作定語用。

11.你把柴斧拋，我把魚船棄。（〈〔雙調〕清江引‧
　野興之一〉）

兩個把字句的相鄰，爲「主語＋（把＋賓語）＋動詞」，以「把」字
組成的介賓結構，修飾動詞。

12.攜著良友生，覓著閑遊處。（〈〔雙調〕夜行船‧
　天地之間〔碧玉簫〕〉）

省略了主語的兩組動賓結構，爲「動詞＋著＋賓語」，同用「著」表
示這兩個動作正在進行。

13.覷了他行賺，聽了他言談。（〈〔雙調〕夜行船‧
　不合青樓〔阿忽令〕〉）

以「動詞＋了＋他＋賓語」，「了」表示動作完成，賓語都是以
「他」爲開頭的詞組。

14.見氣順的心疼，脾和的眼熱。（〈〔雙調〕夜行

船‧酒病花愁〉)

「見」字爲這兩句的領調字，所引領的句子，皆以「……的……」的句式組成。「的」所組成的詞組，爲「心疼」、「眼熱」的狀語。

15.酷吟的詩句穩，忙寫的字兒歪。(〈〔商調〕集賢賓‧思情〔么篇〕〉)

和上例一樣，皆是重複「的」字，所組成詞組作爲主語「詩句、字兒」的定語。

貳、不帶同字的句式反覆

不帶同字的句式反覆，指幾個反覆的句式裡沒有相同的字詞。故而不帶同字的句式反覆，比帶同字的句式反覆更不易爲人察覺，更需要以語法學的知識來剖析，方得知相同的句法結構相連，亦能顯示整齊的節奏，傳達明顯的韻律感，這正是語言學一展長才的空間。《東籬樂府》不帶同字的句式反覆，如：

1.聲清恰似蠶食葉，氣勇渾同猊抉石。(〈〔般涉調〕哨遍‧張玉喦草書〔五煞〕〉)

主謂式對偶句，而且是兩組兼語句。主語部分「聲清」、「氣勇」爲主從式詞組，「恰似蠶食葉」、「渾同猊抉石」爲動賓式結構；賓語的部分，「蠶」和「猊」爲主語，「食」和「抉」爲動詞，「葉」和「石」爲賓語。

2.軟如楊柳和風舞，硬似長空霹靂摧。(〈〔般涉調〕哨遍‧張玉喦草書〔四煞〕〉)

為述補式對偶句，由「形容詞＋動詞＋補語（名詞＋狀語＋動詞）」相連；述語皆是形容詞，補語說明其程度。

　　　　3.暖日宜乘轎，春風堪信馬。（〈〔雙調〕新水令‧
　　　　　題西湖〔慶東原〕〉）

此例是無主句的對偶，狀語「暖日」和「春風」皆為主從式詞組；中心詞則「副詞＋動詞＋名詞」組成。

　　　　4.雲外塔。日邊霞。橋上客。樹頭鴉。（〈〔雙調〕
　　　　　新水令‧題西湖〔胡十八〕〉）
　　　　5.酒中仙。塵外客。林間友。（〈〔雙調〕行香子‧
　　　　　無也閑愁〔離亭宴帶歇指煞〕〉）

以上兩例都是主從式名詞詞組，定語部分，都是以處所詞構成的地點，作品多次排比，有回顧的作用。

　　　　6.看密匝匝蟻排兵，亂紛紛蜂釀蜜，急攘攘蠅爭血。
　　　　　（〈〔雙調〕夜行船‧愁思〔離亭宴煞〕〉）

「看」是這三個句子的領調字，三個句子皆是「ABB＋主語＋謂語」，ABB式重疊詞，同為狀語。謂語部分皆為動賓結構。

　　　　7.李斯豈解血沾衣？亞父爭如饑喪囚。（〈〔黃鍾〕
　　　　　女冠子‧枉了閑愁〔出隊子〕〉）

用典的對偶句，以「人名＋（副詞＋動詞）＋賓語」的形式重複出

現。

> 8.周生丹鳳道祥禽，魯長麒麟言怪獸。（〈〔黃鍾〕
> 女冠子・枉了閑愁〔么篇〕〉）

兩組主語移位的句子，主語分別是「丹鳳」和「麒麟」，皆插在謂語
的動詞之前，原本應爲「丹鳳周生道祥禽。麒麟魯長言怪獸。」移位
後，以「謂語的主語＋原來的主語＋動詞＋賓語」重複。

> 9.俗子先登旅岸，佳人尚立僧街。（〈〔商調〕集賢
> 賓・金山寺〔么篇〕〉）

兩個主謂俱全的句子，以「主語＋（副詞＋動詞）＋處所賓語」的形
式出現，主語和處所賓語，均爲主從式詞組。

> 10.子孝順，妻賢惠。（〈〔南呂〕四塊玉・嘆世之
> 二〉）

爲主謂句的重複，謂句部分，皆爲並列式合義詞。

> 11.儘場兒喫悶酒，即席間發淡科。（〈〔南呂〕四塊
> 玉・嘆世之九〉）

主謂句重複，主語皆爲動賓結構，謂語也是動賓結構。形成「（動詞
＋賓語）＋動詞＋賓語）」結構相鄰。

> 12.韓信功兀的般證果，蒯通言那裏是風魔。（〈〔雙
> 調〕蟾宮曲・嘆世之二〉）

用典故的對偶句，「主語＋（代詞＋動詞）＋賓語）」重複兩次。

　　13.會作山中相，不管人間事。（〈〔雙調〕清江引·
　　　野興之六〉）

以「副詞＋動詞＋賓語」句式比鄰出現，賓語為主從式詞組。

　　14.畢卓生前酒一杯，曹公身後墳三尺。（〈〔雙調〕
　　　撥不斷之三〉）

兩個句子用典相對，以「人名＋時間詞」重複，本例亦是主謂謂語
句的重複。第一層，「畢卓」、「曹公」皆為主語，「生前酒一
杯」、「身後墳三尺」為謂語。第二層次，「生前」、「身後」為
主語，「酒一杯」、「墳三尺」為謂語。第三層次裡，「酒」和
「墳」皆為主語，「一杯」和「三尺」同為謂語。為兩個層層包孕的
句子。

　　15.近黃昏禮佛人靜，順西風晚鐘三四聲。（〈〔雙
　　　調〕壽陽曲·煙寺晚鐘〉）

這是一組非對偶的相同句式的反覆。以「（動＋賓語）＋（定語）＋
主語＋謂語」的形式重複。「近黃昏」和「順西風」都是動賓結構作
為全句修飾語；「禮佛」和「晚」均為定語，「靜」、「三四聲」同
為謂語，皆作為主語「人、鐘」的修飾或說明語。

　　句式重複，如果帶同字，運用了同音重複的韻律原理，在相同位
置出現相同的詞，回覆它所帶的語音。不論是否帶有同字，皆把相同

的停頓和相同的詞（或詞組），以相同句式結構起來，緊連出現，產生整齊的節奏、明顯的韻律感。這是格律所無法規定的，它是潛在字裡行間的默契，更是每位作家的特殊之處。在《東籬樂府》馬致遠用250組對偶句，和用一些結構相同但非對偶的句子相連，乃是運用相同句式的反覆，相鄰兩個或兩個以上的句子，有整齊的頓歇、有相似結構的語義單位；以主謂句式的反覆最多，句首即把重點點出來，再繼續說明，讓人很清楚句子的重心是什麼。這就是馬致遠利用相同句式的反覆，而產生的一種規律性的節奏，為他的暗律風格之一。

第五章

《東籬樂府》的
詞彙風格

　　詞，是能獨立運用的最小的語言單位，即是句子的建構材料。因此，詞彙是語言體系最爲活躍的部分，語言的發展變化往往最先反映在詞彙，最容易觀察出作家的語言風格。

　　從南宋到清朝前期，爲近代漢語的主幹部分[1]，在長達六個世紀的時間裡，因著政治、經濟、社會、文化的變動，產生了大量新的詞語。這些新的詞語，有些表達原有的概念，另一部分承載新概念。有些上古、中古漢語的語詞，在此時被賦予新的意義。不論如何，都呈現出異於古漢語的面貌。元代承續著唐宋以來市民文學發揚的精神，文學作品（以元曲爲代表）記錄大量的口語，反映當時生活的實際情況；詞彙的表現，不但比唐宋更遠離古代漢語的文言詞彙，更近於現代漢語，這是語言發展的必然規律。

　　《東籬樂府》屬於元期前期的作品，爲俗文學的一員，記錄近代漢語的樣貌，也是早期普通話的資料。本章將由複音詞構詞類型、代詞、成語與典故、顏色詞、虛詞、詞類活用等六者，一一探討《東籬樂府》的詞彙，期盼藉由歸納整理，了解馬致遠驅遣語言的習慣與特點，從而尋求其詞彙風格。

第一節　複音詞的構詞類型

　　詞，是具有意義、可自由地用來造句、藉著語音表現的最小的語言單位。上古時期事物簡單、書寫不易、文字少，單音詞足以應付交際需要。隨著時間的累積、各方文化的交流、外在事物與日俱繁，記錄語言的文字也增多。語音的擴充是有侷限的，語音少而文字多，無

---

[1]　近代漢語與是歷史語言學的一部分，諸家對它的上下限劃分不一，有些論述將南宋、元代、明代和清代前期認為是近代漢語的主幹部分，長達六個世紀左右；其上沿可向前推幾個世紀，下沿可向後延伸一段時間；若將上下沿的時間考慮進來，可以長達十個世紀左右。（袁賓，1992：1-6）

可避免地形成「單音詞同音化」的現象。同音的單音詞多，語音辨別意義的作用受到考驗，也就是語音無法再勝任交際的功能；人們爲了把情意表達完整，嘗試加入另個詞輔助說明。魏晉時期，已產生了大量的複音詞；近代漢語，雙音詞、多音詞的數量大大增加，於是複音詞逐漸取代單音詞，成爲漢語的主要部分。

　　複音詞，簡稱爲複詞[2]，包括雙音詞和多音詞，乃由兩個或兩個以上的音節構成的詞。複音詞爲《東籬樂府》的主幹，作品所有的複音詞，扣除專有名詞後，共得864個，分析其構詞法[3]，可得合義詞524個、派生詞124個、衍聲詞109個、重疊詞83個、節縮詞24個。往後分別舉例說明。

壹、衍聲詞

　　衍聲詞，依著聲音關係而組合的詞，包括擬聲詞、聯綿詞和音譯詞三類，皆具以音表義、不可分訓、字形不定等特點。

---

[2] 目前漢語語法、構詞法的術語並不統一，各家術語的內涵也不一致，這是因為各家對於漢語構詞看法不一。「複詞」是複音節詞、複音詞。有一個相似的詞——複合詞。複合詞有二種解釋：一種將它等同於「合成詞」（由兩個或兩個以上的詞素構成的詞）；另外，則將它是為合成詞的一種（另外一種是派生詞）。複音詞，有三種概念：一是等同於「雙音詞disyllabic word」（由兩個音節構成的）；二為多音詞的一部分（「多音詞polysyllabic word」由兩個或兩個以上的音節構成的詞）；三即為多音詞。因本節所要探的不只是漢語的雙音節化，還包括近代漢語中的特色——多音節詞，故而採用第三種說法。

[3] 複音詞的構成方式，就是構詞法（因為單音節詞由一音節組成，故無此問題）。根據《實用中國語言學詞典》解釋為「指詞的結構中詞素組合的方式和方法。語言中的每一個詞都是構詞法研究的對象，觀察分析詞的內部結構，總結出詞素的組合的方法和方式，就是構詞法的研究任務。」（葛本儀，1993：81）可知道構詞法是以找出詞的構詞規律的學問。（張壽康，1985：3）它和造詞法不同，造詞法「指給客觀事物命名從而創造新詞的方法」（葛本儀，1993：80）。漢語構詞法，直至目前為止，仍然是漢語語法學、詞彙學討論的課題，各家說法不一，綜合起來有：因聲音構成的衍聲詞、因意義構成的合義詞、由重疊而來的重疊詞、由詞根加詞綴的派生詞、由縮略而來的節縮詞。

一、擬聲詞

擬聲詞，又稱象聲詞、狀聲詞或摹聲詞，指用人類語言的語音形式，模仿客觀事物音響構成的詞。

語言，是人類交際的工具和符號，藉著聲音傳情達意。聲音和意義間的關聯，是約定俗成而存在。擬聲詞直接模仿大自然、動物、事物等的聲音，如實地記錄下來，此為擬聲詞和其他詞彙最大的區別。擬聲詞與模擬對象是不同的聲音，聽覺上很容易分辨，經過聯想作用後才能一致或相似。自然的聲音無限，而語音和文字有限，模擬後形成某些差距，勢所難免。因時代、地域、個人主觀音感等相異，同一聲音會有不同的紀錄。另外，也有不同聲音採用同一個詞彙來記錄的現象，一個詞代表著不同的聲音。擬聲詞是所有語言共有的現象，向為文人所樂用，《東籬樂府》亦是，依聲源可分為：

(一)大自然發出的聲音

1. 曲溪流水潺潺。（〈〔越調〕天淨沙・秋思之二〉）

這是以重疊方式構成的擬聲詞，在句中作謂語。

2. 秋聲嗚喧。（〈〔雙調〕夜行船・簾外西風〉）

也是一個擔任謂語的擬聲詞。

3. 簾外西風飄落葉，撲簌簌落滿階砌。（〈〔雙調〕夜行船・簾外西風〉）

和「潺潺」一樣，為重疊式的擬聲詞，當動詞「落」的狀語。

(二)人發出的聲音

　　1.來生去死嗟吁。（〈〔雙調〕夜行船・天地之間
　　　〔錦上花〕〉）

「嗟吁」是感嘆聲。

　　2.小單于把盞呀剌剌唱。（〈〔南呂〕四塊玉・紫芝
　　　路〉）
　　3.撲簌簌淚如傾。（〈〔仙呂〕賞花時・長江風送
　　　客〉）

以上例詞都是ABB式擬聲詞，分別作動詞「唱」的狀語和「淚如
傾」的修飾語。

(三)人以外的動物發出的聲音

　　1.山禽曉來窗外啼，喚起山翁睡。恰道不如歸，又叫
　　　行不得。（〈〔雙調〕清江引・野興之三〉）
　　2.綠頭鴨黃鶯兒啅七七。（〈〔般涉調〕哨遍・半世
　　　逢場作戲〔尾〕〉）

三個例詞分別爲杜鵑、黃鶯和綠頭鴨的叫聲，依序擔任賓語、謂
語。

㈣器物發出的聲音

　　1.撲通地石沉大海。（〈〔雙調〕集賢賓・思情〉）

擬聲詞「撲通」和「地」字組合而成副詞，作為全句修飾語。

　　2.都想著吃登登馬頭前挑著照道。（〈〔雙調〕喬牌
　　　兒・世途人易老〔清江引〕〉）
　　3.聽得那靜鞭響燋燋聒聒。（〈〔南呂〕一枝花・詠
　　　莊宗行樂〔梁州〕〉）

以上這兩例都是重疊詞，分別擔任定語和補語。
　　馬氏作品僅用30個擬聲詞，若我們朗讀這些句子，不僅可以感
覺語言的音樂性，更發現擬聲詞具體生動、形象傳神、聲情交融的效
果；以「嗚噎」將秋聲的悲涼點出、「呀刺刺」已把小單于得意的樣
貌表現出來、「撲通」真如石沉大海……，每一個擬聲詞，都把事
物的聲音、情感活生生地展現，讓人如臨其境，這正是擬聲詞的作
用。

二、聯綿詞
　　聯綿詞，又稱「連綿詞」或「連詞」，由一個詞素構成的雙音
節詞，構成成分大體有語音的關聯[4]，如雙聲、疊韻；所重在於聲，

4　語音的關聯，有些學者將疊音式重疊詞（即重言），或擬聲詞也加進來，統稱為聯綿詞；周
　玉秀（1994）主張聯綿詞的形成途徑有三：一是古代語音分化，二是外語音譯詞，三是同義
　詞連用形式。故而有些學者將音譯詞、同義詞（即並列式合義詞）包括進來。由此看來，可
　知聯綿詞範圍的界定並不一致。因為本論文將擬聲詞、重疊詞、音譯詞獨立論述，在此所指
　的聯綿詞範圍較小。

字形往往不固定；在句中大部分為狀詞。聯綿詞，絕大部分是雙聲疊韻，例如：參差、玲瓏、薜荔、淋漓等為雙聲；綢繆、翡翠、蹉跎、婆娑、叮嚀等為疊韻；也有既非雙聲也非疊韻，如梧桐、鸚鵡、珊瑚等。文學中除一部分名詞，如珊瑚、薜荔、骷髏、鳳凰、鴛鴦等為被描寫的對象外；聯綿詞大多用來狀物、表情，如：

(一)描繪人事物形貌

> 1.蓬萊倒影<u>參差</u>。（〈〔雙調〕湘妃怨‧和盧疏齋西湖之二〉）

參差，長短不整齊的樣子。

> 2.寫長空兩腳墨<u>淋漓</u>。（〈〔般涉調〕哨遍‧張玉喦草書〔么〕〉）

淋漓，形容墨跡欲滴的樣子。

> 3.精神<u>抖擻</u>。（〈〔大石調〕青杏子‧姻緣〔還京樂〕〉）

抖擻，神采奕奕的模樣。

> 4.月纖妍人自<u>娉婷</u>。（〈〔仙呂〕青哥兒‧十二月之七月〉）

娉婷，形容女子的美貌。

(二)表達情意

1. 誰家玉簫吹鳳凰，教斷腸人越添惆悵。（〈〔雙調〕壽陽曲之十九〉）
2. 相識若知咱就里，和相識也一般憔悴。（〈〔雙調〕壽陽曲之二十三〉）
3. 玉容上帶著些寂寞色。（〈〔商調〕集賢賓‧金山寺〔么篇〕〉）

聯綿詞的運用，不論表達情意或描摹形貌，藉著聲音的傳達，皆能使作品更加傳神、生動。

三、音譯詞

音譯詞，爲外來詞[5]的一種。指借用外來詞語，將外來詞語的語音形式漢語化從而產生新詞。外來詞，是漢文化包容力的表現之一。從上古以迄今日，各類型的外來文化，不僅增添了文化的內涵，更產生了大量的外來詞，留下各個歷史時期中外文化交流的證據。

近代，是中國開展對外經濟貿易和文化交流的重要時期[6]。元朝

---

[5] 外來詞指本民族語言從其他民族語言吸收過來的詞，也稱借詞。外來詞的形式，除音譯之外，尚有：a.音譯兼表義的外來詞，音譯之外，加入表義成分，例如：卡車、啤酒、沙丁魚等等；b.純粹義譯，將新的概念用漢語的構詞成分和構詞方法造出來，如飛機、蜜月、地中海等；c.由日文中借來的詞，近代日文中，有許多漢字書寫的新造或義譯的詞，漢語將其借來應用，如積極、景氣、目的、場合等等。

[6] 當時，在華的西域種族便有24種之多，像元代將人民劃分為四個等級，以「色目人」統稱的西域各族即是。外國商人紛紛前來進行經濟、文化、宗教的交流和傳播，多在揚州、杭州、寧波、泉州、廣州等沿海城市經商。（郭錦桴，1993：280-281）

因著版圖的擴大，和外國接觸頻繁；也承繼一批上古、中古的外來詞，豐富了元朝的音譯詞。

　　往下依音譯詞的來源，舉例說明《東籬樂府》運用情形（來源分歸和解釋依據岑麒祥《漢語外來語詞典》）：

（一）來自匈奴和西域者

　　上古和外族即有接觸，但對漢語影響不大。外來詞應始於漢朝，此時開始和匈奴、西域（玉門關、陽關以西的地方）諸國因著戰爭、貿易等關係而產生了一批詞彙。如：

> 1.商女<u>琵琶</u>斷腸聲。（〈〔南呂〕四塊玉・潯陽江〉）

琵琶（梵語vivañki）一種絃樂器。初作「枇杷」，《釋名・釋樂器》：「枇杷本出於胡中，馬上所鼓也。」

> 2.小<u>單于</u>把盞呀剌剌唱。（〈〔南呂〕四塊玉・紫芝路〉）

單于譯自匈奴語Tenkuri Koto Zenyu，由Tenkuri天＋Koto子＋Zenyu廣大而來，原是廣大的天子。

> 3.愛園林一抹<u>胭脂</u>。（〈〔雙調〕湘妃怨・和盧疏齋西湖之三〉）

胭脂，又做燕支、焉支、煙肢、燕脂、臙脂、撚支，都是由匈奴語yinṭi譯來，指一種用胭脂花製成的化妝品。

4.琉璃鍾琥珀濃。（〈〔南呂〕四塊玉・嘆世之
六〉）

「琥珀」是個爭議性的詞。代表一種黃褐色礦石，可做裝飾品及藥
用。最早見《漢書・罽賓國傳》寫作「虎魄」，源於突厥語xubix；
一說來自敘利亞語harpax；一說來自中古波斯倍利維語kaburpai（郭
錦桴，1993：281；周振鶴、游汝杰，1987：221）。

(二)來自梵語者

梵語大部分隨著佛教傳入中國，對漢語影響頗鉅。佛經的翻譯始
自東漢，六朝以前採直譯法，文辭晦澀難懂，流通不廣，對漢語影響
不大。六朝以後不僅大量翻譯佛經，並且改以意譯，加上社會的動盪
不定，佛教大爲盛行，變成生活的一部分。於是佛教用語以及其他梵
語借詞和譯詞，對於漢語的影響與日俱增。

1.逃炎蒸莫要逃禪。（〈〔仙呂〕青哥兒・十二月之
六月〉）
2.怎生教老僧禪定。（〈〔雙調〕壽陽曲・煙寺晚
鐘〉）

「禪」是「禪那」的簡稱。譯自梵語dhyāna，意爲靜心思慮。佛家
稱靜坐爲「坐禪」。「禪定」這個詞，梵漢各半，「禪」在成爲漢語
中衍生力極強的詞，除了禪定之外，現代漢語中有禪功、禪語、禪
機、參禪、禪味、打禪七等詞。

3.僧歸藜杖懶。（〈〔商調〕集賢賓・金山寺〔隨調
煞〕〉）

  4.怎生教老<u>僧</u>禪定。（〈〔雙調〕壽陽曲・煙寺晚鐘〉）

  5.佳人尚立<u>僧</u>街。（〈〔商調〕集賢賓・金山寺〔么篇〕〉）

僧，爲「僧伽」的簡稱。僧伽由梵語saṃgha音譯來，爲眾意，即比丘集團。後來一個比丘也稱爲僧。例3、4皆指一個比丘；例5則是由「僧」衍生出來的詞，指稱廟宇。

  6.雲外<u>塔</u>。（〈〔雙調〕新水令・題西湖〔胡十八〕〉）

塔，爲梵語stūpa譯爲「窣堵波」、「率都婆」、「兜婆」、「塔婆」等，後來略稱而成塔。原指佛堂，後來非此亦稱塔，如水塔、塔臺、燈塔等等都是，可見塔在漢語已被普遍運用。

  7.蒯通言那裡是風<u>魔</u>。（〈〔雙調〕蟾宮曲・嘆世之二〉）

魔，爲梵語māra魔羅的省稱，意爲能奪命、障礙、擾亂等。初譯爲磨，後經梁武帝改爲魔。魔，後來構成許多詞，除了例詞之外，如魔鬼、魔術、魔幻、魔女、魔頭、妖魔鬼怪等都是。

  8.<u>琉璃</u>鍾琥珀濃。（〈〔南呂〕四塊玉・嘆世之六〉）

琉璃，譯自梵語velūnya，又作「吠琉璃」、「吠努璃耶」是一種用扁青石做原料燒成的器材，質脆而瑩澈，可用來做建築材料或裝飾品。後世的琉璃瓦是用礦石爲藥料燒製而成，與此不同。

9. 便似洛伽山觀自在。（〈〔商調〕集賢賓·金山寺
〔么篇〕〉）

洛伽山，由梵語Potalaka而來，爲「補怛洛迦」的別譯。佛經傳說中的一座山，觀音菩薩住在此地。

10. 去伽藍廟裡述懷。（〈〔商調〕集賢賓·金山寺
〔么篇〕〉）

伽藍，「僧迦藍摩」的簡稱，「僧迦藍摩」爲梵語saṁgharāma音譯，意指眾園，爲僧眾所住的地方，世稱佛寺爲伽藍。

11. 文錦編挑滿四圍，通三昧。（〈〔般涉調〕哨遍·
張玉喦草書〔一〕〉）

三昧，梵語samadhi的音譯，也作「三摩地」、「三摩提」，意初爲「正定」，心定於一處不動。後指事物的奧妙處，或使某事的要訣。

(三)來自蒙古語者

1. 窮則窮落覺囫圇睡。（〈〔般涉調〕哨遍·半世逢
場作戲〔要孩兒〕〉）

囫圇，由蒙古語hura而來。原爲圓形的園子、圍牆，後轉用指整個、完全不缺的，如囫圇吞棗。

2.遲和疾，内藏庫内無了歪鏝。（〈〔南呂〕一枝
花・詠莊宗行樂〔尾〕〉）

3.盡教他統鏝的姨夫喊。（〈〔雙調〕夜行船・不合
青樓〔鴛鴦煞〕〉）

鏝，爲蒙古語「漫昆」mängün 的訛略，指銀兩，如例2。例3統鏝，
是一個「鏝」衍生出來的動賓結構詞組，指多財。

　　《東籬樂府》所用的音譯詞，以自梵語來者爲最多，來自匈奴、
西域者次之，來自蒙古語者最少。不論何種來源，都反映了文化交流
的現象，記錄各朝代的詞彙，從中可看出某些詞語的衍生能力。馬
氏運用這些特殊的詞語，描寫情態，如用「囤圇」形容整日睡覺的
情形、形容蘇小卿有「洛伽山」觀音的容貌，讓人可以直接聯想起
來，對於如實地傳達情境和準確性的幫助，是無庸置疑的。

貳、合義詞

　　合義詞，又稱合義複詞，指因意義關係結合的詞。依詞素與詞素
的關係，分爲：並列式、主從式、動賓式、動補式、主謂式五種。

一、並列式

coordinate construction，又稱「聯合式」、「並立式」（湯廷
池，1998：14-18），詞中各個語素間的關係平等，不做任何修飾、
說明等作用。按照詞素的意義、性質可分爲三類：

㈠同義並列式

　　由意義相同或相近的詞素組成。

　　1.名素＋名素

(1)菊花霜冷香<u>庭戶</u>。（〈〔雙調〕壽陽曲之二十一〉）

庭戶，爲主語「菊花」的賓語，明指花開的地點。

(2)嬌滴滴海棠<u>顏色</u>。（〈〔雙調〕壽陽曲之十二〉）

顏色，爲全句中的主語，本應爲「海棠顏色嬌滴滴」，作者將謂語「嬌滴滴」提前。

2.動素＋動素

(1)又無甚<u>經濟</u>才。歸去來。（〈〔南呂〕四塊玉‧恬退之四〉）

「經、濟」，原皆動詞，此指「經世濟民」的才能。

(2)<u>愛惜</u>梅花積下雪。（〈〔仙呂〕青哥兒‧十二月之十二月〉）

(3)釣叟來<u>尋覓</u>。（〈〔雙調〕清江引‧野興之一〉）

兩個例詞皆做動詞用。

3.形素＋形素

(1)近<u>黃昏</u>禮佛人靜。（〈〔雙調〕壽陽曲‧煙寺晚鐘〉）

黃昏爲動詞「近」的賓語，表示時間。

(2)結三生<u>清淨</u>緣。（〈〔南呂〕四塊玉・嘆世之七〉）

佛家語「三生」和例詞「清淨」作爲「緣」的定語。

(3)<u>貧窮</u>何辱。（〈〔雙調〕夜行船・天地之間〔錦上花〕〉）

貧窮爲句中主語。

(二)反義並列式

　　由意義相反的詞素組成。
　　1.動素＋動素

(1)<u>俯仰</u>間飛來峰勝巫峽。（〈〔雙調〕新水令・題西湖〔駙馬還朝〕〉）

「俯、仰」，本爲動詞，加上「間」成爲時間名詞，表時間短暫，爲全句修飾語。

(2)吟詩未穩<u>推敲</u>字。（〈〔雙調〕湘妃怨・和盧疏齋西湖之四〉）

推敲，爲句中動詞。
　　2.形素＋形素

(1)<u>是非</u>潛，終日樂堯年。（〈〔中呂〕喜春來・六藝之數〉）

是非，是句中主語。

　　(2)聖賢尚不脫陰陽彀。（〈〔黃鍾〕女冠子・枉了閑
　　　愁〔黃鍾尾〕〉）

陰陽彀，爲動詞「脫」的賓語，在下位層次裡，「陰陽」又作爲
「彀」的修飾定語。

　　(3)才見了明暗。（〈〔雙調〕夜行船・一片花飛〔阿
　　　忽令〕〉）

明暗，爲動詞的「見了」的賓語，指事情的眞相。

(三)同性並列式

　　由意義相關、詞性相近的詞素組成。
　　1.名素＋名素

　　(1)東籬本是風月主。（〈〔雙調〕清江引・野興之
　　　八〉）

這是一個判斷句，第一層「風月主」爲賓語；風月，是第二層
「主」的定語。

　　(2)他心肝般看俺。（〈〔雙調〕夜行船・不合青樓
　　　〔鴛鴦煞〕〉）

「心肝」加上「般」做動詞「看」的狀語。

(3)兩字功名，幾陣干戈。（〈〔雙調〕蟾宮曲・嘆世之二〉）

兩個例詞皆為主語，受定語「兩字」、「幾陣」的修飾。

2.動素＋動素

(1)圖甚區區苦張羅。（〈〔南呂〕四塊玉・嘆世之一〉）

「張羅」為全句的賓語，為下位層次中的主語，接受「區區」和「苦」的修飾。

(2)沒氣性休交人啜賺。（〈〔雙調〕夜行船・不合青樓〉）

這是一個「教（交）」字句，為被動形式，啜賺為全句動詞，意為欺騙。「教」字引介動作的發出者「人」，共同組成介賓結構，作為動詞「啜賺」的狀語。

3.形素＋形素

(1)意氣聰明。（〈〔般涉調〕哨遍・張玉嵒草書〉）

為主語「意氣」的謂語。

(2)住一區安樂窩。（〈〔南呂〕四塊玉・嘆世之七〉）

安樂窩，爲動詞「住」的賓語，安樂又是修飾「窩」的定語。

二、主從式

　　modifier-head construction或endocentric construction，又稱「修飾式」、「向心結構」、「同心結構」等，其構詞成分的詞素間，具有互相修飾的關係。它和並例式同爲較早的構詞形式，而且主從式的衍生力與日俱增。
　　1.名素＋名素

　　　(1)冰壺瑤臺天遠。（〈〔仙呂〕青哥兒‧十二月之六月〉）

瑤臺，爲全句主語，指神仙住處；冰壺，爲「瑤臺」的定語，指清靜。

　　　(2)困煞中原一布衣。（〈〔南呂〕金字經之三〉）

指平民，爲全句賓語。
　　2.形素＋名素

　　　(1)寶馬香車陌上塵。（〈〔仙呂〕青哥兒‧十二月之二月〉）

「香車」和「寶馬」皆爲本句主語。

　　　(2)直到東市方知。（〈〔雙調〕慶東原‧嘆世之六〉）

「東市」指刑場，爲處所賓語。

　　3.副素＋動素

　　　　(1)莫向風塵內，久<u>淹留</u>。（〈〔大石調〕青杏子‧姻緣〔憨郭郎〕〉）

「淹留」爲全句的動詞，受狀語「久」的修飾。「淹」本身即有「久」意。

　　　　(2)我<u>沉吟</u>了半晌語不語。（〈〔般涉調〕耍孩兒‧借馬〉）

「沉吟」爲全句動詞，因有時態助詞「了」，爲完成式動詞。

　　4.動素＋名素

　　　　(1)當年東君<u>生意</u>。（〈〔仙呂〕青哥兒‧十二月之十一月〉）
　　　　(2)暗裡<u>流年</u>度。（〈〔雙調〕夜行船‧天地之間〔江兒水〕〉）

二個例詞，分別作爲謂語、主語，皆爲名詞。

三、動賓式

　　verb-object construction，又稱「支配式」，由動詞和賓語兩個詞素組合。爲宋以後常用的構詞形式，如：

　　　　1.可知道<u>司馬</u>和愁聽。（〈〔南呂〕四塊玉‧潯陽江〉）

「司馬」指白居易，爲主語。

2.誰能<u>躍馬</u>常<u>食肉</u>。（〈〔南呂〕四塊玉・嘆世之三〉）

躍馬、食肉皆是指官員，做句中賓語。

3.自是<u>知音</u>惜<u>知音</u>。（〈〔南呂〕四塊玉・海神廟〉）

這是判斷句，「知音惜知音」爲判斷動詞「是」的賓語，在下位層次裡，兩個「知音」，一作主語，一作賓語。

4.律管兒女漫<u>吹灰</u>。（〈〔仙呂〕青哥兒・十二月之十一月〉）

「吹灰」指演奏爲賓語，受狀語「漫」的修飾。

5.不<u>關心</u>，玉漏滴殘淋。（〈〔中呂〕喜春來・六藝之樂〉）

6.重<u>回</u>首往事堪嗟。（〈〔雙調〕夜行船・秋思〉）

兩句的例詞皆是動詞，皆受副詞修飾。

7.<u>嚼</u>蠟光陰無味。（〈〔般涉調〕哨遍・半世逢場作戲〉）

8.商女琵琶<u>斷腸</u>聲。（〈〔南呂〕四塊玉・潯陽江〉）

9.<u>噴火</u>榴花紅如茜。（〈〔商調〕水仙子・暑光催〉）

三個例詞，皆為名詞作做語用。

四、動補式

　　verb-complement construction，又稱為「補充式」，後一個成分是前一個成分的補充說明，可以「A之使B」來檢驗。這是近代漢語才多用的構詞方式，結構關係較動賓式更加緊密。依詞素的性質可分為：

㈠動素＋動素

1.有人<u>參透</u>其中趣。（〈〔雙調〕夜行船・天地之間〔喬牌兒〕〉）

2.為西湖<u>撚斷</u>髭。（〈〔雙調〕湘妃怨・和盧疏齋西湖之四〉）

3.前村<u>冷落</u>漁樵。（〈〔仙呂〕賞花時・孤館雨留人〔賺煞〕〉）

以上例詞在句中皆做動詞，皆帶賓語。

4.好姻緣取次<u>磨滅</u>。（〈〔雙調〕夜行船・簾外西風〔風入松〕〉）

本例爲倒裝句，「磨滅」做動詞用，其賓語「好姻緣」前置。

> 5.休耽閣一天柳絮如綿舞，滿地殘花似錦鋪。
> （〈〔南呂〕一枝花‧惜春〔隔尾〕〉）

「休耽閣」做全句修飾語，亦爲領調字。

(二)動素＋形素

> 1.分明掌上見嫦娥。（〈〔仙呂〕賞花時‧掬水月在手〔賺煞〕〉）

「分明」作爲全句修飾語。

> 2.妻兒胖了咱消瘦。（〈〔南呂〕四塊玉‧嘆世之五〉）

「消瘦」做「咱」的謂語。

> 3.不消分別。（〈〔雙調〕夜行船‧簾外西風〔鴛鴦煞〕〉）

「分別」原爲動詞，在句中做賓語。

五、主謂式

　　subject-predicate construction，又稱「表述式」，指構詞成分之間，具有主語與謂語的關係。這種方式形成的詞彙，漢魏六朝時期不甚發達，隋唐宋時普遍運用。依其語素性質可分爲：

㈠名素＋動素

　　　1.人生百年如過駒。（〈〔雙調〕夜行船・天地之間
　　　　〔江水兒〕〉）
　　　2.相偎相抱診脈息。（〈〔雙調〕壽陽曲之十六〉）

以上例詞，分別做主語和賓語。

　　　3.見氣順的心疼，脾和的眼熱。（〈〔雙調〕夜行
　　　　船・酒病花愁〉）

「氣順」、「脾和」為句中的主語。「心疼」、「眼熱」又為謂
語。

　　　4.野鶴孤雲，倒大自由。（〈〔雙調〕行香子・無也
　　　　閑愁〔錦上花〕〉）

「自由」，為形容詞，接受情狀副詞「倒大」的修飾，做「野鶴孤
雲」的謂語。

　　　5.風流城南修褉。（〈〔仙呂〕青哥兒・十二月之三
　　　　月〉）

形容詞，為全句修飾語，描述城南修褉的事情。

(二)名素＋形素

1.<u>命薄</u>的窮秀才，誰教你回去來。（〈〔南呂〕四塊玉・天台路〉）

例詞做主語「窮秀才」的定語。

2.論<u>春秀</u>誰如。（〈〔仙呂〕一枝花・惜春〉）

指女主人的心理名詞做賓語用。

參、派生詞

派生詞[7]是現代漢語衍生力極強的詞彙，乃由詞根加上詞綴組合而成的詞。詞根（或稱詞幹），為詞的主要部分，代表根本的詞彙意義。詞綴，又稱「附加成分」，必須依附詞根而存在[8]；且因本身的意義已泛化或虛化，只能在詞彙的基本意義之外，表示某種附加意義。詞綴的作用在於標明語義類型、顯示詞類（陳光磊，1994：19）。在詞根之前者稱為詞頭、在詞根之後者稱詞尾、在詞根之間者稱詞嵌。派生詞產生的原因，陳森認為：

這當是因了漢字乃是屬於單音系統（這是就大體而

---

[7] 有些學者將派生詞和合義詞統稱為合成詞，但構詞的方式不盡相同，合義詞著重於意義的結合；而派生詞內部的詞素並非由意義結合而來，故本論文將此類詞獨立出來。

[8] 湯廷池（1988：96）認為漢語詞彙結構是否有詞根、詞綴的分別，以及是否應該分詞頭、詞尾、詞嵌，仍是需要再討論的問題。另有，部分學者將加在動詞之後的「了、著、過」，也視為詞綴；本論文將其視為結構助詞。

言。中國即使也有複音綴的語詞，但為數既少，而當
筆之于書時，仍得應用單音綴的字。）為求聲音的安
定、辭句的活潑以及避同音異義字之發生誤解，所以
常在某些語詞之後加上「子」字或「兒」使成為複音
綴或三音綴。這種情形，在詞曲中特為常見。這是由
於詞曲原是用來歌唱的，因而有時也就不得不將音綴
設法予以延長，俾利趁韻。這些詞曲，無疑地乃是中
國文壇上的奇魄異卉，是研究中國近代語言的珍貴資
料。（陳森，1959a：24）

這段文字，雖僅提及「子」、「兒」，其他詞綴的情形亦復如此；文
中點出派生詞在詞曲的地位及價值。
　　《東籬樂府》派生詞的構詞方式有「詞頭＋詞根」和「詞根＋詞
尾」，以加詞尾者為多。

一、詞頭＋詞根

㈠【忒～】

　　忒，作形容詞詞頭，有加強的作用，表「極、甚、過」等義；為
《東籬樂府》的特色之一，如：

> 1.休道人忒寒碎。（〈〔般涉調〕耍孩兒‧借馬
>   〔三〕〉）
> 2.忒下的忒下的。（〈〔般涉調〕耍孩兒‧借馬
>   〔尾〕〉）
> 3.況瀟灑忒孤悽。（〈〔商調〕水仙子‧暑光催〔金
>   菊香〕〉）

㈡【可～】

可，原爲「許可、可以」等義。當它和動詞組合，實義逐漸虛化，成爲動詞轉爲形容詞的標誌。如：

　　1.想當初事可傷。（〈〔南呂〕四塊玉・鳳凰坡〉）
　　2.就手裡游蜂鬥爭採，不離人左側，風流可愛。
　　　　（〈〔仙呂〕賞花時・弄花香滿衣〔賺煞〕〉）

兩個例詞，皆做謂語。

　　3.百歲能歡幾時價。可惜韶華過了他。（〈〔大石調〕青杏子・悟迷〔石竹子〕〉）

「可惜」作爲「韶華過了他」的修飾語。

二、詞根＋詞尾

漢語詞尾多數唸作輕聲，用得最廣泛的是名詞詞尾「兒、子、頭」三者，以「子」的詞綴化的時間最早。其他還有「然、夫、煞、家、生」等。

㈠【～子】

名詞詞尾「子」，是一個極早的詞綴，受漢語雙音化的影響，由詞而變爲詞素，由實詞「子」漸爲詞綴，中古眞正完成。在它的前面可以加名詞、動詞、形容詞，馬氏採用「名詞＋子」，是一種最早的用法，如：

　　1.灑東窗燕子銜泥。（〈〔般涉調〕哨遍‧張玉嵒草
　　　書〔么〕〉）

從「子」指「動物的幼小者」虛化而來，帶有嬌小的意思。

　　2.驂鸞仙子騎鯨友。（〈〔大石調〕青杏子‧姻
　　　緣〉）

從「子」指「一切人」義而來。

　　另外，作者也用「形容詞＋子」的形式，這是中古時才產生的構
詞方式，如：

　　3.安排老子留風月，準備閑人洗是非。（〈〔般涉
　　　調〕哨遍‧半世逢場作戲〔要孩兒〕〉）

為作者自稱，有一種誇飾的意思。

㈡【～兒】

　　「兒」的詞綴化比「子」來得晚，在近代漢語卻有極強的衍生
力，是《東籬樂府》運用最多的詞綴。「兒」的運用導致兒化韻，引
起詞根的語音變化。「兒」作為實詞，本義指「孩子」，它的虛化是
由表細小、輕賤開始。當它運用在指稱事物時，帶有親近、喜愛的意
味。唐代以後用指動、植物乃至一般事物。如：

　　1.恰待葵花開，又早蜂兒鬧。（〈〔雙調〕清江引‧
　　　野興之七〉）
　　2.馬兒行囑咐叮嚀記。（〈〔般涉調〕要孩兒‧借馬
　　　〔二〕〉）

3. 綠頭鴨<u>黃鶯兒</u>啅七七。（〈〔般涉調〕哨遍·半世逢場作戲〔尾〕〉）

4. 貼春衫又引得個<u>粉蝶兒</u>來。（〈〔仙呂〕賞花時·弄花香滿衣〔賺煞〕〉）

以上為動物名，原本已是詞的「蜂」、「馬」、「黃鶯」、「粉蝶」之後加上「兒」，帶有著可愛、喜歡的意思。

5. 水飄著<u>紅葉兒</u>。（〈〔雙調〕湘妃怨·和盧疏齋西湖之三〉）

6. 疏竹響，晚風篩，剗地將<u>芭蕉葉兒</u>擺。（〈〔商調〕集賢賓·思情〔尾〕〉）

兩個例詞都是將植物的「葉子」稱為「葉兒」，這和現代漢語的用法不同。

7. 再休將風月<u>擔兒</u>擔。（〈〔雙調〕夜行船·一片花飛〔風入松〕〉）

8. 從別後，音信杳，<u>夢兒</u>裡也曾來到。（〈〔雙調〕壽陽曲之六〉）

9. 忙寫得<u>字兒</u>歪。（〈〔商調〕集賢賓·金山寺〔么篇〕〉）

10. 採蓮湖上<u>畫船兒</u>。（〈〔雙調〕湘妃怨·和盧疏齋西湖之二〉）

11. <u>實心兒</u>待，休做<u>謊話兒</u>猜。（〈〔雙調〕壽陽曲之十一〉）

12.我則怕長朝殿裡<u>勾欄兒</u>做不滿。（〈〔南呂〕一枝花・詠莊宗行樂〔尾〕〉）

13.自駕著個私奔<u>坐車兒</u>。（〈〔南呂〕四塊玉・臨邛市〉）

以上指物，爲《東籬樂府》中常用、數量也最多的「～兒」詞。

14.<u>儘場兒</u>吃悶酒。（〈〔南呂〕四塊玉・嘆世之九〉）

15.一枕葫蘆架，幾行垂楊樹。<u>是搭兒</u>快活閑住處。（〈〔雙調〕清引江・野興之八〉）

搭兒，又作「答兒」，指地方。以上兩例詞皆爲指處所詞。

16.<u>半晌兒</u>使的成病。（〈〔雙調〕壽陽曲之十七〉）

17.剛得那<u>半載兒</u>惚寬。（〈〔南呂〕一枝花・詠莊宗行樂〔梁州〕〉）

二者爲時間詞。

18.問人知行到一萬遭，不信你<u>眼皮兒</u>不跳。（〈〔雙調〕壽陽曲之六〉）

19.<u>柳葉眉兒</u>好，等你過章臺。（〈〔商調〕集賢賓・思情〔金菊香〕〉）

20.動不動<u>口兒</u>潑懺。（〈〔雙調〕夜行船・不合青樓〔阿忽令〕〉）

21.也不怕薄母放訝搯，諳知得<u>性格兒</u>從來織下。
（〈〔大石調〕青杏子‧悟迷〔擂鼓體〕〉）

以上指人具體或抽象的名稱。

另外，尚有「數量詞＋兒」的例子，如：

22.愛他那<u>一操兒</u>琴。（〈〔南呂〕四塊玉‧臨邛市〉）

23.但有<u>半米兒</u>虧伊天覷者。（〈〔雙調〕夜行船‧酒病花愁〔么〕〉）

(三)【～頭】

頭，作為詞綴，比上述「子、兒」較不普遍。「頭」，本指「人頭」。在上古時已和方位詞結合，形成方位名詞的後綴。中古時期更多。近代漢語，產生了加「頭」的一般名詞，而非僅是方位名詞。

1.且向<u>江頭</u>作釣翁。（〈〔南呂〕金字經之一〉）
2.垂釣<u>灘頭</u>鷺鸞。（〈〔雙調〕湘妃怨‧和盧疏齋西湖之二〉）
3.傀儡<u>棚頭</u>。（〈〔雙調〕行香子‧無也閑愁〔碧玉簫〕〉）
4.馬踏<u>街頭</u>月。（〈〔雙調〕行香子‧無也閑愁〔清江引〕〉）
5.煩惱如何到<u>心頭</u>？（〈〔南呂〕四塊玉‧嘆世之三〉）

例詞的「頭」，有「上、邊」意，原來「人頭」的意思已經消失，而且指稱的對象亦無限制，即泛化了。

> 6.朦朧醉眸，覷只頭黃花瘦。（〈〔雙調〕行香子‧無也閑愁〔碧玉簫〕〉）
> 7.恁頭見三徑邊，淵明醉倒。（〈〔雙調〕喬牌兒‧世途人易老〔歇指煞〕〉）

「只頭」、「恁頭」都是「指示代詞＋頭」所形成的，皆是「這裡、這邊」的意思，現代漢語已無這兩個詞。

> 8.常待做快活頭，永休開是非口。（〈〔雙調〕行香子‧無也閑愁〔離亭宴帶歇指煞〕〉）

這是近代漢語新興的「形容詞＋頭⇨名詞」的類型。

(四)【～夫】

　　夫，和下述的「家」都是指人的詞尾。夫，本義指為「男子通稱」，後來虛化，而做為表示人的身分。如：

> 1.且做樵夫隱去來。（〈〔南呂〕金字經之二〉）
> 2.樵夫覺來山月底。（〈〔雙調〕清江引‧野興之一〉）

(五)【～家】

　　家，也是一個指人的詞尾。原義為「家庭」，魏晉南北朝漸虛化，成為名詞詞尾。如：

    1.妙舞清歌最是他，翡翠坡前那<u>人家</u>。（〈〔仙呂〕
      青哥兒‧十二月之正月〉）

    2.待剛來<u>自家</u>冤業。（〈〔雙調〕夜行船‧簾外西風
      〔鴛鴦煞〕〉）

    3.先生家淡粥，<u>措大家</u>黃虀。（〈〔般涉調〕哨遍‧
      半世逢場作戲〔二〕〉）

    4.劣<u>冤家</u>真個負心別。（〈〔雙調〕夜行船‧簾外西
      風〔風入松〕〉）

四個例詞，前兩個是「名詞＋家⇒名詞」，後兩個是「形容詞＋家⇒
名詞」，皆做人稱代詞用。

㈥【～每】

    漢語人稱代詞的複數詞尾，出現在唐代，文獻中記為「偉、
弴」，如司空圖「兒郎偉，重重祝願」。宋代，初有「懣」，陸續有
「瞞、們、每」。元代用「每」，《東籬樂府》用「每」，表示複
數：

    1.<u>相識每</u>勸咱是好意。（〈〔雙調〕壽陽曲之
      二十三〉）

    2.<u>相識每</u>無些店三。（〈〔雙調〕夜行船‧不合青樓
      〔風入松〕〉）

㈦【～然】

    然，是形容詞、副詞的詞尾。它是由古代「如、若」而來，起初
它們都是動詞，帶形容詞或動詞賓語時常置於賓語之後，漸漸地詞義

泛化；春秋戰國間，因音轉而變形，出現了「然」，並且進一步虛化，成爲專表性狀情態的字，古代注疏家用「……貌」來注釋，而原來「像……」的格式就變成了「……樣子」。（張耿光，1984）

　　1. 桃花<u>嫣然</u>三月天。（〈〔雙調〕壽陽曲之十三〉）
　　2. 相偎相抱診脈息，不服藥<u>自然</u>圓備。（〈〔雙調〕壽陽曲之十六〉）
　　3. 天再產玉嵒翁，<u>卓然</u>獨立根基。（〈〔般涉調〕哨遍・張玉嵒草書〉）
　　4. 故園風景<u>依然</u>在。（〈〔南呂〕四塊玉・恬退之一〉）
　　5. 紗窗外<u>驀然</u>聞杜宇。（〈〔雙調〕壽陽曲之二〉）

除了例1做謂語外，其他皆爲狀語。

㈧【～自】

　　自，原本是爲語氣副詞。六朝時，已大量地加在動詞、助動詞、副詞、連詞、形容詞之後，構成雙音節複詞。後世「～自」在筆記和通俗文學尤多，它是一個由口語演變而來的詞尾[9]。在《東籬樂府》用到二個：

　　1. 古人尚<u>自</u>把天時待。（〈〔雙調〕撥不斷之十三〉）

---

[9] 「自」爲詞尾，蔣紹愚〈杜詩語詞札記〉載於《語言學論叢》第六輯）論及。王鍈（1991：340-341）認爲「自」可綴於單音節副詞、形容詞、助動詞之後，構成複音詞，並舉《世說新語》的例子，說明這種趨勢在六朝已普遍。劉瑞明（1989）認爲「自」的詞綴化可以上溯到漢代。

2.傍人冷店熱綴，<u>尚古自</u>癡心兒不改移。（〈〔商
調〕水仙子‧暑光催〔么篇〕〉）

「尚古自」就是「尚自」。尚自，即「尚」，乃雙音副詞，作爲動詞
「把」的狀語。

(九)【～生】

生，本義爲「出生」，作爲詞尾始自唐代，如〈維摩詰經講經
文〉有「怎生得受菩提記」。

1.順西風晚鐘三四聲，<u>怎生</u>教老僧禪定？（〈〔雙
調〕壽陽曲‧煙寺晚鐘〉）

本句「怎生」做全句修飾語，「怎」是一個疑問代詞，「生」是它的
詞尾，意爲「怎麼」、「怎樣」、「如何」等。

(十)【～煞】【～殺】

煞、殺，爲詞尾，是元曲所常用，帶「極、甚、很」等義，與
「忒」相同，有強化詞根意義的作用。

1.薄情種害<u>煞</u>人也。（〈〔雙調〕壽陽曲之五〉）
2.白衣<u>盼殺</u>東籬客。（〈〔雙調〕撥不斷之十〉）
3.<u>困煞</u>中原一布衣。（〈〔南呂〕金字經之三〉）
4.馮客蘇卿先配成，<u>愁煞</u>風流雙縣令。（〈〔仙呂〕
賞花時‧長江風送客〉）
5.休沒<u>亂殺</u>東君做不得主。（〈〔南呂〕一枝花‧惜
春〔隔尾〕〉）

6.則落得莊周，嘆打骷髏，<u>愛煞</u>當年。（〈〔雙調〕
行香子·無也閑愁〔錦上花〕〉）

7.有燈光<u>恨殺</u>無月色。（〈〔商調〕集賢賓·思情
〔浪裡來〕〉）

以上都是「動詞＋煞」的雙音節動詞。

8.可<u>喜殺</u>睡足的西施。（〈〔雙調〕湘妃怨·和盧疏
齋西湖之一〉）

由「可喜＋殺」而構成，但「可喜」是一個帶「可」詞頭的形容
詞，詞根只有「喜」字，「可」、「殺」皆為強調作用。

9.<u>清潔煞</u>避暑的西施。（〈〔雙調〕湘妃怨·和盧疏
齋西湖之二〉）

10.<u>風流煞</u>帶酒的西施。（〈〔雙調〕湘妃怨·和盧疏
齋西湖之三〉）

11.<u>難妝煞</u>傅粉的西施。（〈〔雙調〕湘妃怨·和盧疏
齋西湖之四〉）

12.<u>拋閃煞</u>明妃也漢君王。（〈〔南呂〕四塊玉·紫芝
路〉）

13.桔槔一水韭苗肥，<u>快活煞</u>學圃樊遲。（〈〔般涉
調〕哨遍·半世逢場作戲〔二〕〉）

以上都是由形容詞（或動詞）帶詞尾形成的多音詞，作為全句修飾
語。

從各個例句，可知曉馬致遠大量地運用派生詞，不但是近代漢語的特色，表現出詞彙發展的狀況；另一方面，因著散曲的可唱性，派生詞用以調整音節、利於押韻，更有助於舒緩語氣。詞綴在表情、摹景、寫意的強調作用，亦不容忽視。

肆、重疊詞

重疊詞，由音節重疊構成的詞。

漢字單音獨體的特性，為漢語可重疊的條件。漢語詞彙由單音詞往複音節發展，是重疊詞產生的契機。漢語的構詞法，大體由語音造詞往語法造詞的方向發展。早期的漢語詞彙，除了詞義演化、引申，主要依靠音節內部的屈折變化；雙音節詞，剛開始仍沿用此方法。利用音節的自然延長、重複，為重疊詞的來源。

早在《詩經》詩人已大量地將重疊詞運用在文學作品。劉勰《文心雕龍・物色》言：

> 是以詩人感物，聯類不窮，流連萬象之際，沉吟視聽之區。寫氣圖貌，既隨物以宛轉；屬采附聲，亦與心而徘徊。故「灼灼」狀桃花之鮮，「依依」盡楊柳之貌，「杲杲」為出日之容，「瀌瀌」擬雨雪之狀，「喈喈」逐黃鳥之聲，「喓喓」學草蟲之韻。皎日、嘒星，一言窮理；參差、沃若，並以少總多，情貌無遺矣。雖復思經千載，將何易奪？（王更生注釋，1988：303）

劉氏從文人驅遣語言的角度為重疊詞的產生，提供另一種解釋。在元曲，重疊詞廣泛地運用著，成為其語言特色之一。《東籬樂府》的重疊詞具有多樣的形式，如：

一、AA式重疊詞

　　《東籬樂府》的AA式重疊詞，A的詞類，以形容詞爲最多，名詞次之，副詞和量詞最少。以重疊前後關係作爲分類的依據，將AA式重疊詞分爲疊音和疊義兩類。

㈠疊音類

　　疊音，藉由音節的疊用，表示一個新的意義，或稱作「疊字」。其中用以表示聲音的疊音詞，爲擬聲詞的一部分，疊音式的擬聲詞，不僅有AA式，也有其他形式的重疊詞；擬聲詞另有非重疊形式者，此類爲重疊詞和擬聲詞的交集。

　　　　1.愁恨<u>厭厭</u>魂夢驚。（〈〔仙呂〕賞花時・長江風送客〔么〕〉）

厭，原爲動詞「滿足」，重疊用以表示事物很多的樣子。

　　　　2.天涯<u>隱隱</u>。（〈〔仙呂〕賞花時・長江風送客〔么〕〉）

隱，原爲動詞躲藏，重疊後表示隱約不明的樣子。

　　　　3.霜毫<u>歷歷</u>蘸寒泉。（〈〔般涉調〕哨遍・張玉嵒草書〉）

歷，原爲經過的意思，重疊後爲清楚明白的樣子。

㈡疊義類

　　由單音節詞重疊而來，和疊音類的不同者在於：疊音類詞不疊不能用，也就是重疊前後的詞義不同；疊義類詞不疊也能用，重疊前原

本就是詞，重疊前後的基本意義相同。詞的疊用，在單音節詞的詞義基礎上，添加動作的反覆或強調的意義。

　　1.形容詞重疊

　　形容詞的疊用表示「很」的意思，加重原詞的意義，加強對事物形象的描繪，或者加深對事物性質的揭示，增添語言的音樂美感。例如：

　　(1)玉露瀼瀼寒漸多。（〈〔仙呂〕賞花時‧掬水月在手〉）

　　(2)麗日遲遲簾影篩。（〈〔仙呂〕賞花時‧弄花香滿衣〉）

　　馬致遠在運用重疊詞時，或加上結構助詞「的」，形成形容詞做狀語用，例如：

　　(3)慢慢的淺斟唱低唱。（〈〔雙調〕撥不斷之五〉）

　　(4)有口話你明明的記。（〈〔般涉調〕耍孩兒‧借馬〔五煞〕〉）

　　2.名詞重疊

　　名詞一般是不能重疊，只有少數帶有量詞性質、前面可以直接加數詞的名詞，按量詞的方式重疊，表示「每一」的意思，如：

　　(1)日日凌襪冷。（〈〔商調〕集賢賓‧思情〉）

另外稱呼名詞有些原以重疊形式表現，如：

　　(2)被莽壯兒的哥哥截替了咱。（〈〔大石調〕青杏

子‧悟迷〔擂鼓體〕〉)

(3)若是<u>奶奶</u>肯權耽。(〈〔雙調〕夜行船‧不合青樓〔鴛鴦煞〕〉)

3.量詞重疊

量詞的疊用,表示「每一」的意思,例如:

(1)<u>行行</u>裡道娘狠毒害。(〈〔商調〕集賢賓‧金山寺〉)

(2)柔腸<u>寸寸</u>因他斷。(〈〔般涉調〕耍孩兒‧借馬〔一煞〕〉)

(3)<u>點點</u>銅壺催。(〈〔雙調〕喬牌兒‧世途人易老〔清江引〕〉)

單音量詞的重疊,有時可表示「多」,重疊後必須擔任句子的謂語,如:

(4)平沙細草<u>斑斑</u>。(〈〔越調〕天淨沙‧秋思之二〉)

4.動詞重疊

動詞的疊用主要表示動作的反覆或進行式,如:

(1)櫓<u>搖搖</u>。聲嗟呀。(〈〔雙調〕新水令‧題西湖〔山石榴〕〉)

(2)一旦勾來,如何<u>做做</u>主。(〈〔雙調〕夜行船‧天地之間〔錦上花〕〉)

5.數詞重疊

數詞一般是不能疊用，少數數詞疊用後表示極多，即成了虛數詞。如：

(1)祝吾皇<u>萬萬</u>年，鎮家邦<u>萬萬</u>里。（〈〔中呂〕粉蝶兒・至治華夷〔尾〕〉）

關於虛數詞，於本章第五節討論。

二、ABA式重疊詞

1.<u>畫一畫</u>如陣雲，<u>點一點</u>似怪石，<u>撇一撇</u>如展鯤鵬翼。（〈〔般涉調〕哨遍・張玉喦草書〔三煞〕〉）
2.<u>動不動</u>口兒潑懺。（〈〔雙調〕夜行船・不合青樓〔阿忽令〕〉）
3.悲，故人<u>知未知</u>？（〈〔南呂〕金字經之三〉）
4.我沉吟了半晌<u>語不語</u>。（〈〔般涉調〕耍孩兒・借馬〔七煞〕〉）

例1可視為在AA式重疊詞中，加上詞嵌「一」。嚴格說來，例2到4應該是一個詞組；當運用在文學作品時，或許為符合格律和經濟原則，成為比一般詞組更為緊密的詞。

5.過了重陽<u>九月九</u>。（〈〔雙調〕行香子・無也閑愁〔慶宣和〕〉）

6.窮則窮落覺囝圇睡。（〈〔般涉調〕哨遍・半世逢
場作戲〔耍孩兒〕〉）

三、ABB式重疊詞

㈠A是名詞

ABB以主謂結構的形態出現，如：

1.<u>意遲遲</u>背後隨。（〈〔般涉調〕耍孩兒・借馬〔七
煞〕〉）
2.<u>病懨懨</u>粉憔胭淡。（〈〔雙調〕夜行船・一片花
飛〉）

㈡A是形容詞

以述補結構出現，基本意思由A表示，BB表示一些附加的意
義。BB由形容詞充當，往往可獨立運用，置於A之後逐漸虛化為雙
音節詞綴。如：

1.<u>瘦厭厭</u>柳腰一捻。（〈〔雙調〕壽陽曲・洞庭秋月
之八〉）
2.<u>亂紛紛</u>蜂釀蜜。（〈〔雙調〕夜行船・秋思〔離亭
宴煞〕〉）

㈢BB是雙音節詞綴

這類的BB和A搭配具有習慣性，如：

1.罷字兒磣可可你倒是耍。（〈〔雙調〕壽陽曲‧洞庭秋月之八〉）

2.嬌滴滴海棠顏色。（〈〔雙調〕壽陽曲‧洞庭秋月之八〉）

㈣AB可單獨使用

1.冷清清綠暗紅疏。（〈〔南呂〕一枝花‧惜春〔梁州〕〉）

2.一聲聲滴人心碎。（〈〔雙調〕壽陽曲‧瀟湘夜雨〉）

3.氣忿忿懶把鞍來備。（〈〔般涉調〕耍孩兒‧借馬〔七煞〕〉）

四、AABB式重疊詞

（一）AB原本是一個雙音節詞，可以單獨運用。如：

1.感春情來來往往蜂媒。（〈〔南呂〕一枝花‧惜春〔梁州〕〉）

2.動春意哀哀怨怨杜宇。（〈〔南呂〕一枝花‧惜春〔梁州〕〉）

（二）AB不是雙音節詞，藉著各自的重疊形式而組合，而且只有重疊後的形式。如：

1.兩兩三三見遊人，清明近。（〈〔青哥兒〕十二月之二月〉）

2.快道與<u>茶茶巙巙</u>。（〈〔仙呂〕賞花時・掬水月在手〔賺煞〕〉）

（三）ABB可以單獨使用，重複A而形成AABB的形式。如：

1.亂春心<u>喬喬怯怯</u>鶯雛。（〈〔南呂〕一枝花・惜春〔梁州〕〉）
2.<u>悶悶懨懨</u>把珊枕攲。（〈〔商調〕水仙子・暑光催〔金菊香〕〉）

　　《東籬樂府》利用漢語可重疊的特色，使用83個重疊詞，就內部構詞而言，同一形式，可能源自不同的方式；在語言運用效果，具有調整音節的功能，使得音調動聽、富有感動力，展現中國詩文的音樂感；無論在摹物或寫情，均能傳達豐富的意象，構成詩歌的形象性，從而達到聲情並美的效果。

伍、節縮詞

　　節縮，是各語言都有的現象，為語言經濟原則的產物。節縮詞，又稱「簡縮詞」、「縮寫詞」、「縮略詞」、「簡稱」；指把短語簡縮而成的詞，必須有一個多音節的原型，無法從字面上得知其完全的詞彙意義。現代漢語因受歐美語言影響，句子變長，故需要藉著節縮來符合經濟原則，節縮成為發展力極強的構詞方式。漢語節縮的方式多樣[10]，如把部分詞素取出重新組合、用數字概括的兩種，尤其是

10　節縮詞的節縮法，除了「數字概括法」和「詞素組合法」外，另有譯語節縮、節縮後加類名、成語節縮等。

後者，早在漢魏六朝時期已產生[11]，節縮詞並非是現代漢語的特殊現象。

一、數字概括法

　　《東籬樂府》的節縮詞，以此法構成者占了大部分。如：

　　　　1.閑只管銀河問<u>雙星</u>。（〈〔仙呂〕青哥兒‧十二月之七月〉）

指牛郎、織女星。

　　　　2.<u>二王</u>古法夢中存。（〈〔般涉調〕哨遍‧張玉喦草書〔么〕〉）

指王羲之、王獻之父子。

　　　　3.結<u>三生</u>清淨緣。（〈〔南呂〕四塊玉‧嘆世之七〉）

又稱「三世」，指前生、今生、來生，爲佛教概念。

11　潘允中講述漢魏六朝詞彙「最可注意的是在偏正式的複合詞中有一種加數目字以概括的一類事物的方法，在這一時期出現了不少。如：三代、五經、五嶽、五行、六藝、七雄、七賢……」（潘允中，1989：94），就所舉的例子看來，已是節縮詞。這一類以數字來概括某一類事物的節縮詞，有可能是虛數詞，如萬民、百草等。到底是否是節縮詞，端看它是否有原型，若有則是，若無則爲虛數詞。請參見本章第五節「虛詞」。

4.四時湖水鏡無瑕。（〈〔雙調〕新水令・題西湖〉）

四時爲春、夏、秋、冬四季。

5.五穀豐登。（〈〔中呂〕粉蝶兒・至治華夷〔醉太平〕〉）

五穀指麻、黍、稷、麥、豆五種穀類。

6.仔細看六書八法皆全備。（〈〔般涉調〕哨遍・張玉嵒草書〔么〕〉）

六書，指中國文字的六種構成法則：指事、象形、形聲、會意、假借、轉注。八法，就是書法「永字八法」：側、勒、努、趯、策、掠、啄、磔。

有些詞原是由節縮法來，詞義逐漸泛化，甚至引申成別的意義，如：

7.寰宇四海。（〈〔般涉調〕哨遍・張玉嵒草書〔么〕〉）

古代稱中國四方有四海環繞，稱東海、西海、北海、南海，後來泛指天下。

8.春風驕馬五陵兒。（〈〔雙調〕湘妃怨・和盧疏齋西湖之一〉）

原由長陵、安陵、陽陵、茂陵、平陵，後指豪門。

> 9.六合清。（〈〔中呂〕粉蝶兒・寰海清夷〔迎客仙〕〉）

天、地、四方合稱六合，泛指天下。

> 10.八輔美。（〈〔中呂〕粉蝶兒・寰海清夷〔迎客仙〕〉）

原指太宰、太傅、太保、太尉、司徒、司空、大司馬、大將軍；後泛指輔佐君王治理的朝政大臣。

二、詞素組合法

將關鍵詞素取出，組合成為新詞。如：

> 1.人世小蓬瀛。（〈〔中呂〕喜春來・六藝之禮〉）

「蓬萊」和「瀛洲」兩個詞簡稱而成，「蓬萊」和「瀛洲」即指神仙住處。

> 2.宮商律呂隨時奏。（〈〔中呂〕喜春來・六藝之樂〉）

宮商，原「宮、商、角、徵、羽」五個中國傳統的音階，以「宮、商」來代表五音，泛指樂曲。律呂，古代用管製成的校正樂律的器具，十二根，從低音算起，奇數為律，偶數為呂，共有六律、六呂，合稱為「律呂」，泛稱音樂。

3.<u>霓裳</u>便是中原患。（〈〔南呂〕四塊玉・馬嵬
坡〉）

霓裳，原指「霓裳羽衣曲」。

4.韓信功兀的般<u>證果</u>。（〈〔雙調〕蟾宮曲・嘆世之
二〉）

原為佛家語「定證妙果」，為動賓式的節縮法，指報應。

5.舊時<u>王謝</u>堂前燕。（〈〔雙調〕撥不斷之一〉）

原為王坦之和謝安兩大家族，為高門世族的代稱。

節縮詞，是縮略詞組而成的詞，它以簡馭繁，用最少的詞語，表達最豐富的意涵，符合語言的經濟性原則。

《東籬樂府》各類複音詞統計如下表：

類別	衍聲			合義					派生	重疊	節縮	總計
	擬聲	聯綿	音譯	並列	主從	動賓	動補	主謂				
數量	30	57	22	175	235	60	15	39				
	109			524					124	83	24	864
%	12.6			60.6					14.4	9.6	2.8	100

由上表可知整部《東籬樂府》以合義詞為主幹。合義詞，具有意義的詞素組合而成，《東籬樂府》在構詞上呈現表義清楚的風格。派生詞由詞幹和詞綴組合，基本詞義之外，帶有某些附加的意義，如「子」表示嬌小，「兒」表示可愛。此外，因著聲音關係組成的詞，不論擬聲詞、聯綿詞或音譯詞，在表情達意、描摹形貌上，都能傳神、生動。重疊詞，具調整音節的功能，展現音樂美，進而傳達

豐富的意象。節縮詞數量最少，但以精簡經濟的語詞，表現繁富的意涵。《東籬樂府》以合義詞爲主體，配合派生詞、衍聲詞、重疊詞、節縮詞的運用，展現表義精確、音調合諧、聲情並茂的構詞風格。

第二節　代詞的運用

　　代詞的運用，可避免重複和拖沓，產生簡潔的風格，由於馬致遠所用代詞的來源多方，使其用語古今兼陳、南北兼具。往後一一舉例討論。

壹、人稱代詞

　　人稱代詞，爲替代人稱的詞，或稱「三身代詞」（呂叔湘、江藍生，1985）。漢語從甲骨文時期即用了一批人稱代詞，但只有自稱代詞和對稱代詞，而第三人稱以指示代詞「之」兼代。上古的「自稱代詞」，有「我、余、朕」三個；「對稱代詞」有「女、乃」。

　　西周以後，「人稱代詞」有很大的發展：「自稱代詞」有「我、吾、朕、余、予、台、卬」等；「對稱代詞」有「汝、若、爾、乃、而、戎」；「他稱代詞」以「之、其、厥」兼代。魏晉之後，「人稱代詞」出現規範化的趨勢，「自稱代詞」以「吾」和「我」爲主要，又以「我」最常用。方言中出現新形式，如「儂、某」等；「對稱代詞」，逐漸集中於「汝」和「爾」，唐以後更出現「你」，「你」漸漸成爲常用詞；「他稱代詞」出現「渠、伊」，「他」由指示代詞轉化爲他稱代詞。

　　到了唐朝，三種人稱代詞完全具備（孫錫信，1992：16）。宋元以後，產生「咱、俺、自家、恁」和複數詞尾「～們（每）」的用法。

一、自稱代詞

㈠【我】【吾】

　　「我、吾」上古時均爲疑母字。「我」自甲骨文時代，就是使用頻率最高，指代功能最強的自稱代詞。唐宋以後，口語的自稱代詞以「我」爲基本用法，「吾」成爲仿古的形式。《東籬樂府》僅用過一次「吾」：祝吾皇萬萬年。（〈〔中呂〕粉蝶兒・至治華夷〔尾〕〉）。《東籬樂府》的「我」，主要當主語用，如：

　　　　1.我把魚船棄。（〈〔雙調〕清江引・野興之一〉）
　　　　2.我則怕長朝殿裡勾欄兒做不滿。（〈〔南呂〕一枝花・詠莊宗行樂〔尾〕〉）

或當賓語，作爲動作的接受者，如：

　　　　3.天公放我平生假。（〈〔大石調〕青杏子・悟迷〉）
　　　　4.嚴子陵他應笑我。（〈〔雙調〕蟾宮曲・嘆世之一〉）

㈡【己】【自己】【自家】

　　己，本爲古漢語的自稱代詞，可做賓語用，如：

　　　　1.豈不知財多害己。（〈〔雙調〕慶東原・嘆世之六〉）

「自」，在古漢語並非代詞，而是副詞；中古末期，衍生力強，和

「己」複合而成「自己」，並產生「自家」等詞，《東籬樂府》以此較多，如：

> 2.怨恨<u>自己</u>。（〈〔商調〕水仙子‧暑光催〔么篇〕〉）
> 3.待剛來<u>自家</u>冤業。（〈〔雙調〕夜行船‧簾外西風〔鴛鴦煞〕〉）

(三)【咱】

　　咱，是唐代的「自家」緊縮而成，最早見於宋代，金元時期俗文學作品運用普遍。原本表示複數，相當於「我們」。後來有「咱們」產生，「咱」漸漸指自稱，意同「我」，在《東籬樂府》作為自稱詞，如：

> 1.妻兒胖了<u>咱</u>消瘦。（〈〔南呂〕四塊玉‧嘆世之五〉）
> 2.他心罷。<u>咱</u>便捨。（〈〔雙調〕壽陽曲之十五〉）

當主語用。

> 3.被莽壯兒的哥哥截替了<u>咱</u>。（〈〔大石調〕青杏子‧悟迷〔擂鼓體〕〉）
> 4.相識每勸<u>咱</u>是好意。（〈〔雙調〕壽陽曲之二十三〉）

作為動詞「截替」和「勸」的對象。

5. 相識若知咱就里。（〈〔雙調〕壽陽曲之二十三〉）

6. 休更道咱身邊沒撢剝。（〈〔大石調〕青杏子・悟迷〔賺煞〕〉）

　　例5.、6.中的「咱」，除作為動詞「知」、「道」的賓語外，也是下位層次中的主語，兩句皆為兼語句。

(四)【俺】

　　俺，是否是「我們」的合音[12]、是否可表複數，在此姑且不論。《東籬樂府》所用，皆為單數用法：

1. 唱道俺氣般看他。他心肝般看俺。（〈〔雙調〕夜行船・不合青樓〔鴛鴦煞〕〉）

2. 恁時節冤家信得俺。（〈〔雙調〕夜行船・一片花飛〔鴛鴦煞〕〉）

3. 我道俺東籬下是非少。（〈〔雙調〕喬牌兒・世途人易老〔歇指煞〕〉）

例3.同時使用「我」和「俺」的現象，可知「俺」的用法，等同「我」之外，似乎比「我」更富有口語的色彩，或許這和它產生較晚、原是記錄口語的詞彙有關。

12　孫錫信（1992：29）認為「俺」是「我們」的合音，產生於宋代，大體經歷ŋɔmə→ŋɔm→ŋan→an的變化過程，宋、金、元代時「俺」表示複數。[日]太田辰夫（1987：109-110）認為「俺」是影母，而「我」是疑母，影母和疑母的區別在元代大致仍存在，元代「俺們」、「俺每」也產生。兩位學者所引的例子有重疊，但結果不同，故筆者對此持保留態度，待學界定論。

㈤【老子】

這是作品中作者的自稱詞。

1. 安排<u>老子</u>留風月。（〈〔般涉調〕哨遍・半世逢場作戲〔耍孩兒〕〉）
2. 哎，<u>老子</u>，醉麼。（〈〔雙調〕新水令）・題西湖〔胡十八〕〉）

二、對稱代詞

㈠【你】

你，就是古代的「爾」，出現在南北朝。隨著口語的發展，逐漸取替了其他的對稱代詞。「你」的用法，可作爲主語和賓語，如：

1. 桂英<u>你</u>怨王魁甚。（〈〔南呂〕四塊玉・海神廟〉）
2. <u>你</u>把柴斧拋。（〈〔雙調〕清江引・野興之一〉）
3. 日平西盼望<u>你</u>。（〈〔般涉調〕耍孩兒・借馬〔一煞〕〉）
4. 側耳頻頻聽<u>你</u>嘶。（〈〔般涉調〕耍孩兒・借馬〔一煞〕〉）

例 2.指樵夫。例 3.、4.中，指「馬」而非人。例 4.的「你」帶有賓語和主語兩種身分。《東籬樂府》的「你」，除上述基本用法外，有時並沒有確指的對象，泛指「人們」、「人家」，如：

5. 天教<u>你</u>富。（〈〔雙調〕夜行船・秋思〔落梅風〕〉）

6.富家兒更做道你心似鐵。（〈〔雙調〕夜行船・秋思〔落梅風〕〉）

㈡【君】【先生】

君和先生，都是尊稱。

1.恰才説來的話君專記。（〈〔般涉調〕耍孩兒・借馬〔尾〕〉）

指借馬的人。

2.當日先生沉醉。（〈〔般涉調〕哨遍・張玉喦草書〉）

指張玉喦。

㈣【恁】

宋代「你們」、「你懑」縮寫為「您」，或作「恁」，本表示複數。在《東籬樂府》指單數，多作為主語，如：

1.恁若肯抄。（〈〔雙調〕喬牌兒・世途人易老〔碧玉簫〕〉）
2.恁那鬼廝撲恩情忺。（〈〔雙調〕夜行船・一片花飛〔鴛鴦煞〕〉）
3.恁麒麟閣上圖。（〈〔雙調〕夜行船・天地之間〔離亭宴帶歇指煞〕〉）

三、他稱代詞

(一)【伊】

伊，在上古是指示代詞，如「所謂伊人，在水一方」。魏晉時已普遍用為他稱代詞。宋以後，主要用於詞曲，少見於口語。元劇唱詞中，和對稱代詞「你」相等；只是臨時串用，非主流。在《東籬樂府》皆用同「他」。

> 1.不信道為伊曾害。（〈〔雙調〕壽陽曲之十一〉）
> 2.有魂靈曉事伊台鑑。（〈〔雙調〕夜行船・一片花飛〔鴛鴦煞〕〉）

(二)【渠】

渠，和「其」字同源，一般認為「其、伊、渠」三者帶有南方語音的特點。渠，出現在書面記載，最早見於漢末，六朝至唐代使用頻繁，如寒山詞「渠笑我在後」。五代以後漸少。馬氏散曲仍保存：

> 1.煮酒青梅盡醉渠。（〈〔仙呂〕青哥兒・十二月之四月〉）

(三)【他】【它】

古漢語並沒有第三人稱代詞，魏晉時期發展出「他」字，成為近代漢語他稱代詞主要形式，和「它」不分。近世「他」、「它」受歐化語法的影響而分。《東籬樂府》中使用情形如下：

> 1.妙舞清歌最是他，翡翠坡前那人家。（〈〔仙呂〕青哥兒・十二月之正月〉）

「他」作爲「翡翠坡前那人家」的代詞，爲句子的主語。

  2.他只是思故鄉。（〈〔南呂〕四塊玉·紫芝路〉）

指王昭君。

  3.嚴子陵他應笑我，孟光臺我待學他。（〈〔雙調〕
　　蟾宮曲·嘆世之一〉）

分別指著嚴子陵、孟光臺。
他，也可指物，與「它」不分，如：

  4.他那裡顫顫巍巍帶著一頂襆巾。知他是何代衣冠。
　　（〈〔南呂〕一枝花·詠莊宗行樂〔二〕〉）

第一個「他」是演員；第二個「他」指「襆巾」。
  有些有「他」仍保存了古漢語「其他」的用法，如：

  5.誰承望半路裡他心起。（〈〔雙調〕夜行船·簾外
　　西風〔喬牌兒〕〉）

如果「他」字用爲「他誰」則「他」無義，如：

  6.使碎心機為他誰。（〈〔南呂〕四塊玉·嘆世之
　　二〉）

若「他」置於動詞之後，可能是一個後助動詞，表示不關心的語

氣，唐代時即有；後來演變成對這個動作本身的否定用法[13]，如：

> 7. 知<u>他</u>是誰負心。（〈〔南呂〕四塊玉・海神廟〉）
> 8. 知<u>他</u>恁羨甚麼關內侯。（〈〔雙調〕行香子・無也閑愁〔清江引〕〉）

恁，即「這」，「知他」就是「不知」。

甚至有的「他」就是個無義的襯字，只有調整音節的作用，如：

> 9. 若綸竿不釣魚，便索<u>他</u>學楚大夫。（〈〔南呂〕四塊玉・洞庭湖〉）

四、其他人稱代詞

其他人稱代詞，多為後起，帶著濃厚的口語性質。

㈠【人家】

人家，可以視為名詞「人」，加上詞尾「家」而產生。在上古漢語，「人」可以表示他稱「人家」。為近代漢語中常用的泛稱，有時同「我」、「他」相同。

> 1. 妙舞清歌最是他。翡翠山前那<u>人家</u>。（〈〔仙呂〕青哥兒・十二月之正月〉）

---

[13] 這種情形太田辰夫（1987：114）稱為「第三人稱名詞的後助動詞」，呂叔湘視為「『他』虛指」。（呂叔湘、江藍生，1985：28）

（二）【大家】

在唐代以前，「大家」用以表示世家大族或作爲尊稱詞；唐後慢慢作爲統稱。

    1.措大家黃虀。（〈〔般涉調〕哨遍・半世逢場作戲
    〔二煞〕〉）

（三）【傍人】

或作「傍人」，由「旁邊的人」轉變爲「別人」的意思，可作爲他稱。如：

    1.傍人冷店熱綴。（〈〔商調〕集賢賓・暑光催〔么
    篇〕〉）

（四）【冤家】、【多才】

冤家，原指仇人，後來以反語見意，爲對情人的暱稱。多才，爲情人間的互稱。如：

    1.劣冤家省可里隨斜。（〈〔雙調〕夜行船・酒病花
    愁〉）
    2.留後語，寄多才。（〈〔商調〕集賢賓・金山寺
    〔隨調煞〕〉）

五、人稱代詞的複數形式

上古時期，人稱代詞往往兼負單數和複數職務；唐宋時，產生了詞尾「們」，人稱代詞的複數形式方告完成。

㈠【每】

宋代，最早以「懣」出現，後來陸續有瞞、們、每。元代「每」表示複數，且因受漢蒙對譯的影響，「每」亦作為指物名詞的複數形式，如「鴨每」、「驢每」等。

> 1.相識<u>每</u>勸咱是好意。（〈〔雙調〕壽陽曲之二十三〉）
> 2.相知<u>每</u>無些店三。（〈〔雙調〕夜行船・不合青樓〔風入松〕〉）

貳、指示代詞

近代漢語近指用「這」、遠指用「那」，分別與古代的「此」和「彼」相當；用作指示代詞，皆始於唐代。

一、近指

㈠【是】【此】

「是、此」古音相近，均屬支部韻，古漢語中同時存在。近代漢語「是、此」，逐漸為「這」所取代，尤其「是」用得更少。《東籬樂府》仍保存著：

> 1.<u>是</u>搭兒快活閑住處。（〈〔雙調〕清江引・野興之九〉）

是搭兒，指此處。

> 2.不知音不到<u>此</u>。（〈〔雙調〕湘妃怨・和盧疏齋西湖之一〉）

　　3.前途店少，僅此避風雹。（〈〔仙呂〕賞花時・孤
　　　館雨留人〉）

例句「此」，皆指實地「西湖」、「孤館」。

　　4.當日事，到此豈堪誇。（〈〔大石調〕青杏子・悟
　　　迷〔歸塞北〕〉）
　　5.據此清新絕妙。（〈〔般涉調〕哨遍・張玉品草書
　　　〔么〕〉）

兩句的「此」，都非指地點，而指時間和書法的氣勢。

(二)【只】

　　只，在現代漢語中作爲副詞用，如只要、只有，這是早期白話就
有的用法。（王鍈、曾明德，1991：492）先秦時期，它是一個語氣
詞，和後起的「著」相同，元曲保存了此種用法。（張相，1991：
28）這兩種用法，都未能符合「只頭」這個詞的性質，副詞和語
助詞是無法接詞尾的。從《詩經》箋注，發現「只」是「時」的假
借。可知，以「只」做近指代詞，應該是一個古老的用法，《東籬樂
府》保存了「只頭」做「這邊」的用法：

　　1.覷只頭黃花瘦。（〈〔雙調〕行香子・無也閑愁
　　　〔碧玉簫〕〉）

(三)【這】

　　早期文獻裡「這、者、遮」三者互用。者，在先秦時期爲通稱代
詞，不含有近指或遠指的指示性，總是用在實詞或詞組後面，連接

該詞或詞組一同指示所指。者，用作指示代詞，見於唐代，又記作
「這、遮」。近代漢語「者、遮」逐漸被「這」所取代。「這」，也
就成爲強勢的近指代詞。

> 1.不因這玉環。（〈〔南呂〕四塊玉‧馬嵬坡〉）

例句的「這」明指著「玉環」。

> 2.這馬知人義。（〈〔般涉調〕耍孩兒‧借馬〔四
> 　煞〕〉）
> 3.俺心合受這相思業。（〈〔雙調〕夜行船‧酒病花
> 　愁〔鴛鴦煞〕〉）

馬致遠有時會省略單位詞，例句「這」，代表「此」的概念外，也包
含了量詞，「這匹馬」、「這場相思業」。也有帶著量詞的用例，
如：

> 4.這一場吃苦難甘。（〈〔雙調〕夜行船‧不合青樓
> 　〔風入松〕〉）
> 5.空擔著這場風月。（〈〔雙調〕壽陽曲之十五〉）

指示代詞和量詞之間加上「一」字，是早期通行的形式；後來
「一」虛化，不具計數功用，也常省去。

> 6.則這是治梨園的周武。（〈〔南呂〕一枝花‧詠莊
> 　宗行樂〔梁州〕〉）

「這是……」的判斷形式，已和現代漢語相同。

(四)【恁】

　　恁，除用來表示第二人稱，近代漢語也常用為指示代詞，而近指（同「這」）、遠指（「那」）都可用[14]。

　　　　1.納涼時，波漲沙，滿湖香芰荷蒹葭。瑩玉杯，青玉
　　　　　斝，恁般樓臺正宜夏，都輸他沉李浮瓜。（〈〔雙
　　　　　調〕新水令‧題西湖〔棗鄉詞〕〉）

「恁般」猶言「這般」，指前面五句的情形，和最後一句的「他」相對。

　　　　2.想秦宮漢闕，都做了衰草牛羊野，不恁麼漁樵沒話
　　　　　說。（〈〔雙調〕夜行船‧秋思〔喬木查〕〉）

「恁麼」意同「恁般」。

　　　　3.劣冤家真個負心別，徒恁的隨邪。（〈〔雙調〕夜
　　　　　行船‧簾外西風〔風入松〕〉）

「恁的」或作「恁地」，即「如此、這樣」，辛棄疾詞已見。

---

[14] 「恁」有「那、如此、任、怎麼、語助詞、第二人稱」等六種用法（顧學頡、王學奇，1988：203）。《東籬樂府》除了正文已敘述的對稱代詞、近指代詞和遠指代詞，其他用法舉例如下：一、同「任」者，如：「酒中仙。一恁醉長安」。（〈〔中呂〕喜春來‧六藝之書〉）與「一任教風雲卷舒」的「一任」相同。二、同「怎」者，如：「知他恁羨甚麼關內侯」。（〈〔雙調〕行香子‧無也閑愁〔清江引〕〉）三、語末助詞，如：「屈原清怎也恁。」（〈〔雙調〕撥不斷之九〉）。

㈤【兀的】

兀的，或作「兀得、兀底」等，由晉俗語「阿堵、阿的」音轉而來。在《東籬樂府》中沒有發語詞的用法，而作為指示代詞和疑問代詞。當它作為指示代詞時，意同「這」，如：

> 1.韓信功兀的般證果，蒯通言那裡是風魔？（〈〔雙調〕蟾宮曲·嘆世之二〉）

二、遠指

㈠【那】

根據《廣韻》：「那，奴個切，語助。」又：「如可切，俗言那事，本音儺。」可知「那」原有兩個用途：一是語助詞[15]，二是疑問代詞，即今「哪」字。「那」的前身，為南北朝的「若、爾」。不管源於何者，它作為指示代詞用，最早見於唐代，五代已普遍，到宋朝時方獨立成詞。在《東籬樂府》主要作為定語，如：

> 1.引起那祿山。（〈〔南呂〕四塊玉·馬嵬坡〉）
> 2.那村漢多時孤待。（〈〔商調〕集賢賓·金山寺〔么篇〕〉）

兩句皆指人的定語。

> 3.剛得那半載兒惚寬。（〈〔南呂〕一枝花·詠莊宗行樂〔梁州〕〉）

---

[15] 「那」除作為遠指代詞、疑問代詞之外，亦可當語氣詞用，如：「虛名爭甚那。」（〔雙調〕新水令·題西湖〔山石榴〕）「喜無那。」（〔仙呂〕賞花時·掬水月在手〔賺煞〕）

4.近著<u>那</u>獨楊宮創蓋一座宜春館。（〈〔南呂〕一枝
　花・詠莊宗行樂〔梁州〕〉）

5.被<u>那</u>轉世寶。隔斷長生道。（〈〔雙調〕喬牌兒・
　世途人易老〔碧玉簫〕〉）

例3.至5.分別為時、地、物的定語。

6.<u>那一場</u>羞慘。（〈〔雙調〕夜行船・一片花飛〔阿
　忽令〕〉）

和「這」的情形一樣，在指示代詞和量詞中間加上虛數詞「一」。

7.<u>那底</u>昭君恨多。（〈〔越調〕天淨沙・秋思之
　三〉）

那底，是一個較晚起的詞彙，又作「那的」，以指事指物為多，意
同「這個」；漢蒙對譯以「那底」代替「他」。（呂叔湘，1985：
228）

8.有<u>那等</u>愚濁儘教。（〈〔雙調〕喬牌兒・世途人易
　老〔歇指煞〕〉）

那等，就是「那種」、「那樣」的意思。

㈡【恁】

1.<u>恁</u>時節冤家信得俺。（〈〔雙調〕夜行船・一片花
　飛〔鴛鴦煞〕〉）

恁時節，或作「恁時」，即「那時」。柳永〈受恩深〉：「待宴賞重陽，恁時儘把芳心吐」。

> 2.怕不<u>恁</u>北闕功名多。（〈〔雙調〕喬牌兒・世途人易老〔歇指煞〕〉）

和「恁頭見三徑邊。淵明醉倒。」對舉，「恁」作為「北闕」的定語。

參、疑問代詞

　　現代漢語的疑問代詞，只有少數由上古而來，其餘大多中古才產生，而在近代漢語廣泛運用。總的來看，上古時期疑問代詞較為複雜，如現代的「誰」，上古可以說成「誰、孰、何人」等。

(一)【誰】

　　上古「誰、孰」是重要的指人疑問代詞；中古以後「誰」獨占優勢。「誰」是最簡單、最通用的形式。漢至唐代，出現「阿誰」，到元以後消失，仍以「誰」的出現。「誰」在句中多擔任主語，如：

> 1.<u>誰</u>教你回去來？（〈〔南呂〕四塊玉・天台路〉）
> 2.<u>誰</u>能躍馬常食肉？（〈〔南呂〕四塊玉・嘆世之三〉）

或作為賓語，為受事賓語：

> 3.路傍碑。不知<u>誰</u>？（〈〔雙調〕撥不斷之三〉）

誰，是動詞「知」的接受者。

> 4.使碎心機為他<u>誰</u>？（〈〔南呂〕四塊玉·嘆世之
> 二〉）

「他誰」的「他」字無義。

> 5.知他是<u>誰</u>負心？（〈〔南呂〕四塊玉·海神廟〉）

知他，就是「不知」。「誰」是判斷動詞「是」的賓語，也是「負心」的主語，此句為兼語句。

㈡【誰家】

家，自魏晉南北朝開始，成為新興的詞尾。（柳士鎮，1992：173）

> 1.落<u>誰家</u>也要箇明白。（〈〔商調〕集賢賓·思情
> 〔么〕〉）
> 2.珍奇合在<u>誰家</u>內？（〈〔雙調〕慶東原·嘆世之
> 六〉）

例詞是「何家」的意思，為賓語。

> 3.<u>誰家</u>玉簫吹鳳凰？（〈〔雙調〕壽陽曲之十九〉）

誰家即「誰」，做句中的主語。

(三)【安】

安,作為處所的疑問代詞,始於《詩經·小雅》,這是個歷史久遠的代詞。作處所的疑問代詞,意同「哪裡」、「哪兒」;也可詢問理由、方式,如「安知」、「安能」、「安得」,等同於「何」。

> 1.柴,買臣安在哉?(〈〔南呂〕金字經之二〉)
> 2.問東君故人安在?(〈〔雙調〕壽陽曲之十八〉)

安在,意同「何在」。

(四)【早晚】

早晚作為詢問時間的詞,意思是「什麼時候?」,最早見於晉代,元代以後多用「多早晚」,馬氏仍用「早晚」。

> 1.早晚尚書省散了些伙伴。(〈〔南呂〕一枝花·詠莊宗行樂〔尾〕〉)

用為疑問詞,表示時間不定,猶云「何時」。

(五)【幾】【幾時】

幾,從古代漢語開始,即用來詢問數量。近代漸漸「數字化」,除數值不定以外,用法和數詞相同,必須接量詞或具量性質的名詞。當它用作疑問代詞時,意思為「多少」。如:

> 1.客舍駸駸過幾朝?(〈〔仙呂〕賞花時·孤館雨留人〔么〕〉)
> 2.渾幾箇重陽節?(〈〔雙調〕夜行船·秋思〔離亭宴煞〕〉)

幾時，原本也指「多少時候」，後來也指「什麼時候」，如：

　　3.百歲能歡幾時價？（〈〔雙調〕新水令・題西湖
　　　〔石竹子〕〉）
　　4.再幾時有鳳凰？（〈〔南呂〕四塊玉・鳳凰坡〉）

例3.用的是「多少」意；例4.則指「什麼」。

　　5.御柳宮花幾曾知？（〈〔仙呂〕青哥兒・十二月之
　　　三月〉）

幾曾、猶言「怎曾」、「何曾」。

㈥【何】【如何】【何如】

　　何，作爲疑問詞，用得最頻繁，最早見於《尚書》、《詩經》，
本爲單用，後來加上名詞，確指所問，並發展出「如何」和「何
如」。

　　1.何敢藍橋望行雲？（〈〔南呂〕四塊玉・藍橋
　　　驛〉）
　　2.唱道小生可何堪？（〈〔雙調〕夜行船・一片花飛
　　　〔鴛鴦煞〕〉）
　　3.何須巧對付？（〈〔雙調〕夜行船・天地之間〔喬
　　　牌兒〕〉）
　　4.貧窮何辱？（〈〔雙調〕夜行船・天地之間〔錦上
　　　花〕〉）

四個例句，都作爲狀語用，意指「哪裡」、「什麼」等。

> 5.知它是<u>何</u>代衣冠？（〈〔南呂〕一枝花‧詠莊宗行
> 樂〔二〕〉）
> 6.<u>何</u>年是徹？（〈〔雙調〕夜行船‧秋思〔離亭宴
> 煞〕〉）
> 7.酒病花愁<u>何</u>日徹？（〈〔雙調〕夜行船‧酒病花愁
> 〔么〕〉）

三句都是用來問時間。

> 8.春風再到人<u>何</u>在？（〈〔南呂〕四塊玉‧天台
> 路〉）

「何在」用來問處所。

> 9.笑當時諸葛成<u>何</u>計？（〈〔雙調〕慶東原‧嘆世之
> 三〉）

「何計」用來詢問事物。

> 10.煩惱<u>如何</u>到心頭？（〈〔南呂〕四塊玉‧嘆世之
> 三〉）
> 11.一日無常果<u>如何</u>？（〈〔南呂〕四塊玉‧嘆世之
> 四〉）

「如何」意同「怎樣」、「怎麼」。

12.春夢<u>何如</u>？（〈〔南呂〕一枝花・惜春〔梁州〕〉）

「何如」，猶言「怎樣」，爲「如何」的倒置。

(七)【那】【那裡】

　　那，上古「奈何」的合音字。作爲疑問代詞始於漢末，六朝時運用頗多，意同「如何」、「怎麼」。五四運動以後，爲了和指示代詞分別，提倡寫作「哪」，直到現在，仍可寫作「那」。

　　1.更<u>那</u>堪竹籬茅舍。（〈〔雙調〕夜行船・秋思〔撥不斷〕〉）

有「更兼之、更加」的意思。

　　2.<u>那</u>箇如今。（〈〔雙調〕行香子・無也閑愁〔錦上花〕〉）

那箇，具後起特色。

　　3.愛愁來<u>那些</u>。（〈〔雙調〕夜行船・秋思〔離亭宴煞〕〉）

表示複數。

　　4.<u>那裡</u>是泛五湖。（〈〔南呂〕四塊玉・洞庭湖〉）

意同「何處」，爲處所問詞。

　　5.葪通言<u>那裡</u>是風魔？（〈〔雙調〕蟾宮曲·嘆世之
　　　二〉）

即「哪算是」。

　　6.<u>那裡</u>也石敬瑭全部先鋒。……<u>那裡</u>也二皇兄樂樂
　　　停<u>鑾</u>。（〈〔南呂〕一枝花·詠莊宗行樂〔梁
　　　州〕〉）

那裡也，意謂「哪裡是」。

㈧【爭】【怎】

　　怎麼，是唐代開始產生、運用，形成一個大系：唐代用「爭」；
五代用「作摩（麼）」、「摩生」；宋代用「怎」、「怎生」「怎
麼」等。《東籬樂府》並存之，如：

　　1.<u>爭</u>辜負了錦堂風月？（〈〔雙調〕夜行船·秋思
　　　〔落梅風〕〉）
　　2.亞父<u>爭</u>如饑喪囚？（〈〔黃鍾〕女冠子·枉了閑愁
　　　〔出隊子〕〉）
　　3.<u>爭</u>如俺拂袖歸？（〈喬牌兒·世途人易老〔歇指
　　　煞〕〉）

例句「爭」字，皆意「如何」、「爲何」等意。

　　　4.怎生教老僧禪定？（〈〔雙調〕壽陽曲‧煙寺晚
　　　鐘〉）

怎生，意同怎麼、怎樣、如何。

　　　5.怎捱十二峰？（〈〔南呂〕四塊玉‧巫山廟〉）
　　　6.怎知蜀道難？（〈〔南呂〕四塊玉‧馬嵬坡〉）
　　　7.怎肯把春負？（〈〔南呂〕一枝花‧惜春〔梁
　　　州〕〉）
　　　8.業眼怎交睫？（〈〔雙調〕夜行船‧簾外西風〔喬
　　　牌兒〕〉）

四個「怎」字，皆「如何」意，做狀語。

㈨【甚】【甚麼】

　　　和「怎麼」系列一樣，都是唐五代新產生的疑問代詞。什麼的
早期形式有多樣，前字有「甚、是、什、拾」等字；後字有「物、
勿、摩、麼、沒、末」等字。不管以何者出現，意同「何」。

　　　1.桂英你怨王魁甚？（〈〔南呂〕四塊玉‧海神
　　　廟〉）

作為動詞「怨」的賓語中的謂語。

　　　2.羨甚功勞部。（〈〔雙調〕夜行船‧天地之間〔碧
　　　玉簫〕〉）
　　　3.圖箇甚意斷恩絕。（〈〔雙調〕夜行船‧酒病花愁
　　　〔么〕〉）

做動詞賓語的定語。

> 4.為<u>甚</u>石崇睡不著。（〈〔雙調〕喬牌兒‧世途人易老〔碧玉簫〕〉）

爲甚，意謂「爲何」、「爲什麼」。

> 5.爭<u>甚麼</u>半張名利紙。（〈〔雙調〕清江引‧野興之五〉）
> 6.題<u>甚麼</u>抱官囚。（〈〔雙調〕行香子‧無也閑愁〔碧玉簫〕〉）

兩個「甚麼」，皆是定語。

㈩【兀的】

　　兀的，是近指代詞，同「這」之外，也作疑問代詞，意同「怎麼」、「哪裡」，有加強語氣的作用，如：

> 1.冰敲寶鑑玎璫玉，<u>兀的</u>不勝如，石家爭富，擊破紫珊瑚。（〈〔越調〕小桃紅‧四公子宅賦之夏〉）

「兀的不勝如」，意爲「怎麼比不上」。

> 2.唱道塵慮俱絕，興來詩吟罷酒醒時茶，<u>兀的</u>不快活煞。（〈〔大石調〕青杏子‧悟迷〔賺煞〕〉）

　　先秦時期，因時代、地域、方言的影響，代詞歧異繁複，一個詞

彙，往往有多種不同的書寫形式。魏晉時期，因翻譯佛經的影響，和戰亂而致移民風氣興盛，促使各地方言影響到共同語，故而產生了新的代詞，如儂、某、阿堵、許、渠、寧馨、那、底、所、若為等。唐代承續著前朝的遺產，「什麼」和「怎麼」兩大系疑問代詞醞釀而生；另外，「伊」、「渠」帶有南方語言特色的詞，也轉為他稱代詞，至此漢語人稱代詞方得完備。這些代詞，在實際運用中自然淘汰，宋元時期，很多已不見用；同時產生另外一批代詞，如俺、自家、恁等。代詞的興衰，背後有一股力量催化著，就是「詞的功能專一化」的要求。漢語由單音節詞向雙音節詞演化，在表意完整的原則下，要求每個詞各司其職，代詞也是如此，所以複數詞尾誕生、代詞雙音化，如「何」本可作為處所、時間、事物等的疑問代詞，後來有「何處」、「何日」、「何計」等詞的發生。

　　作為早期普通話的紀錄，《東籬樂府》廣用代詞，使其作品語言呈現精簡的風格。作品各式代詞的發展成果，呈現若干特點：

一、古今兼陳的風格

　　《東籬樂府》保留「吾、此、是、只、我、伊」等時代較久的代詞；同時運用新興代詞，帶有強烈的口語色彩，如「甚麼、怎麼」兩大系、「你、自己、自家、誰家、恁、這、那、兀的」等等。

二、南北兼具的風格

　　馬致遠所用的代詞，北方色彩的「咱、俺」等之外，還有南方特色的「渠、伊」等。

　　簡潔的風格本為代詞運用所能產生的。古今兼陳、南北兼具的風格，與馬致遠熟讀古書、遊歷多方有關；他的故鄉大都在當時屬於政治、經濟、文化的中心，各地方音並陳；加上他曾長住江南，多方面的因素皆影響了馬致遠用詞的特色。由代詞的運用，正可以看出作者個人經歷對其用語的影響。故而，在表義明確、用字精簡的風格

之外，呈顯出兼具古今、南北的特色；同一事物以不同的代詞交替使用，展現其新鮮感，此乃馬致遠運用代詞的特色，即為《東籬樂府》代詞的風格。

第三節　成語與典故

　　成語是人們長期以來習用的固定詞組或短句；典故，是詩文中引用古代故事或前人用過的詞語。成語中有許多是典故[16]，可以從古書中找到它們的來源；然而典故卻不一定是成語，所引用的往往是歷史故事，而非成語。二者範圍重疊、界限模糊，故於此合併討論。

　　語言是社會的產物，個人無法創造語言，但可以創造定型的詞語，起初一個人這樣說，若常為人引用，這個詞組或短句逐漸定型、流傳下來。上古許多著作，如《易經》、《詩經》、《楚辭》、《左傳》、《論語》、《孟子》、《莊子》、《戰國策》等等，產生許多的成語和典故，如：

> 1.《易經・乾卦》：「天行健，君子以自強不息。」
> 2.《詩經・大雅・烝民》：「既明且哲，以保其身。」
> 3.《戰國策・楚策》：「見兔而顧犬，未為晚也；亡羊而補牢，未為遲也。」

「自強不息」、「明哲保身」、「亡羊補牢」，都是日常生活中習用

16　孫維張（1989：124-131）將成語的意義表示方式分為八類：說明式、描繪式、比喻式、借代式、誇張式、婉飾式、聯想式、典故式。但其例證的前七類仍有典故式的成語，可見典故與成語的不可分性。

的語詞。不論成語或典故，均是漢語詞彙系統重要的部分，具有長遠的歷史淵源，爲熟語[17]的一部分，且爲人民所熟悉、樂用的語言材料。歷代詩作、文章、史書，往往成爲成語典故的素材。如此，可將成語、典故視爲文人語言對口語的反影響；不僅文人提煉日常語言而成爲文學語言，文學語言也可因使用頻繁而成爲全民語言。

　　詩歌因受限於格律，往往需要運用典故、成語，表達豐富的意涵；成語和典故的運用，統稱爲「用典」，或「用事」（指來自民間的成語）。王驥德《曲律・論用事第二十一》提及：

> 曲之佳處，不在用事，亦不在不用事。好用事，失之堆積；無事可用，失之枯寂。要在多讀書，多識故實，引得的確，用得恰好，明事暗使，隱事顯使，務使唱去人人都曉，不須解説。又有一等事，用在句中，令人不覺，如禪家謂撮鹽水中，飲水乃知鹹味，方是妙手。……又用得古人成語恰好，亦是快事。……如此方不堆積，方不蹈襲。（《中國古典戲曲論著集成四》頁127）

王氏所言代表著曲用典用事的要求。人們每每以爲曲較詩詞來得俚俗，主觀認定必以俚詞俗語爲大部，其實曲語的標準爲「文而不文，俗而不俗」。爲求「不俗」，曲中即運用了豐富的成語和典故，於用典之餘，每加上口語詞彙的襯字，以求其「不文」。

　　《東籬樂府》至少有238處用典、用事，當中有120個收錄在

17　「熟語」並非中國傳統語言學的術語，由英語phraseology翻譯而來，是詞的固定組合，爲詞彙學的研究範圍，包括成語、慣用語、諺語、俗語、俚語、歇後語和格語。這些固定結構都是在語言長期的運用中逐漸形成的定型語或句子，用精練的語言形式表達豐富的內容，具有結構定型、意義完整、充當語言的備用單位三個特點。（葛本儀，1993：75）

《全元散曲典故辭典》（呂薇芬1985），此現象證明馬致遠在散曲
史的地位，其運用成語、典故，足以成為散曲的典範；不僅是密度
高，而且往往是活用，將成語或典故融入曲中，而非只於書袋。往下
舉例說明：

> 1.春城春宵無價，照<u>星橋火樹銀花</u>。（〈〔仙呂〕青
> 　哥兒·十二月之正月〉）

形容元宵夜璀燦的花燈。表面上描寫當時實際景象，其實用了唐代蘇
味道〈正月十五夜〉「火樹銀花合。星橋鐵鎖開。暗塵隨馬去。明月
逐人來。」的典故。

> 2.風流<u>城南修禊</u>。（〈〔仙呂〕青哥兒·十二月之三
> 　月〉）

修禊，是古人在農曆三月上旬巳日，採蘭於水中，以被除不祥的民間
習俗。城南修禊，更普遍的用法是「蘭亭修禊」，出自《晉書·王
羲之傳》：「嘗與同志宴集於會稽山陰之蘭亭。羲之自為之序以申
其志，曰：『永和九年，歲在癸丑，暮春之初，會於會稽山陰之蘭
亭，修禊事也。群賢畢至，少長咸集，風流盛會。』」整句都是王羲
之蘭亭集會的故事。

> 3.閑與仙人醉秋蓮，<u>凌波殿</u>。（〈〔仙呂〕青哥兒·
> 　十二月之六月〉）

原為唐殿名，《楊太真外傳》記載：玄宗在洛陽畫夢一女子拜於床
前，自稱是凌波池中仙女，玄宗醒後翻新曲，作〈凌波曲〉，故以為
殿名。作者用以喻指消暑賞花之處。

4.會作<u>山中相</u>，不管人間事，爭甚麼半張名利紙。
（〈〔雙調〕清江引·野興之六〉）

指隱士。《南史·陶弘景傳》：「帝手敕招之，賜以鹿皮巾。後屢加禮聘，並不出，唯畫作兩牛，一牛散放水草，一牛著金籠頭，有人執繩，以杖驅之。武帝笑曰：『此人無所不作，欲學曳尾之龜，豈久可致之理。』國家每有吉凶征討大事，無不前以諮詢。月中常有數信，時人謂爲山中相。」山中相，原指有政治影響力的隱士，既能入山隱居，悠閒自得，又受到最高統治者的尊敬，這是封建文人們十分羨慕的地位。後來也泛指棄官歸田的人。

除了一字不漏地引用之外，取用或改動典故中的某字，甚至融合其義而不用其字。

5.<u>紅日如奔過隙駒</u>。白頭漸滿楊花雪。（〈〔雙調〕撥不斷之九〉）

用「白駒過隙」，比喻人生短暫。《莊子·知北遊》：「人生天地之間，若白駒過隙，忽然而已，注然勃然莫不出焉，油然漻然莫不入焉。」

6.一日一個<u>渭城客舍</u>。（〈〔雙調〕撥不斷之九〉）

出自王維〈送元二使安西〉：「渭城朝雨浥輕塵，客舍青青柳色新。勸客更盡一杯酒，西出陽關無故人。」寫離別是極尋常的現象。

7. <u>李斯豈解血沾衰</u>，亞父爭如饑喪囚。（〈〔黃鍾〕
女冠子‧枉了閑愁〔黃鍾尾〕〉）

「黃犬嘆」的典故，出自《史記‧李斯列傳》：「二世二年七月，具
斯五刑，論腰斬咸陽市。斯出獄，與其中子俱執，顧謂其中子曰：
『吾欲與若復牽黃犬俱出上蔡東門逐狡兔，豈可得乎。』遂父子相
哭，而夷三族。」李斯死前想過悠閑的生活，卻為時已晚。此典故常
為散曲家引用，說明居官得禍的道理。

　　同一個典故，馬氏可用不同的形式，出現在不同的作品。如：

8. 天之美祿誰不喜，偏則說<u>劉伶醉</u>。（〈〔雙調〕清
江引‧野興之四〉）
9. <u>畢卓生前酒一杯</u>，曹公身後墳三尺。（〈〔雙調〕
撥不斷之三〉）

是劉伶的故事，出自《晉書‧劉伶傳》：「常乘鹿車，攜一壺酒，
使人荷鍤而隨之，謂曰：『死便埋我。』其遺形骸如此。」劉伶嗜
酒，放浪形骸，為竹林七賢之一。元散曲每用其典故寫放懷痛飲，求
一醉而不問世事。

10. 子房鞋，<u>買臣柴</u>。（〈〔雙調〕撥不斷之十三〉）
11. <u>買臣負薪</u>，相如沽酒。（〈〔黃鍾〕女冠子‧枉了
閑愁〉）
12. 擔頭上擔明月，斧磨石上苔，且做樵夫隱去來。
<u>柴，買臣安在哉</u>？空巖外，老了棟梁材。（〈〔南
呂〕金字經之二〉）

三首曲子都用「買臣負薪」的典故。出自《漢書‧朱買臣傳》：
「家貧，好讀書，不治產業，常艾薪樵，賣以給食，擔束薪，行且誦
書。」朱買臣貧時賣柴的故事，寫世上窮通變化的現象，寫自己懷才
不遇的感情。

> 13. <u>拔山力</u>，<u>舉鼎威</u>，<u>暗嗚叱咤千人廢</u>。（〈〔雙調〕
> 慶東原‧嘆世之一〉）
> 14. <u>楚歌四起</u>，<u>烏騅漫嘶</u>，<u>虞美人兮</u>。（〈〔雙調〕慶
> 東原‧嘆世之二〉）
> 15. <u>霸王自刎烏江岸</u>。（〈〔雙調〕撥不斷之十二〉）
> 16. <u>陰陵道北</u>，<u>烏江岸西</u>。（〈〔雙調〕慶東原‧嘆世
> 之一〉）
> 17. <u>蓋世英雄氣</u>，<u>陰陵迷路</u>時，<u>船渡烏江</u>際。（〈〔雙
> 調〕清江引‧野興之五〉）

皆用項羽的故事，《史記‧項羽本紀》：「籍長八尺餘，力能扛
鼎，才氣過人，雖吳中子弟皆已憚籍矣。……有美人名虞，常幸
從。駿馬名騅，常騎之。於是項王乃悲歌慷慨，自為詩曰：『力
拔山兮氣蓋世，時不利兮騅不逝。騅不逝兮可奈何？虞兮虞兮奈
若何？』歌數闋，美人和之。項王泣數行下。左右皆泣，莫能仰
視。」感嘆項羽雖有過人的氣慨，仍不免自刎烏江，因而認為世事皆
空幻。

　　司馬相如和卓文君的故事，也曾多次出現：

> 18. <u>美貌才</u>，<u>名家子</u>，<u>自駕著箇私奔坐車兒</u>。<u>漢相如便
> 做文章士</u>。<u>愛他那一操兒琴</u>，共他那兩句兒詩，也
> 有改嫁時。（〈〔南呂〕四塊玉‧臨笻市〉）

19. 嘆寒儒，謾讀書，讀書須索題橋柱。題柱雖乘駟馬車，乘車誰買長門賦？且看了長安回去。（〈〔雙調〕撥不斷之二〉）

20. 屠沽乞食為僚宰。（〈〔雙調〕撥不斷之十三〉）

21. 當壚心既有，題柱志須酬。（〈〔大石調〕青杏子·姻緣〔憨郭郎〕〉）

22. 買臣負薪，相如沽酒。（〈〔黃鐘〕女冠子·枉了閑愁〉）

此外，如子陵釣灘、石崇爭富、人面桃花、弄玉簫史、范蠡泛舟、霓裳羽衣曲、踏雪尋梅、紅葉題詩等等的典故，亦呈現不同的面貌。

最後，以〈〔黃鐘〕女冠子·枉了閑愁〉為例，看成語典故運用在對偶句的情形。

〔女冠子〕枉了閑愁，細尋思自古名流，都曾志未酬。韓信乞飯，傅說版築，子牙垂釣，桑間靈輒困，伍相吹簫，沈古謳歌，陳平宰社，買臣負薪，相如沽酒。

曲作一開始，列舉歷代曾有過坎坷遭遇的名人，敘述自己「窮通皆命」的思想。

〔么篇〕上蒼不與功名侯，更強更會也為林下叟，時乖莫強求。若論才藝，仲尼年少，便合封侯。窮通皆命，得又何歡，失又何愁？恰似南柯一夢，季倫錦帳，袁公甕牖。

用同一個曲調，再次強調自己的思想。

〔出隊子〕若朝金殿，時人輕馬周。李斯豈解血沾衣？亞父爭如餓喪囚，到老來不將秦印收。

先用馬周的故事，寫否泰全是命中注定，再用李斯和范增的事，寫爲官得禍的道理。

〔么篇〕聖賢尚不脫陰陽穀，都輸與范蠡舟。周生丹鳳道祥禽，魯長麒麟言怪獸，時與不時都總休。

先對上述下結論，認爲聖賢尚不如范蠡；再用丹鳳出現在周文王盛世、麒麟出現在春秋亂世，兩者不同的結果對比。不論福禍如何終歸要完結。

〔黃鐘尾〕且念鰍生自年幼，寫詩曾獻上龍樓，都不送半紙來大功名一旦休。便似陸賈隨何，且須緘口。著領布袍雖故舊，仍存兩枚寬袖，且遮藏著釣鰲攀桂手。

寫自己的經歷，胸懷大志卻如隨何且須緘默。在整首作品，作者列舉自古名流「志未酬」的史實達十九個之多，以古喻今，說明自己懷才不遇、生不逢時的無限感慨。有一字不漏的引用，也有活用。

　　用典、用事是詩歌常見的表現手法，詩人引用前人的故事或詞句，以抒情言志，在於「舉事以類義，援古以證今」，往往具有暗示比喻的作用。從詞彙運用的角度，成語和典故的運用，可使語言精練，簡單的幾個字，即能說出豐繁的內容；而且令人想起整個生動的故事，有助於語言形象化。典故、成語，顯示著語言使用者對語言發

展的積極作用；保存了古代語言的特點。由於言簡意賅，表意功能強，爲人們在日常生活和文學創作時所樂用。《東籬樂府》在成語與典故的運用表現如下的風格特點：

一、多用典故和成語，作品的語言雖精簡，含意無窮，以少馭多，符合語言的經濟性原則。

二、引用之外，更能融合含意換用語詞，使得一個成語、典故在不同的作品中，有不同的面貌。不但具有新鮮感，更能避免掉書袋的缺失。

三、在運用時，總是以姓名直入句中，讀來倍覺眞切。

以上各點，皆爲《東籬樂府》詞彙風格，最易覺察，表面看來似乎尋常，但包含著作者的苦心運用，於作品裡處處可見馬致遠驅遣語言的用心。

第四節　顏色詞

形象、色彩和聲音，爲一切物質實體的概括，也是人類可直接觀察到的部分。形，是景物的外部形態；色，是景物的光和色；聲，是景物的聲響。前兩者可依賴視覺被感知，聲音則靠聽覺被感知。形、色、聲爲景物外部的主要特徵，也是作家在描寫景物時三個主要的元素。（冉欲達，1985）描寫色彩所運用的詞彙、由顏色所構成的詞彙，爲狹義的顏色詞；而描寫與景物光線、色澤有關的詞彙，稱爲準顏色詞，亦屬顏色詞的範圍。

自風、騷開始，即重視色彩的描寫；隨著作品的繁富、體裁的增多和景物描寫的多樣化，色彩描繪在文學中的作用越加顯著。傳統的文論和詩論，也注意色彩描繪的問題：《文心雕龍》肯定色彩在詩文

的作用，主張五色爲「主文之道」[18]；司空圖《詩品》讚賞詩作的色彩感；范晞文〈對床夜話〉從杜甫詩總結將顏色詞置於句首，再引出實詞，可收語強氣壯的效果；韓子蒼歸納運用顏色詞的規律—匹配相當。這些都是前人由運用到研究所得的結果。

　　《東籬樂府》117首小令用了116個顏色詞，每首必用顏色詞，具有強烈的色彩感，成了馬致遠用詞的特色，甚至一首作品用了五六個，如：

　　1.綠水邊，青山側，二頃良田一區宅，閑身跳出紅塵外。紫蟹肥，黃菊開。歸去來。（〈〔南呂〕四塊玉·恬退之二〉）

　　2.金卮滿勸莫推辭，已是黃柑紫蟹時。鴛鴦不管傷心事，便白頭湖上死，愛園林一抹胭脂，霜落在丹楓上，水飄著紅葉兒。風流煞帶酒的西施。（〈〔雙調〕湘妃怨·和盧疏齋西湖之三〉）

整部作品共用244個顏色詞，由性質和句中運用情況兩方面，一探其風格。

壹、顏色詞的詞彙意義分類

一、專指色彩者

　　本是表示顏色所用的詞，如紅、朱、黃、紫、綠、青、白、皓、

18　《文心雕龍·情采》：「故立文之道，其理有三：一曰形文，五色是也；二曰聲文，五音是也；三曰情文，五性是也。五色雜而成黼黻，五音比而成韶夏，五性發而為辭章，神理之數也。」

玄、彩等。《東籬樂府》此小類有124個，占50%。

1. 黃雲紅葉青山。（〈〔越調〕天淨沙・秋思之二〉）

2. 萬紫千紅妖弄色。（〈〔仙呂〕賞花時・弄花香滿衣〔么〕〉）

3. 冷清清綠暗紅疏。（〈〔南呂〕一枝花・惜春〔梁州〕〉）

4. 能得朱顏。（〈〔雙調〕行香子・無也閑愁〔錦上花〕〉）

5. 將青青嫩草頻頻的餧。（〈〔般涉調〕耍孩兒・借馬〔七〕〉）

6. 綠蓑衣紫羅袍誰是主。（〈〔雙調〕清江引・野興之二〉）

7. 已是黃柑紫蟹時。（〈〔雙調〕湘妃怨・和盧疏齋西湖之三〉）

8. 絮飛飄白雪。（〈〔南呂〕金字經之一〉）

9. 細腰舞皓齒歌。（〈〔南呂〕四塊玉・嘆世之六〉）

10. 兩鬢皤。（〈〔南呂〕四塊玉・嘆世之一〉）

11. 玄霜盡。（〈〔南呂〕四塊玉・藍橋驛〉）

12. 何敢藍橋望行雲。（〈〔南呂〕四塊玉・藍橋驛〉）

13. 恐隨彩雲易收。（〈〔大石調〕青杏子・姻緣〔還京樂〕〉）

二、兼表質料與色彩者

　　這類詞原非指色彩，而是事物的質料用語，如火、銀、金、丹、翠、碧、素、黛、臘、琥珀、胭脂等等。如「翠、碧」原為玉石名，後用以表示青綠色；「素」原為織品名，後表示白色。以事物的質料代表顏色，《東籬樂府》有77個，占32%，如：

1.照星橋<u>火</u>樹<u>銀</u>花。（〈〔仙呂〕青哥兒‧十二月之正月〉）
2.<u>丹</u>楓醉倒秋山色。（〈〔雙調〕撥不斷之十〉）
3.剔<u>銀</u>燈欲將心事寫。（〈〔雙調〕壽陽曲之三〉）
4.<u>碧</u>紗人歇<u>翠</u>紈閑。（〈〔越調〕小桃紅‧四公子宅賦之秋〉）
5.梧桐初彫<u>金</u>井。（〈〔仙呂〕青哥兒‧十二月之七月〉）
6.<u>銅</u>壺半分更漏。（〈〔仙呂〕青哥兒‧十二月之八月〉）
7.展<u>素</u>紙。（〈〔雙調〕壽陽曲之十〉）
8.蘸<u>霜</u>毫略傳心事。（〈〔雙調〕壽陽曲之十〉）
9.對粧奩懶施眉<u>黛</u>。（〈〔雙調〕壽陽曲之十八〉）
10.貼春衫又引得箇<u>粉</u>蝶兒。（〈〔仙呂〕賞花時‧弄花香滿衣〔賺煞〕〉）
11.今朝兩鬢已成<u>斑</u>。（〈〔中呂〕喜春來‧六藝之御〉）
12.<u>錦</u>帳佳人會溫存。（〈〔仙呂〕青哥兒‧十二月之十月〉）
13.紗窗外<u>玉</u>梅斜映。（〈〔雙調〕壽陽曲之八〉）

三、準顏色詞

　　以描寫光線明暗等和顏色相關的詞彙，如明、暗、昏、疏、濃、淡等皆是，《東籬樂府》有43個，占18%。

1. 碧波<u>清</u>。（〈〔仙呂〕賞花時‧長江風送客〔賺煞〕〉）

2. 不進皓齒<u>明</u>眸。（〈〔大石調〕青杏子‧姻緣〔還京樂〕〉）

3. <u>濃</u>雲漸消。（〈〔仙呂〕賞花時‧孤館雨留人〔賺煞〕〉）

4. <u>淡</u>煙衰草黃沙。（〈〔越調〕天淨沙‧秋思之三〉）

5. <u>昏</u>慘慘孤燈不住挑。（〈〔仙呂〕賞花時‧孤館雨留人〔賺煞〕〉）

6. 月<u>暗</u>星稀天欲<u>曉</u>。（〈〔仙呂〕賞花時‧孤館雨留人〉）

7. 冷清清綠<u>暗</u>紅<u>疏</u>。（〈〔南呂〕一枝花‧惜春〔梁州〕〉）

8. 喜天<u>陰</u>喚錦鳩。（〈〔般涉調〕哨遍‧半世逢場作戲〔尾〕〉）

9. 煙水<u>澄澄</u>。（〈〔仙呂〕賞花時‧長江風送客〔賺煞〕〉）

10. 聽林間，<u>寒</u>鴉噪。（〈〔仙呂〕賞花時‧孤館雨留人〔賺煞〕〉）

貳、句中的使用情形

　　《東籬樂府》的顏色詞，以當定語為最多，或做為形容詞用。此處觀察其在句中的運用各種情形。

一、運用多個顏色詞

　　《東籬樂府》的244個顏色詞，其中20個以上的句子出現一個以上的顏色詞，可使描寫的景物和場景鮮明生動，如：

> 1. 照星橋火樹銀花。（〈〔仙呂〕青哥兒・十二月之正月〉）
> 2. 獨對青娥翠畫屏。（〈〔仙呂〕青哥兒・十二月之七月〉）
> 3. 伸玉指盆池內蘸綠波。（〈〔仙呂〕賞花時・掬水月在手〔賺煞〕〉）
> 4. 喜天陰喚錦鳩。（〈〔般涉調〕哨過・半年逢場作戲〔尾〕〉）
> 5. 月暗星稀天欲曉。（〈〔仙呂〕賞花時・孤館雨留人〉）

二、當句對的顏色詞

　　如運用當句對的手法，更可突顯景物，如：

> 1. 萬紫千紅妖弄色。（〈〔仙呂〕賞花時・弄花香滿衣〔么〕〉）
> 2. 綠水青山任自然。（〈〔雙調〕撥不斷之一〉）
> 3. 綠蓑衣紫羅袍誰是主？（〈〔雙調〕清江引・野興之二〉）

4.已是<u>黃</u>柑<u>紫</u>蟹時。（〈〔雙調〕湘妃怨·和盧疏齋西湖之三〉）

5.休直到<u>綠</u>愁<u>紅</u>慘。（〈〔雙調〕夜行船·一片花飛〉）

6.冷清清<u>綠</u>暗<u>紅</u>疏。（〈〔南呂〕一枝花·惜春〔梁州〕〉）

7.不進<u>皓</u>齒<u>明</u>眸。（〈〔大石調〕青杏子·姻緣〔還京樂〕〉）

8.<u>黃</u>雲<u>紅</u>葉<u>青</u>山。（〈〔越調〕天淨沙·秋思之二〉）

三、句首的顏色詞

將顏色詞置於句首，有加強語氣的作用，如：

1.<u>綠</u>頭<u>黃</u>鶯兒啅七七。（〈〔般涉調〕哨遍·半世逢場作戲〔尾〕〉）

2.<u>碧</u>沙人歇<u>翠</u>紈閑。（〈〔越調〕小桃紅·四公子宅賦之秋〉）

3.<u>錦</u>屏風又添鋪<u>翠</u>。（〈〔雙調〕壽陽曲·山市晴嵐〉）

4.<u>青</u>苔砌上觀<u>銀</u>漢。（〈〔越調〕小桃紅·四公子宅賦之秋〉）

5.<u>紅</u>雪飄香<u>翠</u>霧迷。（〈〔仙呂〕青哥兒·十二月之三月〉）

6.<u>淡</u>煙衰草<u>黃</u>沙。（〈〔越調〕天淨沙·秋思之三〉）

7.<u>綠</u>楊隄數聲漁唱。（〈〔雙調〕壽陽曲·漁村夕

照〉）

8.金蓮肯分送半折。（〈〔雙調〕壽陽曲之十二〉）

9.黃菊綻東籬下。（〈〔雙調〕新水令·題西湖〔掛玉鉤〕〉）

10.白髮勸東籬。（〈〔般涉調〕哨遍·半世逢場作戲〉）

11.霜毫歷歷蘸寒泉。（〈〔般涉調〕哨過·張玉嵒草書〉）

12.玄霜盡。（〈〔南呂〕四塊玉·藍橋驛〉）

13.烏騅漫嘶。（〈〔雙調〕慶東原·嘆世之二〉）

14.藍橋水淨。（〈〔雙調〕夜行船·不合青樓〉）

15.錦繡簇華夷。（〈〔中呂〕粉蝶兒·寰海清夷〔喜春來〕〉）

16.玉容上帶著些寂寞色。（〈〔商調〕集賢賓·金山寺〔么篇〕〉）

17.濃雲漸消。（〈〔仙呂〕賞花時·孤館雨留人〔賺煞〕〉）

四、曲首的顏色詞

《東籬樂府》有些顏色不僅在句首，更是全曲的開頭，如：

1.玄冥偷傳春信。（〈〔仙呂〕青哥兒·十二月之十月〉）

2.金巵滿勸莫推辭。（〈〔雙調〕湘妃怨·和盧疏齋西湖之三〉）

3.碧波清。（〈〔仙呂〕賞花時·長江風送客〔賺

　　煞〕〉）

　4.<u>青</u>門幸有栽瓜地。（〈〔般涉調〕哨遍‧半世逢場
　　作戲〔二〕〉）

　5.<u>錦</u>繡<u>錢</u>塘富貴家。（〈〔雙調〕新水令‧題西湖
　　〔石竹子〕〉）

五、對偶句的顏色詞

　　對偶，本為詩歌強調的手法，藉著反覆重沓，讓詞彙所代表的意
涵緊湊地展現。馬氏在對偶句巧用顏色詞，不同色彩的運用，對比或
重複，出現在相鄰句子的相同位置，為其詞彙運用的特色之一。

　　（一）相近顏色表現和諧的氣氛

　1.<u>綠</u>水邊，<u>青</u>山側。（〈〔南呂〕四塊玉‧恬退之
　　二〉）

　2.對榻<u>青</u>山，繞門<u>綠</u>水。（〈〔般涉調〕哨遍‧半世
　　逢場作戲〉）

　3.<u>翠</u>竹邊，<u>青</u>松側。（〈〔南呂〕四塊玉‧恬退之
　　三〉）

　4.霜落在<u>丹</u>楓上，水飄著<u>紅</u>葉兒。（〈〔雙調〕湘妃
　　怨‧和盧疏齋西湖之三〉）

　　（二）對比色突顯景物相比較

　1.<u>綠</u>鬢衰，<u>朱</u>顏改。（〈〔南呂〕四塊玉‧恬退之
　　一〉）

　2.<u>彩</u>扇歌，<u>青</u>樓飲。（〈〔南呂〕四塊玉‧海神

廟〉）

3. <u>青</u>紗帳，<u>白</u>象床。（〈〔雙調〕壽陽曲之十九〉）

4. <u>白</u>玉堆，<u>黃</u>金垛。（〈〔南呂〕四塊玉・嘆世之六〉）

5. 錦瑟左右，<u>紅</u>粧前後。（〈〔雙調〕行香子・無也閑愁〔碧玉簫〕〉）

6. <u>黃</u>橙帶露時。<u>紫</u>蟹迎霜候。（〈〔雙調〕夜行船・秋思〔離亭宴帶歇指煞〕〉）

7. <u>紅</u>日如奔過隙駒，<u>白</u>頭漸滿楊花雪。（〈〔雙調〕撥不斷之四〉）

8. <u>丹</u>楓醉倒秋山色，<u>黃</u>菊凋殘戲馬臺，<u>白</u>衣盼殺東籬客。（〈〔雙調〕撥不斷之十〉）

9. <u>紅</u>塵不向門前惹，<u>綠</u>樹偏宜屋角遮，<u>青</u>山正補牆頭缺。（〈〔雙調〕夜行船・秋思〔撥不斷〕〉）

10. <u>青</u>草畔有收酪牛，<u>黑</u>河邊有扇尾羊。（〈〔南呂〕四塊玉・紫芝路〉）

11. 卷展<u>霜</u>縑，管握銅龍，賦歌<u>赤</u>壁。（〈〔般涉調〕哨遍・張玉喦草書〉）[19]

12. 和露摘<u>黃</u>花，帶霜分<u>紫</u>蟹，煮酒燒<u>紅</u>葉。（〈〔雙調〕夜行船・秋思〔離亭宴煞〕〉）

綜觀《東籬樂府》的顏色詞，詞彙意義包括：

　　一、以專指色彩的詞彙爲主，如紅、黃、綠、白、紫等等，使用重彩是其重要的特色，展露強烈色彩美的風格。

---

[19] 例9.、10.、11.在句法上為對偶句的假平行，請參照第六章第四節。

二、兼表質料的詞彙，如金、翠、銀、玉、胭脂、琥珀等等，以物質代色，既是生動具體的物，又是鮮艷明麗的色，加上描寫景物光線明暗的準顏色詞，色彩更形象、更具體，引發聯想。

顏色詞在《東籬樂府》句中的使用包括：

一、一句使用多個顏色詞，或形成當句對，或出現在首句，甚至是全曲之首，皆有強調語氣的效果。

二、對偶句的顏色詞，如用相近色彩相對，表現和諧的氣氛；如用相對色彩突顯比較的感覺。以後者為多，所以《東籬樂府》對偶句的顏色詞，呈顯出對比的效果。

馮笪（1988）〈試探唐宋詩詞有關顏色的描繪〉將顏色詞分為明確色相者和沒有固定色相者兩類，前者如紅、黃、藍、紫等，後者如青、綠、蒼、翠等；認為前者與生活相近，狀物、寫景可產生明快、響亮的色彩效果，準確、鮮明、生動地表現詩人的獨特感受和強烈情感；後者因未有固定色相，留下想像的空間給讀者，造成含蓄、寄託、細膩、微妙的色彩效果。《東籬樂府》所選用色彩，以青、紅、綠、黃、白、金六者最多。紅、黃、白、金四者為色相較明確的色彩，鮮明地表現強烈的感情；青、綠二者無固定色相，形成曲折、含蓄的效果。兩類色彩交互運用，使得《東籬樂府》於明快、生動之中，蘊含細緻、繁複、突顯、重彩的風格。至於某種色彩帶有某種特定的情感，和聲情論一樣，因與實驗心理密切相關，筆者採取保留的態度。

第五節　　虛詞

虛詞，指不具有確定詞義的詞，包括狹義的虛詞和臨時性虛詞兩類，前者本身不具詞彙意義，為狹義的虛詞；後者本有詞彙意義，但在某種語境裡，不代表原來所指的內涵，為一種臨時性的虛詞。因為前者為漢語語法的特色，稱之為語法虛詞或單稱虛詞；後者是一種

因運用而產生的虛詞，姑且將它命名為語用虛詞。二者皆為《東籬樂府》詞彙的特色，以下將分別舉例說明。

壹、語法虛詞

語法的虛詞（functional word），是漢語詞類之一，在語言交際占有重要的地位[20]，包括助詞、介詞、連詞、副詞四類[21]。歷代文人極重視虛詞在詩文中的地位，劉淇《助字辨略·自序》曾言：

> 構文之道，不過實字虛字兩端，實字其體骨，而虛字其性情也。蓋文以代言，取肖神理，抗墜之際，軒輊異情，虛字一乖，判顧燕越，柳柳州所由發哂於杜溫夫者邪！且一字之失，一句為之蹉跎；一句之誤，通篇為之梗塞。（[清]劉淇，1979：1）

袁仁林《虛字說》談虛詞在文學作品的具體功用：

---

[20] 漢詞的詞類，概分為實詞和虛詞兩大類。實詞具有實際的詞彙意義（semantic meaning），可以獨立擔任句子成分，有固定的語調，隨著社會發展而不斷增加。虛詞沒有具體的詞彙意義，只有功能的意義（functional meaning），除了部分副詞外，皆無法獨立作為句子成分。由於漢語缺乏嚴格意義上的形態變化，語言組合的結構關係、情態語氣等，往往需要藉由虛詞來實現，故而虛詞的通過聯結和附著，表示某種語法意義和語法關係。虛詞本身是一個封閉的系統，無法同實詞一樣因著社會發展而衍生，數量也較少，一般認為漢語虛詞只八百多個，常用的不超過四百個。《現代漢語詞典》收詞五萬三千條，虛詞有一千條，還不到詞彙總量的2%，但使用頻率極高，在漢語的功能和地位不亞於實詞。（徐復嶺，1993：2）

[21] 虛詞的分類，各家看法頗紛歧，大體可歸納為一、六分法：包括副詞、介詞、連詞、助詞、嘆詞和擬聲詞；或者是方位詞、介詞、連詞、助詞、量詞和語氣詞。二、五分法：介詞、連詞、助詞、嘆詞和語氣詞。三、四分法：副詞、介詞、連詞、助詞。筆者採用四分法，因為嘆詞和擬聲詞都是以聲表義，並非沒有詞彙意義，而方位詞代指方位，語氣詞歸於語氣助詞。

當其言事言理，事理實處，自有本字寫之。其隨本字
而連以長短疾徐，死活輕重之聲，此無從以實字見
也，則有虛字託之，而其聲如聞，其意自見。故虛字
者，所以傳其聲，聲傳而情見焉。（鄭奠、麥梅翹，
1975：96）

語法虛詞常被用在文章裡；詩體，尤其近體詩，為求精簡，虛詞
較少。從詞體開始，句式長短不一，詞人有較多的自由，虛詞較近體
詩為多。元曲，因可加襯字，句法比詞體更加靈活多變，所加的襯
字，往往是詩體所省略的虛詞。如是，不但意義更加完整，音節能更
諧調，與音樂相互配合，成為表情達意的有力工具。

這類虛詞是《東籬樂府》用詞的特色之一，如將套數和殘套以單
曲計算，可得130首曲子，加上小令117首，《東籬樂府》總數247首
曲子，共用了984個虛詞，平均每首作品有四個虛詞。此處將由兼類
虛詞、對偶句中的虛詞、句首的虛詞三方面，觀看語法虛詞在《東籬
樂府》的使用情形。

一、兼類虛詞

一個虛詞，或許不止一個功能，身兼數種用法，這類虛詞，稱為
兼類虛詞。虛詞的發展，到了中古以後，功能漸趨於專一化，要求一
個虛詞只擔任一個職務；然而《東籬樂府》保留兼類虛詞的用法，此
為其虛詞風格之一，往後即逐一討論。

㈠【將】

「將」字在《東籬樂府》做虛詞用可分為：動態助詞、時間副
詞、介詞三種用途。

1.動態助詞

　　「動＋將」是近代漢語特有的格式之一。魏晉南北朝在兩漢的基礎上，發展漢語的補語，「動＋將」結構在這樣的背景發展起來，原來連動式的「將」字，由動詞轉向助詞，意同「了」。唐代到宋代，助詞功能專一的趨勢下，格式統一爲「動＋將＋趨向補語」。宋代以後隨著助詞系統的調整和助詞「了」的發展，逐漸消亡。《東籬樂府》仍保存了一個：

　　　(1)東風園林昨暮，被啼鶯喚將春去。（〈〔仙呂〕青
　　　　哥兒‧十二月之四月〉）

　2.時間副詞
將作爲時間副詞，表示快要到達怎樣的動作或情態，如：

　　　(1)歲功來待將遷謝。（〈〔仙呂〕青哥兒‧十二月之
　　　　十二月〉）

　3.介詞
　　「將」字引介動作的接受者，構成介賓結構，作爲說明動作情態的狀語，如此組成的句子，即稱爲「將字句」，如：

　　　(1)剔銀燈欲將心事寫。（〈〔雙調〕壽陽曲之三〉）
　　　(2)鎮日不將簾幕垂。（〈〔商調〕水仙子‧暑光
　　　　催〉）

(二)【來】

　　「來」作爲動詞，兼任助詞用，在《東籬樂府》擔任動態助詞、時間助詞、概數助詞三個功能。

1.動態助詞

「來」作爲動態助詞，元明時期廣泛地被使用；加在動詞之後，表示動作「曾經發生」或「完成」，如：

(1)且做樵夫隱去來。（〈〔南呂〕金字經之二〉）

(2)樵夫覺來山月底。（〈〔雙調〕青江引·野興之二〉）

(3)作來酒令詩籌。（〈〔大石調〕青杏子·姻緣〔憨郭郎〕〉）

「來」加在動詞之後，爲《東籬樂府》「了、著、過」之外，表示時間的另一用法。

2.時間助詞

由「時間詞＋以來」，省略「以」而成「時間詞＋來」。如：

(1)夜來西風裡。（〈〔南呂〕金字經之三〉）

(2)江上晚來堪畫處。（〈〔雙調〕壽陽曲·江天暮雪〉）

(3)近來自知浮世窄。（〈〔商調〕集賢賓·思情〔么〕〉）

3.概數助詞

表示物體的大概情形，如：

(1)且念鯫生自年幼，寫詩曾獻上龍樓，都不迭半紙來大。（〈〔黃鍾〕女冠子·枉了閑愁〔黃鍾尾〕〉）

(2)繁華一夢<u>天來大</u>。（〈〔雙調〕新水令‧題西湖
〔山石榴〕〉）

　　除以上三種用法之外，還有「得（的）來」的連用。「得（的）
來」最早見於宋金時期，用在動詞或形容詞之後，表示程度的強
化。這是作者在運用程度副詞之外的強調手法之一，如：

(1)自然天付與，<u>強得來</u>也不堅固。（〈〔雙調〕夜行
船‧天地之間〔喬牌兒〕〉）
(2)<u>哭的來</u>困也意如癡。（〈〔商調〕水仙子‧暑光催
〔尾聲〕〉）

在動詞「強」、形容詞「哭」後加上「得來」，意爲「很勉強地去
做」、「哭得很……」，其後加上由「也」所引導的詞，和「強得
來」、「哭的來」的意思相反。

(三)【也】

　　「也」可作爲語氣助詞和頻率副詞。

　　1.語氣助詞

　　也，是個古老的語氣助詞，表示陳述或感嘆的語氣，近似於現代
漢語「的」，表示「當然」的情態。如：

(1)日長<u>也</u>小窗前睡著。（〈〔雙調〕壽陽曲之
二十〉）
(2)渴睡<u>也</u>去來呵。（〈〔仙呂〕賞花時‧掬水月在手
〔么〕〉）
(3)豫章城故人來<u>也</u>。（〈〔雙調〕壽陽曲‧洞庭秋
月〉）

2.頻率副詞

(1)<u>也</u>不怕薄母放訝摇。（〈〔大石調〕青杏子・悟迷〔擂鼓體〕〉）

(2)便有後半毛<u>也</u>不拔。（〈〔大石調〕青杏子・悟迷〔賺煞〕〉）

「動詞＋與＋對象」，等於「向＋對象＋動詞」。

㈣【與】

1.介詞

(1)心間事，説<u>與</u>他。（〈〔雙調〕壽陽曲之七〉）

(2)快道<u>與</u>茶茶嬷嬷。（〈〔仙呂〕賞花時・掬水月在手〔賺煞〕〉）

「動詞＋與＋對象」，等於「向＋對象＋動詞」。

2.連詞

連接兩個性質相同的東西，如：

(1)可惜都壽<u>與</u>心違。（〈〔雙調〕慶東原・嘆世之五〉）

(2)投至狐蹤<u>與</u>兔穴。（〈〔雙調〕夜行船・秋思〔慶宣和〕〉）

㈤【自】

「自」在《東籬樂府》是介詞和情貌副詞兩種虛詞。

1.介詞

　　(1)盈虛妙自胸中蓄。（〈〔中呂〕喜春來‧六藝之數〉）

「胸中」是「盈虛妙蓄」的地方，自引介處所名詞。

　　(2)天涯自他為去客。（〈〔商調〕集賢賓‧思情〉）

原句爲「自他為天涯去客」，「自」意爲「自從」，引介時間。

　2.情貌副詞

　　表示自然的結果、情狀，如：

　　(1)裴航自有神仙分。（〈〔南呂〕四塊玉‧藍橋驛〉）

　　(2)自是知音惜知昔。（〈〔南呂〕四塊玉‧海神廟〉）

二、對偶句中的虛詞

　　對偶句是散曲語言的特色之一，在對偶句裡運用虛詞爲《東籬樂府》的語言特色。

㈠助詞的運用

　　1.覷了他行賺，聽了他言談。（〈〔雙調〕夜行船‧

不合青樓〔阿忽令〕〉）

    2.常忘了治國心，背記了謁食酸。（〈〔南呂〕一枝
    花‧詠莊宗行樂〉）

例2.在動詞「忘」之前，用頻率副詞「常」的修飾。《東籬樂府》
「了」是一個動態助詞，表示動作或性態變化已經完成，以「（動詞
＋了）＋賓語」的形式來表示，和現代漢語的用法不同。在非對偶句
中尚有一種不帶賓語的用法，如：「妻兒胖了咱消瘦。」（〈〔南
呂〕四塊玉‧嘆世之五〉）、「高枕上夢隨蝶去了。」（〈〔雙
調〕清江引‧野興之八〉）這兩個例子和現代漢語的用法相同。

    3.淺斟著金曲卮，低謳著白雪歌。（〈〔南呂〕四塊
    玉‧嘆世之八〉）

「著」表示動作正在進行。

㈡介詞的運用

    1.你把柴斧拋，我把魚船棄。（〈〔雙調〕清江引‧
    野興之二〉）

這是一組以介詞「把」所構成的對句，「把」引介動作的受事者，
將賓語提前，構成介賓結構，作為動作的限定狀語；以「（把＋賓
語）＋動詞」形成把字句的對句。

    2.霜落在丹楓上，水飄著紅葉兒。（〈〔雙調〕湘妃
    怨‧和盧疏齋西湖之三〉）

「在」引介處所，「丹楓」加上方位詞「上」形成了處所詞組，對句以動態助詞「著」對上介詞「在」。這是一組假平行的對偶句，此現象將於第六章第四節「對偶句的假平行」討論。

　　　3.<u>自</u>立冬，<u>將</u>殘臘。（〈〔雙調〕新水令‧題西湖〔掛玉鉤〕〉）

這是以時間介詞「自」對時間副詞「將」的對句。

㈢副詞的運用

　　　1.聲清<u>恰</u>似蠶食葉，氣勇<u>渾</u>同猊抉石。（〈〔般涉調〕哨遍‧張玉嵒草書〔五煞〕〉）

以時間副詞和範圍副詞相對，皆作為動詞的狀語。

　　　2.韓信<u>獨</u>登拜將臺，霸王<u>自</u>刎烏江岸。（〈〔雙調〕撥不斷之十二〉）

兩個情態副詞「獨」和「自」相對。

　　　3.<u>莫</u>燃香<u>休</u>剪髮。（〈〔大石調〕青杏子‧悟迷〔怨別離〕〉）

這是一組由否定副詞「莫」和「休」構成的當句對，「莫、休」在《東籬樂府》形成祈使句。

　　對偶句的副詞，不全然修飾動詞，也修飾其他詞類，如：

> 4.紅塵<u>不向</u>門前惹，綠樹<u>偏宜</u>屋角遮，青山<u>正補</u>牆頭缺。（〈〔雙調〕夜行船・秋思〔撥不斷〕〉）

這是一組不平行的對偶句。「不向」，否定副詞「不」作爲修飾介詞「向」的狀語，「向」引介的是「門」加上方位詞「前」所形成的處所詞。「宜」是「屋角遮」的狀語，「偏」修飾副詞「宜」；換言之，第二句應是「綠樹偏宜遮屋角」，因對偶的需要，將動詞「遮」往後移。第三句中，動詞「補」的賓語是「牆頭缺」，「牆頭缺」應解釋爲「牆頭上的缺角」；副詞「正」，是動詞「補」的限定狀語。本組對句，可作爲《東籬樂府》構句、用詞特色的最佳例證，不僅在對偶句運用虛詞，更因著對仗而移動動詞、省略詞組中的一部分，形成不平行現象。

三、句首虛詞

馬致遠常將虛詞置於句首，有強調語氣的作用。

㈠副詞的運用

> 1.上蒼<u>不</u>與功名候，<u>更強更會也</u>為林下叟。（〈〔黃鍾〕女冠子・枉了閑愁〔幺篇〕〉）

這是一組因果複句，前一分句是一個假設，後一分句是結果。後句間隔地使用了兩個表示程度較高的程度副詞「更」，緊接著用頻率副詞「也」，表示如果上蒼不把功名給人，能力再強的人也會成爲林下叟，語氣逐漸加強。

> 2.<u>豈</u>不知財多害己，<u>直</u>到東市方知。（〈〔雙調〕慶東原・嘆世之六〉）

例句的兩個句子，都用副詞作爲句首。前一句以反詰語氣副詞
「豈」，和否定副詞「不」，構成反詰疑問句。下一句用時間副詞
「直」爲開頭，修飾介詞「到」，引出處所「東市」，接著在動詞
「知」之前，以時間副詞「方」作爲狀語。

　　　3.恰才風定，猛抬頭觀見豫章城。（〈〔仙呂〕賞花
　　　　時‧長江風送客〔賺煞〕〉）

「恰才」是時間副詞，作爲「風定」的狀語。「猛」是情態副詞，修
飾動詞「抬頭」，而「猛抬頭」又作爲動詞「觀見」的狀語。

　　　4.莫向風塵內，久淹留。（〈〔大石調〕的青杏子‧
　　　　姻緣〔憨郭郎〕〉）

這是由否定副詞「莫」所構成的祈使句，介詞「向」介引處所「風塵
內」，「久」是時間副詞修飾「淹留」。

　　　5.再不教魂夢反巫峽，莫燃香休剪髮，柳戶花門從瀟
　　　　灑，不再踏，一任教人道情分寡。（〈〔大石調〕
　　　　青杏子‧悟迷〔怨別離〕〉）

例句同屬一個套數的小令，全首共有五句，有三句由副詞開頭、一句
由介詞爲句首。

　　　6.才見了明暗，且做些搠渟，倘忽間被他啜賺，那一
　　　　場羞慘。（〈〔雙調〕夜行船‧一片花飛〔阿忽
　　　　令〕〉）

例句是〈一片花飛〉套數第三首小令。全首有四個句子，有三句是用副詞開頭，「才」是時間副詞，表示事情發生的時間距離現在不久：「且」是時間副詞，表示事件的暫時性；「倘忽」是情態副詞，表示事件的突然發生。「倘忽」加上「間」，又構成了時間副詞，作爲介詞「被」的狀語，「被」引介動作的發出者，作爲動詞「啜賺」的狀語，「那一場羞慘」是賓語。

(二)連詞的運用

    1.便有後半毛也不拔。（〈〔大石調〕青杏子·悟迷〔賺煞〕〉）

    2.便作釣魚人，也在風波裡。（〈〔雙調〕清江引·野興之三〉）

以上例句以「便……也」構成假設複句，意爲「即使……也……」。

(三)介詞的運用

    1.對篷窗叢菊花開。（〈〔仙呂〕青哥兒·十二月之九月〉）

「對」是處所介詞，引介處所賓語「篷窗」，「對篷窗」作爲「菊花開」的狀語。

    2.被莽壯兒的哥哥截替了咱。（〈〔大石調〕青杏子·悟迷〔擂鼓體〕〉）

「被」引介動作的發出者，也就是施事賓語，共同組成介賓結構，作爲動詞「截替」的狀語。「的」標誌「莽狀兒」作爲施事賓語的修飾定語。「了」表示動詞「截」的完成。

　　　3.據此清新絕妙，堪爲家寶，可上金石。（〈〔般涉
　　　　調〕哨遍・張玉嵒草書〔么〕〉）

「據」是引介依憑的介詞，「堪」、「可」皆是語氣副詞。

　　　4.從結靈胎便南柯。（〈〔南呂〕四塊玉・嘆世之
　　　　七〉）

「從」是引介「結靈胎」的時間介詞，「便」則是一個時間副詞，用「從……便」，表示「結靈胎」和「南柯」這兩件事情發生的時間差距極小，幾乎是同時發生。
　　此外，句首虛詞有一部分是詞曲特有的「領調字」。領調字，亦可簡稱爲「領字」，指在一句的開頭，有一、兩個字甚至三個字，語氣稍作停頓，語意起領下文，帶有特殊作用的字。這是詞體句法不同詩體句法的地方，曲承詞而來，承繼詞中領調字的傳統。
　　《東籬樂府》的領調字，除了動詞之外，以虛詞爲多，與動詞共同組成的領調字。如：

　　　1.向三垂崗左右，湖柳坡周遭，則見沙場上白骨漫
　　　　漫，別人見心似錐剜。（〈〔南呂〕一枝花・詠莊
　　　　宗行樂〔梁州〕〉）

「向」是引介處所的介詞，引介「三垂崗左右，湖柳坡周遭」。

  2.<u>不如</u>長醉酒壚邊，是非潛，終日樂堯年。（〈〔中呂〕喜春來・六藝之數〉）

這是由「不如」構成的祈使句，與上文「盈虛妙自胸中蓄，萬事幽傳一掌間」形成反比。「不如」作爲以下三句的領調字。

  3.<u>但得</u>孤山尋梅處，苫間草廈，有林和靖是鄰家，喝口水西湖快活煞。（〈〔雙調〕新水令・題西湖〔尾〕〉）

「但」是個範圍副詞，修飾動詞「得」。「但得」共同作爲以下三句的領調字。

  4.<u>恰似</u>南柯一夢，季倫錦帳，袁公甕牖。（〈〔黃鐘〕女冠子・枉了閑愁〔么篇〕〉）

「恰」是時間副詞，修飾動詞「似」。「恰似」以下三句的領調字。

  5.<u>不肯</u>省刑法，薄稅斂，新條款。<u>每每</u>殢酒色，戀俳優，恣淫亂。（〈〔南呂〕一枝花・詠莊宗行樂〔梁州〕〉）

這是一組對句，「不肯」和「每每」各領三句。

  6.<u>休耽閣</u>一天柳絮如綿舞，滿地殘花似錦鋪。

（〈〔南呂〕一枝花・惜春〔隔尾〕〉）

「休」是否定副詞，爲動詞「耽擱」的狀語。「休耽閣」引領以下二句。

貳、語用虛詞

　　語用虛詞，指原本具有實指意義的詞，因運用而泛化，甚至虛化了它的意義，成爲語中的虛詞，若離開了此語後，仍爲實詞；這種因運用而臨時產生的虛詞，稱之爲語用虛詞。以虛數詞、修辭虛詞、格律虛詞三者最具代表性。

一、虛數詞

　　漢語的數詞產生極早，原始社會仰韶文化，即有刻劃數的符號；甲骨文的數詞已完備，數目整齊，且有十進位制。數詞的基本功能在於計數，表示事物的數量關係；語言使用，尚有虛義。虛義，指數詞表示的不是本身的詞彙意義，即表達具體數目以外的意思，帶有修辭作用，如帶有神祕色彩，成了與陰陽五行、天、道等相關聯的玄數[22]。虛數詞的來源，與陰陽五行相關，各朝代使用數詞的風氣不同，如周朝末年喜用「六」、漢朝喜用「七」[23]；社會背景，如珠

---

[22] 顧久（1987）認爲古漢語數字虛化的規律是：古虛數經過一個由實數到玄數，由玄數而套數，最後由套數變爲虛數的一般過程。或者說，古數虛化的普遍原因是：該數因爲玄化而套化，因套化而虛化。雖然玄數在中國文化中占有極重要的地位，如三十六計、七十二姓、七十二賢人、一百零八條好漢等等，不應被忽略，但若將有虛數詞的來源歸結於此，尚嫌簡化。虛數的來源，因還包括各朝的慣用、社會背景、文學中的用法等等。

[23] 中國人使用數字，各朝代的風氣不同，這就使得數詞的虛義遠遠超過實義。在周朝末年，《周禮》、《莊子》等書多用六，《周禮》的官制行政系統全部都按六來安排，這顯然是主觀的設想，卻影響了後代，直至清朝仍是吏禮戶工刑兵六部的輪廓。漢朝，枚乘《七發》竟能模仿稱爲「七」的文體；劉歆《七略》影響了後世的圖書分類法；東漢稱文學名士有建安

算、賭博產生的用法[24]。文學作品尤其是詩歌的平仄要求也是不容忽略的因素。漢語講究音樂性，數詞平聲者有三（三千雙）、仄聲者十五（一二四五六七八九十百萬半兩再億）。古典詩歌的數詞非其實指。如杜甫詩：

> <u>兩</u>個黃鸝鳴翠柳，<u>一</u>行白鷺上青天。
> 窗含西嶺<u>千</u>秋雪，門泊東吳<u>萬</u>里船。

句句用數詞，以「兩」對「一」、「千」對「萬」，工整和諧，即是數字對的運用；馬致遠散曲的數字對也唾手可得，如：

> 1. <u>千</u>鍾苟竊人之好，<u>一</u>瓢知足天之道。（〈〔雙調〕喬牌兒・世途人易老〔歇指煞〕〉）
> 2. 種春風<u>二</u>頃田，遠紅塵<u>千</u>丈波。（〈〔南呂〕四塊玉・嘆世之一〉）

不論由陰陽五行、各朝代風氣、社會背景所起，還是文學的平仄要求，只要數詞在語境中，不代表其實指意義、不具計數功能者，皆可視為虛數詞。

虛數詞，以誇張用法最為普遍。清朝汪中《述學・內篇》「釋三九」條下云：

七子，曹植能七步成詩；再稍後有竹林七賢等。如此，可看出某一時期某個數字成為流行風氣，成為一時的喜好。

[24] 珠算，是中國傳統的算數，其中有許多的口訣，是學習者必須背誦得滾瓜爛熟，這些口訣，有些成為共同語的一部分，如「不管三七二十一」、「一退六二五」等；而賭博擲骰子，在口語中留下的影響也很大，如「呼么喝六」、「六猴兒」等，這些數詞均無實義。

　　人之措辭，凡一二之所不能盡者，則約之三以見其
多；三之所不能盡者，則約之九以見其多，此言語之
虛數也。實數可稽，虛數不可執也。何以知其然也？
（[清]汪中，1970：2）

《東籬樂府》虛數詞用法舉例如下：

(一)以「三、九」表「多、高」

　　1.畢卓生前酒一杯，曹公身後墳三尺。（〈〔雙調〕
　　　撥不斷之三〉）
　　2.梨花樹底三杯酒，楊柳陰中一片席。（〈〔般涉
　　　調〕哨遍・半世逢場作戲〔二〕〉）

這是兩對偶句，以「三尺」對「一杯」、「三杯」對「一片」，都是
以多對少。

　　3.夜來西風裡，九天鵰鶚飛。（〈〔南呂〕金字經之
　　　三〉）
　　4.九重天，二十年。（〈〔雙調〕撥不斷之一〉）

九天即是九重天，皆指極高的天空。

(二)以「十、百、千、萬、萬萬」等數表「極多、極久」

　　1.千般醜惡十分媚。（〈〔般涉調〕哨遍・張玉嵒草
　　　書〔二〕〉）

以「千般」對「十分」，以多對完備，是當句的相對。

　　　2.百泉通一道清溪。（〈〔般涉調〕哨遍‧半世逢場
　　　作戲〔耍孩兒〕〉）

「百泉」指泉水極多，和「一道清溪」相對，以多對少。

　　　3.禾黍高低六代宮，楸梧遠近千官塚。（〈〔雙調〕
　　　撥不斷之十一〉）

「千官塚」並不是確實有一千個官塚，而是指前代的達貴。

　　　4.惟有西山萬古青。（〈〔雙調〕撥不斷之八〉）

「萬古」指時間極長久。

　　　5.萬紫千紅妖弄色。（〈〔仙呂〕賞花時‧弄花香滿
　　　衣〔么〕〉）

以萬紫千紅形容春天花開得極多、極盛。

　　　6.祝吾皇萬萬年，鎮家邦萬萬里。（〈〔中呂〕粉蝶
　　　兒‧至治華夷〔尾〕〉）

萬之萬，即為億，言時間極長、空間極廣闊。

㈢以「十二、三千、九千、千百、一萬」表「極多」

1.映簾十二掛珍珠。（〈〔越調〕小桃紅·四公子宅賦之春〉）

數字運用的習慣，三的若干倍數皆表虛義，以言其多。如《木蘭詞》：「軍書十二卷，卷卷有爺名。」

2.內藏院本三千段。（〈〔南呂〕一枝花·詠莊宗行樂〔二〕〉）

三，本言多，再加上千，言其極多。

3.唱道但得半米兒有擔擎底九千紙教天赦。（〈〔雙調〕夜行船·酒病花愁〔鴛鴦煞〕〉）

九千表極多，差不多到了極限。

4.迷留沒亂千百起。（〈〔商調〕水仙子·暑光催〔金菊香〕〉）

千百，有「極多而亂」的意思。

5.問人知行到一萬遭。（〈〔雙調〕壽陽曲之六〉）

一萬，除極多外，帶「吹捧」的意涵。

㈣以「再三」表「多次」

1.小書生再三傳示。（〈〔雙調〕壽陽曲之十〉）

再三，作爲修飾「傳示」的頻率副詞。

(五)以相連數字表約數

　　1.<u>兩三</u>航未曾著岸。（〈〔雙調〕壽陽曲‧遠浦帆歸〉）

　　2.<u>兩三</u>行海門斜去。（〈〔雙調〕壽陽曲‧平沙落雁〉）

兩三，指不定數。

　　3.<u>兩兩三三</u>見遊人。（〈〔仙呂〕青哥兒‧十二月之二月〉）

兩三重疊後，指凌亂貌。

　　4.順西風晚鐘<u>三四</u>聲。（〈〔雙調〕壽陽曲‧煙寺晚鐘〉）

三四，是一個大概的數字，不確指多少。

(六)以半、一表「多」、「滿」、「長」

　　1.我沉吟了<u>半</u>晌語不語。（〈〔般涉調〕耍孩兒‧借馬〔七煞〕〉）

半晌，指好一會兒、半天。

　　2.一聲聲喚回春去。（〈〔雙調〕壽陽曲之二〉）

一聲聲，指一聲又一聲，不斷地。

　　3.休耽閣一天柳絮如綿舞。（〈〔南呂〕一枝花・惜
　　　春〔隔尾〕〉）
　　4.喜氤氳一團和氣。（〈〔中呂〕粉蝶兒・至治華
　　　夷〉）
　　5.願求在坐一席歡。（〈〔南呂〕一枝花・詠莊宗行
　　　樂〔二〕〉）
　　6.愛園林一抹胭脂。（〈〔雙調〕湘妃怨・和盧疏齋
　　　西湖之二〉）
　　7.柴門一任絕車馬。（〈〔雙調〕新水令・題西湖
　　　〔尾〕〉）
　　8.飯飽一身安。（〈〔雙調〕夜行船・天地之間〔離
　　　亭宴帶歇指煞〕〉）
　　9.殢春嬌一點心酥。（〈〔南呂〕一枝花・惜春〔梁
　　　州〕〉）

一天、一團、一席、一抹、一任、一身、一點，皆非指「一」，而是
「全、滿」的意思。

㈦以半、一、三表「少」、「短」

　　1.爭甚麼半張名利紙。（〈〔雙調〕清水引・野興之

六〉）

2.剛綽起半撮。（〈〔仙呂〕賞花時‧掬水月在手
〔賺煞〕〉）

以「半」指物的不全狀。

3.便有後半毛也不拔。（〈〔大石調〕青杏子‧悟迷
〔賺煞〕〉）

4.但有半米兒虧伊天覷者。（〈〔雙調〕夜行船‧酒
病花愁〔么〕〉）

米、毛，本是微小的東西，以其半，比喻極小。

5.剛得那半載兒惚寬。（〈〔南呂〕一枝花‧詠莊宗
行樂〔梁州〕〉）

半載兒，即一會兒，指時間的短暫。

6.一會價上心來沒事處。（〈〔雙調〕壽陽曲之
九〉）

7.瘦厭厭柳腰一捻。（〈〔雙調〕壽陽曲之十二〉）

一會，指時間短促。一捻是指腰之細，可用手指搓轉，是一種誇張寫
法。

8.三頃田，五畝宅。（〈〔南呂〕四塊玉‧恬退之
一〉）

9.蓋蝸舍三椽屋。（〈〔雙調〕夜行船・天地之間
〔離亭宴帶歇指煞〕〉）

三頃，用陶淵明隱居的事，意指作者願過如陶淵明一般的生活。三頃
極少，切不可以今日的三頃視之，今日三頃為三公頃，極多。三椽
屋，指建築極簡陋的屋子。

二、修辭虛詞

　　修辭虛詞，因修辭造成的臨時性虛詞，指在同句或對句之間，使
用意義重複的詞，如〈歸去來兮辭〉：「請息交以絕游。」息交即是
絕游，在意義上重複。〈木蘭辭〉：「東市買駿馬。西市買鞍韉。南
市買轡頭。北市買長鞭。」木蘭不是真如詩中到不同的市區買不同的
東西，這是詩人的修辭手法 用以表示木蘭的奔波忙碌。這些詞原有
實指意義，此篇卻成了虛詞，具不可逐字翻譯的特色。修辭虛詞，駢
體文和詩歌常見，馬氏的散曲亦多見，如：

1.太平幸得閑身在，三徑修，五柳栽，歸去來。
（〈〔南呂〕四塊玉・恬退之三〉）

這是一組用典的對偶句。三徑：三條小路。《三輔決錄》稱：「漢蔣
詡隱居時，舍前竹下闢三徑，唯與求仲、求羊兩人往來。」陶淵明
〈歸去來兮辭〉有「三徑就荒，松菊猶存。」後人以三徑代稱隱居
處。五柳，陶淵明〈五柳先生傳〉，自名五柳，宅邊栽五柳。此二
句，皆是指隱居地，而非修築三條小路、栽種五棵柳樹。

2.道德天地，堯天舜日。（〈〔中呂〕粉蝶兒・寰海
清夷〔滿庭芳〕〉）

堯天舜日，並非是堯時的天、舜時的日，而指太平時節。

　　　3.<u>柳戶 花門</u>從瀟灑。（〈〔大石調〕青杏子‧悟迷
　　　〔怨別離〕〉）

柳戶、花門皆指妓院。

　　　4.則嘆的一聲長吁氣，<u>哀哀怨怨</u>，<u>切切悲悲</u>。
　　　（〈〔般涉調〕耍孩兒‧借馬〔二〕〉）

二句連用，只有強調作用，意義並無不同。

　　　5.<u>沒道理</u>沒道理。<u>忒下的</u>忒下的。（〈〔般涉調〕耍
　　　孩兒‧借馬〔尾〕〉）

同一個詞在句中重複運用，具有強調語氣的作用，表現馬主人心中的
強烈怨懟。

　　　6.過了<u>重陽</u>九月九。（〈〔雙調〕行香子‧無也閑愁
　　　〔慶宣和〕〉）

農曆的九月九日，即是重陽節。

　　　7.<u>落日</u>夕陽暮。（〈〔雙調〕夜行船‧天地之間〔江
　　　水兒〕〉）

落日即夕陽。

三、格律虛詞

　　因格律的規定而產生的虛詞，姑且稱之爲「格律虛詞」。最具代表的是〈〔正宮〕叨叨令〉的第五句、第六句須重疊，句尾後三字必定是「也麼哥」。馬氏散曲亦見，如（以下引用鄭騫《北曲新譜》解釋的頁數）：

> 1.沾泥絮怕甚狂風刮，<u>唱道</u>塵慮俱絕。（〈〔大石調〕青杏子‧悟迷〔賺煞〕〉）

「唱道」二字是「格」，必須用之。（192）

> 2.<u>唱道</u>薄幸虧人。（〈〔雙調〕夜行船‧簾外西風〔鴛鴦煞〕〉）

第五句上加「暢道」（亦作唱道）二字者，居大多數。（390）

> 3.真箇醉<u>也麼沙</u>。真箇醉<u>也麼沙</u>。笑指南峰。卻道西樓，真箇醉<u>也麼沙</u>？（〈〔雙調〕新水令‧題西湖〔醉娘子〕〉）

此章首兩句多用疊句，亦可首尾三疊，嵌入「也麼」兩字。（335）或加入「也麼沙」三字。

> 4.過了重陽九月九，葉落歸秋，殘菊胡蝶強風流。<u>勸酒，勸酒</u>。（〈〔雙調〕行香子‧無也閑愁〔慶宣和〕〉）

〔慶宣和〕末兩句須疊。（300）以第二個「勸酒」即爲虛詞。

　　《東籬樂府》運用的虛詞包含語法虛詞和語用虛詞兩大類，呈現不同的特點：

　　一、語法虛詞：有些虛詞除了原有的用法之外，還兼有兩類以上的功能。如就位置而言，嚴謹的對偶句和有強調作用的句首都曾多次出現。出現在句首者，有一部分是領調字，這是詞曲句法上的特色的特點之一。

　　二、語用虛詞：虛數詞的運用，誇飾為多，因著數字可數的本質，將抽象的量具體呈現出來，具有獨特的表意作用。修辭虛詞，是作家強調語氣、景物時運用對句、排比等手法的成果。格律虛詞，乃詩歌高度格律化的結果。

　　總言之，馬致遠在散曲作品廣泛地利用語法虛詞與語用虛詞，表意完整精確、強調某些感情和語氣，使得句法不因格律限制而死板，語氣舒緩，不至於過於緊促，有積極調整音節的功用，使音調鏗鏘富變化，加深其表達的情感。簡言之，虛詞的運用加強《東籬樂府》寫物寫景、表達情意、表現音樂性和節奏感的效果，此為其詞彙風格。

第六節　　詞類活用

　　根據詞彙意義、語法意義、句法功能加以歸類的所得，稱為詞類，如名詞、動詞等。漢語因無明顯的形態變化標誌，詞性，主要依據句中擔負的職務而決定。所以，詞類是對詞進行歸類的結果。每個詞有一定的詞性，具有固定的語法作用；語言不斷發展、變化，隨著人們表情達意的需要，在特定的語境中，且語言規範允許的情況下，將甲類詞臨時活用為乙類詞。活用後的詞，大都保存其原類詞的基本意義，並增添新類詞的某些意義，這種語言現象，即為詞類活用，或稱詞性活用、轉類。

　　詞類活用作為一個語法課題的提出，始於清末馬健忠《馬氏文

通》有系統地分析，以「字類假借」命名，訂出十四條；後來的學者，不斷地將該學說的範圍縮小。在前人的研究上，可以清楚地分辨它和詞類轉化、兼類間的差異。

一、詞類轉化與詞類活用

　　漢語的詞類沒有嚴格的形態標誌，詞類轉化容易，成了漢語語法的特點。若以較寬鬆的標準，詞類活用可視為詞類轉化的一部分。詞類轉化有兩種情形：一是臨時的轉化，轉化後的意義未得到社會的認同，沒有形式固定的詞義，即是活用；如轉化後的意義成為固定的義位，甚至分化出另個新詞，如「王天下」的「王」，則為狹義的詞類轉化。依此，可知二者的區別在於：詞類轉化是長期變化的結果，產生具有新義的新詞，轉化後的新詞與舊詞不同但可類推使用的特點，常伴隨著讀音的改變；而詞類活用，僅於臨時變通使用，仍維持原詞的原義，只具有特定條件下的臨時特點，受限於某些習慣，無法類推。詞類轉化是語法的一般現象，詞類活用為特殊現象。

二、兼類與詞類活用

　　轉化是詞義演變的一種途徑，兼類，指一個詞兼屬於兩個以上的詞類，可由轉化和引申而來。轉化後若為一個詞的兩個義位，如「目」：（一）眼睛、（二）看，則為兼類；若分化為兩個詞，則為轉化。引申後產生的新義如和舊義語法功能不同，如「冠」：（一）帽子、（二）居首位，為兼類；一個詞的詞義不變，而可以用作不同功能者，亦為兼類，如「在」字，兼有動詞、副詞、介詞三者的性質。兼類只是少數的詞，現代漢語尤其如此；它的存在，並不能影響每類詞的獨特性，更無法否定漢語「詞有定類」的理論。兼類詞的用法是固定的、經常的；詞類活用則因臨時而具靈活性。

　　詞有定類的原則下，因著實際運用的需要，某些詞可按語法規律而臨時改變其基本功能，除其本來的詞義之外，增加臨時所賦予的意

義，詞類活用須以臨時性和靈活性爲前提。故能提高表達效果，使語言富有新意，給人新穎感，兼具修辭作用，爲作家樂於運用。

　　《東籬樂府》詞類活用，包括名詞活用爲形容詞和動詞、形容詞活用爲動詞、動詞活用爲形容詞和名詞，以形容詞活用爲動詞爲最多。舉例說明如下：

壹、名詞活用為形容詞

> 1.照<u>星</u>橋火樹<u>銀</u>花。（〈〔仙呂〕青哥兒・十二月之正月〉）
> 2.宜止<u>蘭</u>心<u>蕙</u>性。（〈〔大石調〕青杏子・姻緣〔還京樂〕〉）

名詞活用之後，形成「像（名詞）一樣」的模式。例1.星橋、火樹、銀花，都是形容元宵節夜晚燈燭通明的繁華景象，如星星閃爍的橋、掛滿彩燈和火一樣明亮的樹、閃耀著銀光的花燈，把過節的特色藉著「星」、「火」、「銀」的比喻，具體地呈現出來；而火、銀更兼寫其顏色，有助於勾勒形象。例2.用植物來形容人的性情。

貳、名詞活用為動詞

> 1.雲<u>籠</u>月，風弄鐵。（〈〔雙調〕壽陽曲之三〉）
> 2.疏竹響，晚風<u>篩</u>。（〈〔商調〕集賢賓・思情〔尾〕〉）

這兩個例子都是對偶句，由於對句要求上下句的詞性、結構相同，突顯出活用的特性。例1.「籠」，原是用竹編成的盛物或罩物器，用來表示雲罩住月的情形，雲間還透出月光，如以籠罩物，仍可從網

目中略見物貌。篩，亦爲竹器，用來過濾雜物，例 2. 用來模擬晚風吹竹、竹響的聲音，不但是擬聲詞，也活用爲動詞，表示晚風的動作、情態。

參、形容詞活用為動詞

形容詞，和動詞一樣可做謂語用，但它原不能帶賓詞、補語。

 1. 丹楓<u>醉</u>倒秋山色，黃菊凋殘戲馬臺，白衣盼殺東籬客。（〈〔雙調〕撥不斷之十〉）

醉，本指因喝酒過量而神志不清。此三句爲鼎足對，首句中「丹楓」和第二句「黃菊」同爲主語，「醉倒」爲動補結構的動詞，「秋山色」爲其賓語。用「醉」，把楓紅的情態一筆寫出，與其顏色吻合。

 2. 空巖外，<u>老</u>了棟梁材。（〈〔南呂〕金字經之二〉）

形容詞「老」帶著結構助詞「了」，活用爲動詞，表示動作的完成狀態。

 3. 明月<u>閑</u>旌旆，秋風助鼓鼙。（〈〔雙調〕慶東原・嘆世之二〉）

在對句中，「閑」活用後和下句的「助」字皆爲動詞，造成了使動式：「明月使旌旆閑」。

 4. 種春風二頃田，<u>遠</u>紅塵千丈波。（〈〔南呂〕四塊

　　玉‧嘆世之一〉）

這是一組對句，「遠」，本指空間或時間的距離，和「近」相對。
「遠」和上句的「種」皆為動詞，帶賓詞，做「遠離」解釋。

　　　5.近水亭軒槐影底。（〈〔商調〕水仙子‧暑光
　　　催〉）

近，指空間或時間的距離短，與「遠」相對。例句「近」字帶賓語
「水亭」，作為及物動詞用，為「接近」義。

　　　6.近黃昏禮佛人靜，順西風晚鐘三四聲。（〈〔雙
　　　調〕壽陽曲‧煙寺晚鐘〉）

近，帶賓語「黃昏」，為「接近」義。順，本指有條理、有次序，帶
賓語「西風」，作為「跟隨著」解。

　　　7.星斗燦銀河。（〈〔仙呂〕賞花時‧掬水月在
　　　手〉）

燦，本指光彩耀人；此句中帶賓語「銀河」，表示星斗發出光亮的處
所。

　　　8.漁村偏喜多鵝鴨。（〈〔雙調〕新水令‧題西湖
　　　〔尾〕〉）

喜，本指快樂。此句中帶賓語，成為及物動詞，「以……為喜」，表
示漁村中的人以鵝鴨多為樂。將漁村中的歡樂情形，用「喜」字直接

點出。

> 9.不肯省刑法，<u>薄</u>稅斂，<u>新</u>條款。（〈〔南呂〕一枝
> 花・詠莊宗行樂〔隔尾三煞〕〉）

薄，本做厚度小的、輕微的形容詞；句中帶賓語，作為及物動詞，為使動用法，解為「使稅斂薄」。新，本指初次出現的，和「舊」相對；帶賓語「條款」，做及物動詞，表示使條款為新。

> 10.<u>搏</u>箇天長和地久。（〈〔大石調〕青杏子・姻緣
> 〔淨瓶兒〕〉）

搏，指事物的多和廣；例句中帶賓語，和同音「搏」字相為動詞，而作者不用「博」而活用「搏」，更顯出賓語「天長和地久」的長久。

> 11.日日凌波襪冷，<u>濕</u>透青苔。（〈〔商調〕集賢賓・
> 思情〉）

「濕」本為形容詞，句中用補語「透」說明濕的情形，帶賓語，表示凌波襪濕透的地點在表苔上。

肆、動詞活用為形容詞

> 1.<u>睡</u>海棠，春將晚。（〈〔南呂〕四塊玉・馬嵬
> 坡〉）

睡，本為睡覺，此處置於主語「海棠」前，形容花的姿態。

> 2.夕陽倒影松陰亂，太液澄虛月影寬，海風汗漫雲霞<u>斷</u>。（〈〔雙調〕撥不斷之十五〉）

本組爲工整的鼎足對，前二句句末皆爲形容詞，「斷」字應該同。活用「斷」字來描寫雲霞不整齊的樣子。

伍、動詞活用為名詞

句中的主語，主要以名詞擔任，動詞原本不擔任主語的職責；在《東籬樂府》中卻活用爲名詞，擔任主語用。如：

> 1.寸心<u>愁</u>萬疊。（〈〔雙調〕夜行船・簾外西風〔喬牌兒〕〉）
> 2.<u>愁</u>恨千疊。（〈〔雙調〕夜行船・酒病花愁〔鴛鴦煞〕〉）

愁，本爲動詞指憂慮；恨，本爲動詞遺憾。在例 1.「愁」作爲被「萬疊」說明的主語；例 2.「愁恨」作爲「千疊」描述的對象。

綜合以上所言，《東籬樂府》每每在對句或排比句中運用詞類活用，使形式整齊、勻稱，富有音樂感。《東籬樂府》詞類活用形成的特色如下：
1.能將形象鮮明地、直接地呈現出來。
2.達意方面，除了保留了原來的詞義，又加入新的意義，一詞載多義，符合語言中的經濟性原則，語言簡潔精練、言約意豐。
3.馬氏改變詞原有的用法，臨時賦予新的意義，使詞語新穎且靈活，不因多用而顯得陳腔濫調，讓人耳目一新，展現匠心獨運的巧妙之處。

　　詞類活用，是《東籬樂府》調整語詞、摹寫景物、傳達情意的有效手法，形成新、奇、巧的用詞風格。

第六章

《東籬樂府》的
句法風格

　　syntax，通常被翻譯爲「語法」或「句法」。syntax的範疇可再細分爲構詞學（morphology）和造句學（狹義syntax）兩者。前一章已討論詞彙的問題，本章針對句子的各項問題來探討。進入研究課題前，首先要了解句子是什麼？分類情形如何？可由句子的哪些方面檢視作家的風格？

　　句子，是語言運用的基本單位，由短語或詞構成，表達一個相對完整的意思，具有全句統一的語調、表示某種語氣，句子與句子之間有較大的停頓。所謂「語言運用的單位」是指句子能直接進入語言交際場合，擔負表情達意的任務，此爲句子的本質。「相對完整的意思」，指一個語言片斷能夠完整地表達概念，說明客觀事實，表示說話者主觀的態度，而且訊息的接受者不要求再補充什麼，即是相對完整的句子，可完成交際的任務。如果，人們所要傳達的內容較爲複雜，句子無法勝任時，就在句子的基礎上加以擴充。組成句群[1]、段落或篇章，所以句子是語言表達的基本單位。一般說來，句子可根據結構和語用兩者來分類：前者依據句子的結構成分來劃分，所得者爲句型；後者依句子的語氣來劃分，所得者是句類。

　　文學作品，是句子組成的結果，由句子的類型，可知道作家構句和用句的習慣；而走樣句和對偶句中的假平行現象，更是句法靈活運用的成就，本章觀察《東籬樂府》的句法風格。

---

[1]　語法單位一般可分為詞素、詞、短語、句子、句群五類，句群是最大一級的語法單位，又稱句組、句段、語段，是以兩個以上形式和內容相互關聯而又相對獨立的句子組成的。這些句子意義上有一定的邏輯關係，結構上有一定的語法標誌。這些把句子聯繫起來的區別性特徵，使一組句子成為一個統一的言語單位。（胡樹鮮，1990：352）

第一節　構句風格

　　句子，根據不同的分類標準產生不同的類型。結構分類，著眼於句子的結構成分、結構關係和結構層次三方面；按此，句子可分為單句和複句。單句是由一個詞或一個短語構成的句子，按照結構的完整性，分為主謂句和非主謂句。複句由兩個或兩個以上意義有聯繫的單句構成的句子，複句的單句，稱為分句。另外將結構特殊的句式獨立於單句和複句之外，分別論述。《東籬樂府》共有1497句子，各類總數、比例如下表：

句式	單句		複句		特殊句式	
具體類別	名詞謂語句	70	並列複句	20	是字句	42
	形容詞謂語句	117	承接複句	4	把字句	12
	主謂謂語句	110	遞進複句	6	將字句	12
	動詞謂語句	355	選擇複句	19	被字句	5
	名詞非主謂句	123	轉折複句	4	教字句	25
	形容詞非主謂句	59	因果複句	3	連動句	111
	動詞非主謂句	289	假設複句	10	兼語句	55
	嘆詞非主謂句	5	條件複句	2	存現句	39
合計／%	652＋476＝1128／75%		68／5%		301／20%	

　　根據上表，可以了解馬致遠的構句偏好單句，整部《東籬樂府》以單句為主，尤其以主謂句為最多，表示馬致遠習慣於簡單的方式，將意思表達清楚，這就是他的構句風格。往下從非主謂句和特殊句式兩部分，舉例說明馬致遠使用規矩的句法之外，如何精簡句子成分、靈活地運用句子，與運用特殊句式的情形。

壹、非主謂句

　　所謂非主謂句，由單個詞或主謂詞組以外的詞組所構成的句子，

又稱零句。語境中,在不妨礙表達的情形下,省略句中某些成分,形成結構不完整的句子。非完整句的結構形式,讓漢語的句法結構較爲靈活。《東籬樂府》的非主謂句,按照構成成分不同,可分爲四類:

一、名詞非主謂句

主要由名詞所形成的非主謂句,如:

1. <u>柴</u>,買臣安在哉?(〈〔南呂〕金字經之二〉)

這是很標準的零句,只用單個詞構成,所言爲朱買臣所打的柴。

2. <u>雲外塔</u>,<u>日邊霞</u>,<u>橋上客</u>,<u>樹頭鴉</u>,水亭山閣日西斜。(〈〔雙調〕新水令‧題西湖〔胡十八〕〉)
3. 故園風景依然在,<u>三頃田</u>,<u>五畝宅</u>,歸去來。(〈〔南呂〕四塊玉‧恬退之一〉)

以上兩例都是帶有定語修飾的名詞,爲馬致遠的習慣用法。

二、形容詞非主謂句

1. <u>窮</u>,男兒未濟中。(〈〔南呂〕金字經之一〉)

作者感嘆自己的懷才不遇。

2. 軟如楊柳和風舞,硬似長空霹靂摧,真堪惜。<u>沉沉著著</u>,<u>曲曲直直</u>。(〈〔般涉調〕哨遍‧張玉嵒草

書〔四〕〉）

本句指張玉喦書法的筆勢，爲前面幾句下定論。

三、動詞非主謂句

由動詞和賓語組成的句子，描寫一種情狀。《東籬樂府》這類句像是主謂句少了主語，卻無法補入確定的主語。如：

> 1. 對人前排得話兒喦，就里尷尬，誑破風流膽。（〈〔雙調〕夜行船・不合青樓〔風入松〕〉）
> 2. 人和神悅在佳音，不關心，玉漏滴殘淋。（〈〔中呂〕喜春來・六藝之樂〉）

例句和前一句形成對比。「關心」是句中動詞，「不」是否定副詞，而「玉漏滴殘淋」，爲本句的受事賓語。

> 3. 夜來西風裏，九天鵰鶚飛，困煞中原一布衣。（〈〔南呂〕金字經之三〉）

「困煞」是派生詞，「煞」表示事情較高程度，意同「極了」；「中原一布衣」即是馬致遠本人。

四、嘆詞非主謂句

由嘆詞所構成的句子，語境中往往是獨立存在的。如：

> 1. 哎，楚三閭休怪。（〈〔雙調〕撥不斷之七〉）
> 2. 哎，老子，醉麼？（〈〔雙調〕新水令・題西湖

〔胡十八〕〉）

嘆詞，帶有強調的情感色彩。

貳、特殊句式

所謂的特殊句式，指由某些特殊字詞所構成的句子；並非指不常用。本單元舉例介紹《東籬樂府》的幾類特殊句式。

一、是字句

「是」字，是一個判斷動詞，所形成的句子，代表作者判斷後的結果，屬於有標誌形態的判斷句。如：

> 1.霓裳便是中原患，不因這玉環，引起那祿山，怎知蜀道難？（〈〔南呂〕四塊玉・馬嵬坡〉）

「是」接受副詞「便」的修飾，類似現代漢語「就算是……」的語氣。

> 2.曲岸經霜落葉滑，難道是秋瀟灑？（〈〔雙調〕新水令・題西湖〔掛玉鉤〕〉）

這是一個反詰問句。前一句寫的是秋天的蕭瑟，作者問道：「如果是如此，又如何說秋是瀟灑的呢？」

> 3.天賦兩風流，須知是福惠雙修。（〈〔大石調〕青杏子・姻緣〉）

本例句有兩個動詞：「知」和「是」，用副詞「須」來修飾，提醒別人特別注意什麼。

　　馬致遠《東籬樂府》的是字句，表示判斷的結果，往往接受副詞的修飾，形成某種特定的語氣。

二、把字句

　　介詞「把」將動詞後的受動者提到前面，共同組成介賓詞組，作為狀語，修飾句中的動詞，如：

　　　1.悶悶懨懨把珊枕敧。（〈〔商調〕水仙子·暑光催〔金菊香〕〉）
　　　2.氣忿忿懶把鞍來備。（〈〔般涉調〕耍孩兒·借馬〔七煞〕〉）
　　　3.愛尋香頻把身挨。（〈〔仙呂〕賞花時·弄花香滿衣〔賺煞〕〉）
　　　4.賣花聲把人驚覺。（〈〔雙調〕壽陽曲之二十二〉）

由例句可歸納出《東籬樂府》以「（把＋受事賓語）＋動詞」構成把字句的規律。

三、將字句

　　「將」字可以引介動作的接受者，成為介賓短語，做狀語用，如：

　　　1.剔銀燈欲將心事寫。（〈〔雙調〕壽陽曲之三〉）
　　　2.鎮日不將簾幕垂。（〈〔商調〕水仙子·暑光

催〉）

3.再休<u>將</u>風月擔兒擔。（〈〔雙調〕夜行船・一片花飛〔風入松〕〉）

4.<u>將</u>青青嫩草頻頻的喂。（〈〔般涉調〕耍孩兒・借馬〔六煞〕〉）

作者運用的將字句和把字句的格式相同，二者的差別在於把字句可引介人，而將字句所引介的賓語以事物為主。

四、被字句

　　介詞「被」引進的是主動者，為動作的發出者。如：

1.<u>被</u>莽壯兒的哥哥截替了咱。（〈〔大石調〕青杏子・悟迷〔擂鼓體〕〉）

2.倘忽間<u>被</u>他啜賺，那一場羞慘。（〈〔雙調〕夜行船・一片花飛〔阿忽令〕〉）

3.<u>被</u>那轉世寶，隔斷長生道。（〈〔雙調〕喬牌兒・世途人易老〔碧玉簫〕〉）

馬致遠以「被＋主動者＋動詞＋受事賓語」呈現被字句。

五、教（交）字句

　　這是由介詞「教」所引介的賓語，為全句動作的發出者，它和被字句的用法一樣，如：

1.這清興誰<u>教</u>庾江州，能消受。（〈〔仙呂〕青哥兒・十二月之八月〉）

例句的動詞是「消受」，主語爲「庾江州」。

> 2.下坡時休<u>教</u>走得疾。（〈〔般涉調〕耍孩兒‧借馬
> 〔三〕〉）

本句省略了主語「馬」。

> 3.一任<u>教</u>人道情分寡。（〈〔大石調〕青杏子‧悟迷
> 〔怨別離〕〉）

「教人」有「讓人」、「被人」的意思。
　　「教」字之外，也用「交」字，意思相同。如：

> 4.謾<u>交</u>人感嘆傷嗟。（〈〔雙調〕夜行船‧簾外西風
> 〔風入松〕〉）

六、連動句

　　指由兩個或更多的動詞詞組所組成的句子，這些詞組共用一個主語，並且次序不可變動。爲《東籬樂府》中數量最多的特殊句式，和兼語句、存現句，都有重疊的地方。

> 1.<u>側</u>耳頻頻<u>聽</u>你<u>嘶</u>。（〈〔般涉調〕耍孩兒‧借馬
> 〔一〕〉）

例句中有三個動詞，也是一個兼語句，就動詞「聽」而言，「你」指馬，是賓語；對「嘶」而言，是主語。

2. <u>守</u>下次的官家<u>等</u><u>交</u>攬。（〈〔南呂〕一枝花・詠莊宗行樂〔尾〕〉）

3. 綠窗猶<u>唱</u><u>留</u>春住。（〈〔南呂〕一枝花・惜春〔梁州〕〉）

以上兩例，屬於純粹的連動句。

七、兼語句

兼語句往往和連動句有所重疊，如：

1. 可<u>知道</u>司馬<u>和</u>愁<u>聽</u>。（〈〔南呂〕四塊玉・潯陽江〉）

2. 更俄延又<u>恐怕</u>他左<u>猜</u>。（〈〔商調〕集賢賓・金山寺〔么篇〕〉）

3. 聲清恰<u>似</u>蠶<u>食</u>葉，氣勇渾<u>同</u>猊<u>抉</u>石。（〈〔般涉調〕哨遍・張玉嵒草書〔五煞〕〉）

4. 長<u>要</u>春風<u>醉</u>後<u>扶</u>。（〈〔南呂〕一枝花・惜春〔梁州〕〉）

以上例句，可以視為兩個短語套在一起，前一個短語中動詞所帶的賓語，是後一個短語動詞前的主語；都含有一個以上的動詞。

八、存現句

用來表現人或事物的存在、出現或消失，如：

1. 玉容上<u>帶著</u>些寂寞色。（〈〔商調〕集賢賓・金山寺〔么篇〕〉）

意爲玉容上有些寂寞色,「帶著」意爲「有」。

> 2.據他<u>有</u>魂靈宜賽多情社。(〈〔雙調〕夜行船·酒
> 病花愁〔鴛鴦煞〕〉)

本句也是連動式,除「有」之外,「賽」也是動詞。

> 3.青草畔<u>有</u>收酪牛,黑河邊<u>有</u>扇尾羊。(〈〔南呂〕
> 四塊玉·紫芝路〉)

「有」所帶的賓語,是活生生的物體,而非抽象名詞。

> 4.內藏庫內<u>無</u>了歪鏝。(〈〔南呂〕一枝花·詠莊宗
> 行樂〔尾〕〉)

本句表示「歪鏝」的消失。

　　《東籬樂府》中以「處所名詞＋動詞＋事(人、物)」構成存現
句,等於「事(人、物)＋在＋處所」。
　　綜合上述,《東籬樂府》構句的表現特點:
1.以單句爲主要,以動詞構成的主謂句最多、動詞構成的非主謂句
　次之,表示馬致遠習慣於用動詞來構句,展現其生動性。
2.從非主謂句來看,作者用簡單的句子,在不影響意義完整的情況
　下,將主語省略,或者是原本所描寫的即是一種無主句,充分展
　現句法的活潑性,使句子呈顯簡潔經濟的特色。
3.在特殊句式上,馬氏往往運用不同的句式,表達同一個情況,如
　同是被動或同是主動,運用不同的介詞的引領,如教字句和被字

句、把字句和將字句，不使其重複。

總之，在生動、簡單的句子的表意清楚之下，仍靈活且不失變化，此為《東籬樂府》的構句風格。

第二節　用句風格

語用，是句子的語氣語調和交際功能。語調是句子獲得傳遞訊息功能的手段。換言之，有語調，才有語氣，句子方可表達完整的意義，成為語言運用的基本單位。除了語調之外，藉著語氣詞和副詞的運用，幫助表達語氣，能在語調的基礎增加某些情感作用。句子的語用類型，一般可以分為四類：陳述句、疑問句、祈使句和感嘆句。往後逐一舉例說明《東籬樂府》句子運用的情形，觀察出馬致遠使用句子的風格特點。

壹、陳述句

又稱「直陳句」或「敘述句」，說明一個動作行為或其變化，描寫性格或狀態。一般而言，語氣較舒緩、平鋪直敘。陳述句的語氣，有時是肯定的，有時是否定的，或者是帶有推測、判斷的意味。陳述句是《東籬樂府》最為廣泛的句類，以具體的語氣再分下列幾種類型：

一、表示肯定

1. 釣魚人一蓑歸去。（〈〔雙調〕壽陽曲・江天暮雪〉）
2. 屠沽乞食為僚宰，版築躬耕有將才。（〈〔南呂〕四塊玉・紫芝路〉）

這是最基本的肯定陳述句。如果需要再加強語氣，馬氏往往會在動詞之前加上副詞：

　　　3.今朝兩鬢已成斑。（〈〔中呂〕喜春來‧六藝之御〉）

已，是時間副詞，表示「成斑」早已發生成爲事實。

　　　4.青門幸有栽地瓜。（〈〔般涉調〕哨遍‧半世逢場作戲〔二〕〉）

　　　5.裴航自有神仙分。（〈〔南呂〕四塊玉‧藍橋驛〉）

以上兩例都是語氣副詞，「幸」是轉折語氣，有「幸好」、「幸虧」等意；「自」意爲「原本」，是說明動作是處在很自然的情狀下發生的。

　　　6.惟有西山萬古青。（〈〔雙調〕撥不斷之八〉）

例句中用範圍副詞「惟」，強調「西山萬古青」的單一性、長久性。

　　　7.從結靈胎便南柯。（〈〔南呂〕四塊玉‧嘆世之七〉）

「從……便……」的句式，就是現代漢語「一……就……」，表示前後兩個事件幾乎是同時發生的，點出它們的連續性。

8.讀書<u>須</u>索題橋柱。（〈〔雙調〕撥不斷之三〉）

須，表示肯定的語氣副詞。

9.聲清<u>恰</u>似蠶食葉，氣勇<u>渾</u>同猊挟石。（〈〔般涉調〕哨遍‧張玉喦草書〔五煞〕〉）

動詞「似（同）」把前後的事物聯繫起來，具體描寫事件；再用副詞「恰」，說明兩者之間的吻合，用近代漢語特殊的概括副詞「渾」說明事物之間的相同，沒有差距。

除了用一個副詞外，有時也會連用兩個副詞或和他類虛詞同用的情形，如：

10.龍樓鳳閣<u>都曾</u>見。（〈〔雙調〕撥不斷之一〉）

「都」和「曾」皆是副詞，「曾」表示動詞「見」發生過，而範圍副詞「都」說明作者見多識廣，未把「龍樓」和「鳳閣」遺漏，均曾一一見賞過。

11.愛尋香<u>頻</u>把身挨。（〈〔仙呂〕賞花時‧弄花香滿衣〔賺煞〕〉）

「把」是一個介詞，把賓語「身」提前，「頻」是一個頻率副詞，表示「把身挨」這個動作的一次次出現，更強調對「尋香」的喜愛程度。

12.<u>恨不得</u>待跨鸞歸去。（〈〔雙調〕壽陽曲之九〉）

用「恨不得」直接點出迫切期待的心情。

> 13.上蒼<u>不</u>與功名侯，<u>更</u>強<u>更</u>會<u>也</u>為林下叟。（〈〔黃鍾〕女冠子·枉了閑愁〔么篇〕〉）

前一句否定詞「不」，後一句用程度副詞「更」和頻率副詞「也」，寫出懷才不遇的心情。

　　除了加虛詞，常用雙重否定表示肯定，如：

> 14.<u>不</u>知音<u>不</u>到此。（〈〔雙調〕湘妃怨·和盧疏齋西湖之一〉）
> 15.他又<u>不</u>是<u>不</u>精細。（〈〔般涉調〕耍孩兒·借馬〔七煞〕〉）

例14.，表示自己是一個知音的人，才到西湖來參加這次的聚會。例15.點出借馬的人是個十分精細的人。

二、表示否定

　　表示否定的陳述句，通常帶有否定副詞，《東籬樂府》的否定詞有「不、未、非、沒、無、休、莫」等七個，否定陳述句中用「不、未、非」三者，以「不」字的使用最多，如：

> 1.<u>不</u>關心，玉漏滴殘淋。（〈〔中呂〕喜春來·六藝之樂〉）
> 2.人力<u>不</u>能除取。（〈〔雙調〕夜行船·天地之間〉）

3.不消分別。(〈〔雙調〕夜行船・簾外西風〔鴛鴦煞〕〉)

例句「不」是用來修飾動詞的副詞。

4.桃花又不見開。(〈〔南呂〕四塊玉・天台路〉)

除了否定詞之外,加上頻率副詞「又」強調「不見開」。

5.非是咱風魔。(〈〔仙呂〕賞花時・掬水月在手〔賺煞〕〉)

非是,猶如現代漢語的「不是」。

6.尋思樂毅非良將。(〈〔雙調〕撥不斷之十四〉)

非,作為「良將」的否定詞,是「非是」的省略。

7.出師未回。(〈〔雙調〕慶東原・嘆世之三〉)

「未」修飾動詞「回」。

三、表示判斷

表示判斷,通常帶有判斷動詞「是」,或帶語氣助詞「也」。

1.是離人幾行淚。(〈〔雙調〕壽陽曲・瀟湘夜雨〉)

句前省略了主語「瀟湘夜雨」。

> 2.妙舞清歌<u>最是</u>他。（〈〔仙呂〕青哥兒·十二月之
> 正月〉）

在「是」之前加上程度副詞「最」，成爲最高級的狀態。

> 3.他<u>只是</u>思故鄉。（〈〔南呂〕四塊玉·紫芝路〉）

範圍副詞「只」，限定王昭君「思故鄉」行爲的單純性。

> 4.雲來<u>也是</u>空，雨來<u>也是</u>空。（〈〔南呂〕四塊玉·
> 巫山廟〉）
> 5.晚景消疏，秋聲嗚喑，<u>又是</u>斷腸時節。（〈〔雙
> 調〕夜行船·簾外西風〉）

以上兩例都頻率副詞，強調「是」連接的情形不止一次。

> 6.爭利名，奪富貴，<u>都是</u>癡。（〈〔南呂〕四塊玉·
> 嘆世之二〉）

範圍副詞「都」，說明「爭利名、奪富貴」全是「癡」，將「是」字
前後的情形等同起來。

> 7.<u>正是</u>斷人腸三月初。（〈〔南呂〕一枝花·惜
> 春〉）

「正」直指時間的準確性。

8.他本傾城卻傾吳。（〈〔南呂〕四塊玉‧洞庭
湖〉）

卻，是語氣轉折詞，指西施原本應該傾越國，反而傾吳國。

　　有時省略「是」字，但表判斷，句末加上語氣助詞「也」，如以
下三例：

9.窮通皆命也。（〈〔黃鍾〕女冠子‧枉了閑愁〔么
篇〕〉）

10.豫章城故人來也。（〈〔雙調〕壽陽曲‧洞庭秋
月〉）

11.一鍋滾水冷定也。（〈〔雙調〕壽陽曲之十五〉）

四、表示推測

　　表示推測的句子，帶有「難免、若、一旦、假饒、恐、怕」的
詞，類似現代漢語「可能、或許」等義，如：

1.到頭來難免無常日。（〈〔南呂〕四塊玉‧嘆世之
二〉）

2.功名一旦休。（〈〔黃鍾〕女冠子‧枉了閑愁〔黃
鍾尾〕〉）

「難免」、「一旦」推測事情的可能性發展。

3.料想方今，寰宇四海，應無賽敵。（〈〔般涉調〕

哨遍・張玉嵒草書〔幺〕〉）

「料」是對事情的推測用語，「應」引出作者認爲結論。

4.若論才藝，仲尼年少，便合封侯。（〈〔黃鍾〕女冠子・枉了閑愁〔幺篇〕〉）

5.假饒是線斷風箏。（〈〔商調〕集賢賓・思情〔幺〕〉）

「若」、「假饒」意爲「如果……」，所提出的都是假設的事件。

6.敢投了招婿相公宅。（〈〔商調〕集賢賓・思情〔金菊香〕〉）

7.恐隨彩雲易收。（〈〔大石調〕青杏子・姻緣〔還京樂〕〉）

8.怕有半米兒心別。（〈〔雙調〕夜行船・酒病花愁〔鴛鴦煞〕〉）

「敢、恐、怕」三者，帶有「可能」的意思。

貳、疑問句

一、特指問
要求針對疑問句的疑問代詞回答，如：

1.再幾時有鳳凰？（〈〔南呂〕四塊玉・鳳凰坡〉）

「幾時」所問的是時間。

> 2. 害時節有<u>誰</u>曾見來？（〈〔雙調〕壽陽曲之
> 十一〉）
> 3. 使碎心機為他<u>誰</u>？（〈〔南呂〕四塊玉・嘆世之
> 二〉）
> 4. <u>誰</u>能躍馬常食肉？（〈〔南呂〕四塊玉・嘆世之
> 三〉）

三例所問都是對象，「誰」在句子的語法功能不同，例 2. 是謂語的主
語；例 3.「他誰」中「他」無義，「誰」單獨擔任賓語的職務；例 4.
為句中主語。

> 5. 春風再到人<u>何在</u>？（〈〔南呂〕四塊玉・天台
> 路〉）
> 6. 問東君故人<u>安在</u>？（〈〔雙調〕壽陽曲之十八〉）

「安在」、「何在」所問的都是處所，意為「在哪裡？」

> 7. 笑當時諸葛成<u>何計</u>？（〈〔雙調〕慶東原・嘆世之
> 三〉）
> 8. 王圖霸業成<u>何用</u>？（〈〔雙調〕撥不斷之十一〉）
> 9. 桂英你怨王魁<u>甚</u>？（〈〔南呂〕四塊玉・海神
> 廟〉）

以上三例都是針對事情所問。

二、選擇問

用肯定和否定的重疊形式，把答話的兩種可能都說出來，請他人選擇一項。《東籬樂府》只有兩例：

1. 悲，故人知未知？（〈〔南呂〕金字經之三〉）
2. 不曉事頑人知不知？（〈〔般涉調〕要孩兒‧借馬〔七煞〕〉）

三、是非問

要求回答「是」或「不是」、「有」或「沒有」。《東籬樂府》只有一例：

1. 老子，醉麼？（〈〔雙調〕新水令‧題西湖〔胡十八〕〉）

「麼」，是現代漢語「嗎」的前身。

四、反詰問

反詰問是無疑而問，有時為了引起注意，有時是質問對方，甚至還帶有嘲諷的意味，這些都不要對方回答。如：

1. 可知道司馬和愁聽？（〈〔南呂〕四塊玉‧潯陽江〉）

點出司馬和愁聽商女琵琶聲的事實。

2. 何敢藍橋望行雲？（〈〔南呂〕四塊玉‧藍橋

　　驛〉）

這句表面似乎在問裴航「怎麼敢？」實則強調裴航有成仙的機緣，下句爲「裴航自有神仙分」。

　　3.知他是<u>誰</u>負心？（〈〔南呂〕四塊玉・海神廟〉）

「知他」意爲「不知」，用「誰」來問，不是要讀者回答是王魁負心還是桂英負心，而美滿婚姻被拆散，到底是誰負心？難道就是王魁嗎？眞的就是如此嗎？對人世間的感情發出的質詢，帶著些許諷刺的意味。

　　4.蒯通言<u>那裡</u>是風魔？（〈〔雙調〕蟾宮曲・嘆世之二〉）

將陳述句改爲反問句，有突顯主題的作用，這句話指明蒯通言——驗證在韓信身上，他根本不是眞的瘋癲。

　　5.當日事，到此<u>豈</u>堪誇？（〈〔大石調〕青杏子・悟迷〔歸塞北〕〉）
　　6.<u>豈</u>不知財多害己？（〈〔雙調〕慶東原・嘆世之六〉）

兩句都不是要人回答可以或不可以、知道或不知道。例 5.所說的「過往的事，如今根本不值得一提」的意味，用「豈」加深意味。例 6.嘲諷石崇誇富爭貴的愚昧。

　　7.林泉隱居誰到此？有客清風至。會作山中相，不管

人間事。爭<u>甚麼</u>半張名利紙！（〈〔雙調〕清江引·野興之六〉）

前段描寫山中隱居的快活，末句用反詰問句，點出前後的差異性，也嘲笑那些爭名奪利的人。

8.興來詩吟罷酒醒時茶，<u>兀的</u>不快活煞？（〈〔大石調〕青杏子·悟迷〔賺煞〕〉）

「兀的」即「怎麼」，為前句下了一個最好的結語。

9.窮則窮落覺團圇睡，消<u>甚</u>奴耕婢織？（〈〔般涉調〕哨遍·半世逢場作戲〔耍孩兒〕〉）

用反問句，對比前後兩句做。

10.<u>怎生</u>教老僧禪定？（〈〔雙調〕壽陽曲·煙寺晚鐘〉）
11.既解纜<u>如何</u>住程？（〈〔仙呂〕賞花時·長江風送客〔賺煞〕〉）

這兩句都表達一個根本不可能、十分困難的情形。

參、祈使句

表達請求、命令、禁止、商量、勸阻的句子。

一、表示禁止、勸阻

馬致遠用「莫」和「休」表示禁止、商量、勸阻的意思。如：

1. 逃炎蒸<u>莫</u>要逃禪。（〈〔仙呂〕青哥兒‧十二月之六月〉）
2. <u>莫</u>怪落花吹不起。（〈〔雙調〕壽陽曲之十四〉）
3. 命裡無時<u>莫</u>剛求。隨時過遣<u>休</u>生受。（〈〔南呂〕四塊玉‧嘆世之四〉）
4. 君知君恨君<u>休</u>惹。（〈〔雙調〕撥不斷之四〉）

二、表示願望

1. 花開<u>但願</u>人長久。（〈〔雙調〕行香子‧無也閑愁〔離亭宴帶歇指煞〕〉）
2. <u>願</u>結綢繆。（〈〔大石調〕青杏子‧姻緣〔淨瓶兒〕〉）

帶「願」字為表示願望的祈使句。

3. 縱有些梅花入夢香，<u>倒不如</u>風雪銷金帳，慢慢的淺斟低唱。（〈〔雙調〕撥不斷之五〉）

這和現代漢語的「與其……不如……」句式相同，「倒不如」是作者希望去做的事情。

4. 常待做快活頭，<u>永休</u>開是非口。（〈〔雙調〕行香子‧無也閑愁〔離亭宴帶歇指煞〕〉）

例句除了表達願望之外，還帶著參透人間事的無奈。

三、表示請求

　　　1.酒杯深，故人心，相逢且莫推辭飲。（〈〔雙調〕
　　　　撥不斷之九〉）

請求朋友共酌，互相勸酒。

　　　2.恰才說來的話君專記。（〈〔般涉調〕耍孩兒·借
　　　　馬〔尾〕〉）

請借馬的人記住他剛剛說的注意事項。

　　　3.若是奶奶肯權耽。（〈〔雙調〕夜行船·不合青樓
　　　　〔鴛鴦煞〕〉）

雖然用的是推測用語「若是」，其實是請求別人如此做。

四、表示命令

　　　1.人問我頑童記者，便北海探吾來，道東籬醉了也。
　　　　（〈〔雙調〕夜行船·秋思〔離亭宴煞〕〉）

這是馬氏散曲集唯一用命令口吻的句子，吩咐他的僕童應做的事。

肆、感嘆句

表示強烈的感情句子，通常會加上語氣助詞，如：

1.出乎其類拔乎萃。（〈〔般涉調〕哨遍‧張玉嵒草書〔四〕〉）

「乎」是個語氣助詞，作爲感嘆詞。

2.魏耶？晉耶？（〈〔雙調〕夜行船‧秋思〔慶宣和〕〉）

耶，在此不做疑問助詞，而帶著強烈感情的感嘆，意爲三國鼎立，分爭天下，到如今還不是成爲過往雲煙。

3.隨喜罷無可安排。（〈〔商調〕集賢賓‧金山寺〔么篇〕〉）

罷，在句中表現無可奈何的感嘆。

4.渴睡也去來呵。（〈〔仙呂〕賞花時‧掬水月在手〔么〕〉）

呵，是一個高興的語氣助詞。

5.困煞中原一布衣。（〈〔南呂〕金字經之三〉）
6.可喜煞睡足的西施。（〈〔雙調〕湘妃怨‧和盧疏齋西湖之一〉）

7.喝水口西湖上快活<u>煞</u>。（〈〔雙調〕新水令・題西
　湖〔尾〕〉）

以上三例都用「煞」，來表示情狀的極限。

8.沒道理沒道理。忒下的忒下的。（〈〔般涉調〕耍
　孩兒・借馬〔尾〕〉）

用詞的重複，再次強調馬的主人捨不得而咒罵他人，形象十分鮮
明，表現極爲氣憤的情緒。

9.喜無<u>那</u>。（〈〔仙呂〕賞花時・掬水月在手〔賺
　煞〕〉）

「那」是一個語末助詞，帶有極歡喜的意思。
　　《東籬樂府》使用句子的特點如下：
1.以直述句最多，以表示肯定占大部分，基本的肯定陳述句外，
　每每加上副詞或其他虛詞，加強某種語氣，或以雙重否定表示
　肯定。《東籬樂府》以「不、未、非」表示否定的陳述句，以
　「不」字使用最頻繁；以「也、是」構成判斷句，以「是」較
　多，皆接受其他副詞的修飾。表示推測的陳述句則不帶修飾性的
　詞語。
2.疑問句方面，特指問、是非問、選擇問都要求被問者回答。作者
　運用最多的是無疑而問的反詰問，帶著嘲諷的意味；或將陳述句
　改爲反詰問，有突顯主題的作用。
3.祈使句，馬致遠只用了一個命令句，其他以禁止、勸阻、願望、
　請求爲多。「莫、休」所形成的句子，表示勸阻的意味。
4.感嘆句：作者以語氣助詞和詞綴構成者爲主。

　　總言之，《東籬樂府》以直述句最多，祈使句和疑問句也不少，說明了馬致遠在陳述某些事情之外，以祈使句來勸阻人們不要重蹈某些錯誤，以反詰問來表現世事的無常、無奈，這也就成了他的用句風格。此風格與馬氏個人的經歷息息相關，年少時熱中追逐功名，由不斷的挫敗中覺悟，故而發出某些感嘆。句子是作品組成的基本單位，從句類運用的觀察，了解作家的用句風格，更能體會作家情感的展現。

第三節　走樣句

　　走樣句（deviant sentense），也翻譯為「偏離句」，指稱不合語法的句子。就語言風格學的觀點，認為deviant sentense源於語言使用者刻意的經營、改造而來，雖不合於自然語言，但藉著語法學的知識，依循其變換的規律，可恢復句子的原貌、並且理解句子的意義。每個語言使用者在語法上改造的情形各有差別，為語法風格的表現。

　　漢語的語序，從甲骨文開始以至現代，一直是「主謂」或「主述賓」的形式，主語在前、謂語在後、動詞在它的賓語之前、修飾語在被修飾語前面，語序充分展現漢語語法的穩定性（陳夢韶，1988：1-3）。中國傳統詩歌，不論詩、詞或曲，皆受格律和詩體性質的限制，產生許多不合句法的走樣句，這是詩歌語言對語法的一種外在變通[2]，為中國詩歌的特點，顯現句法的靈活性。這個成就本應值得驕

---

[2] 文學是語言藝術，詩歌自然也是。詩歌之所以為詩歌，確實取決於使用語言的特殊方式，但這絕不是超越語言的證據，因為語言與使用語言是相互聯繫但絕不等同的兩回事。誠然，詩歌作為文學符號，荷載豐富的情感內容，蘊含著多項審美的因素，貫穿了直覺的、經驗的、虛幻的、想像的東西，但這些因素並不能破壞在時空座標中凝定的深層的語言結構，而只是

傲，卻造成中國詩歌不符合語法的假象，有人據此而認為漢語沒有語法，甚至懷疑漢語語言風格學的可能性。對於中國詩歌在語法運用上的成就，我們一方面予以肯定，更試著由語言學的角度和方法解釋這些現象。

在進行實際分析之前，必須先知道該用哪一套語法理論來解釋走樣句？為什麼可以解釋走樣句？又如何解釋？

目前，學者對於走樣句的研究，大多採用喬姆斯基「生成語法理論」。Generative-Transformational Grammar，除了譯為「生成語法」、「變換律語法」，尚有「轉換律語法」、「轉換生成語法」、「轉換衍生語法」等不同的名稱。1957年，美國語言學家喬姆斯基（N. Chomsky）《句法結構》，提出生成語法學，取代了結構主義語言學的地位[3]，成為現代語言學的主流[4]，並且影響現代語言

造成外在形態的「超常」。換言之，詩歌語言是一種對語法的外在變通，而非自然語言的本質變異。詩人宣稱的「語言的創造」，並不是創造一套新的體系，只是利用語言具有的彈性重新的排列組合；詩文學，是自然語言的功能變體，詩是高容量的文學形式，不但憑藉有形的語詞負載信息，在詞句注入了豐富的「隱形語義」，利用語言單位慣常的邏輯含義，而且十分注意語言臨時產生的修辭意義，這和詩體本身的精簡和人們對詩的言簡而意豐的要求有關。詩體也就成為最具特的色的文學。

[3] 潘耀南（1990）認為語言學作為獨立的學科，經過了四個發展階段，側重不同的研究法，也代表不同的語言觀：一、傳統語言學：人類語言的研究，雖可上溯到公元前四、五世紀的中國、印度和希臘，但在19世紀初以前，語言研究仍依附哲學、歷史學、文學等學科內，主要採用靜態分析法，研究固定時期語言的形態架構及類型劃分，也用邏輯演繹法分析句子的成分及功能。二、歷史語言學：19世紀在達爾文進化論的影響下，歷史比較法的運用，使語言學成為學科，歷史語言學分析印歐語言間的系統對應現象，探明它們的親屬關係，提出一系列的演變規律。三、結構語言學：在批判歷史語言學的基礎上逐漸建立，索緒爾認為僅注意語言單位的歷史比較會忽略語言系統的整體性，《普通語言學教程》主張語言的獨立性、社會性、結構性和共時性，利用二元對立（binary opposition）的方法研究語言。本世紀三十年代美國布龍菲爾德提出直接成分分析法（immediate constituent analysis）簡稱IC法，是美國描寫學派的結構分析方法，認為研究語言的目的在於發現操作的程序，分析完整句子的結構

學的縱向發展，形成許多新的學科和派流[5]。

　　生成語法理論和早期語法語言學的基本差異，在於肯定人類的語言能力，即說話的人創造新句子的能力。語言使用者，在有限的學習經驗中獲得語料，以及語料結合成句子的規律；憑藉著語料和規律，人們就能理解未曾說過、聽過的句子；當情況需要時，也能產生新的句子表達思想與情感。所以語言能力並非僅於記憶舊有的句子，應該是一種與生具有的創造力。生成語法強調語言創造能力的觀點，正和文學重視作家的創造力相符合。文學，尤其是詩歌要求「新、奇、巧、警」的效果，這些都必須依靠語言的創造性才能達到；也就是說文人本著語言的規律和文學傳統，面對不同時代、不同事物、表達不同的經驗和不同的情感，運用的語言自然異於前人、他

層次，認定每一層次的直接成分及其與上一層次的對立關係。五十年代哈里斯《結構語言學的方法》提出了分布法（distribution），將結構分析法推至高峰；分布是指一個單位的音義由其所在位置、前後單位的全部環境來決定，就是研究音素、語素和結構體的步驟和程序。美國描寫學派最大的貢獻是堅持長期系統地調查研究沒有任何文字紀錄的印地安語言，從而探討出整套頗為嚴謹的語言描寫方法。他們傾注全力於「表達形式」，無視和語義或功能有關的因素，無法解釋語句同構異義和結構上的同音現象，面對複雜的多義結構束手無策。
四、生成語法：喬姆斯基早期沿用美國描寫學派從形式研究語言的傳統，後來抨擊其理論觀點，導致在研究對象、目的和方法上的巨大變革。生成語法能取代結構語法之因，乃在於發現舊有學說和新語言現象間的矛盾，喬姆斯基本身廣博的科學知識和哲學見解，再加上當時的社會背景，各地經濟、政治、文化交流頻繁，使得當時聽說式的教學法無法適應翻譯和教學上的需求，而科學技術發展、信息論、控制論和數學邏輯等學科日趨完善，加上理性主義哲學思潮，衝擊著語言學研究，生成語法脫穎而出。

4　有些學者，如史密特（N.Smith）和威爾遜（D.Wilson）《現代語言學》將現代語言學的上限推至1957年，將結構主義語言學納入傳統語言學的範疇，認為現代語言學是喬姆斯基革命的結果。（方經民，1993：5）

5　生成語法學的推動下，現代語言學縱向發展，衍生新的理論和學科，六十年代起形成許多新的學派，如生成語義學、格語法、法位學、層次語法、系統功能語法、功能語言學，更衍生分支學科與邊緣學科，如語義學、語用學、話語分析、社會語言學、文化語言學、數理語言學、心理語言學、應用語言學。（方經民，1993：6）

人，因此文學可說是文人語言的創造成就，一個作家的語言創造的特點，正是他的語言風格所在。一個民族的語言精華保存在文學作品內，之所以如此，乃是歷代作家不斷地發揮語言創作的潛能，使得語言在速度、密度、彈性上表現新的面貌；而生成語法理論發現語言創造的潛能，更加肯定「文學必須是創作」的主題。

　　生成語法理論，將語言視爲「一組句子」，語法學者研究文學時，將文學作品看成句子。把句子分爲兩層結構來研究是這個理論的特色，表面結構（surface structure），顯示句子的語詞排列，是句子的形式；基底結構（deep structure），代表語義成分的關係。一個句子由語音、語義和句法組成，以句法作爲重點，認爲聲音各意義皆必須以句法作爲溝通的橋樑。句法可分爲基礎部分和轉換部分：基礎部分通過改寫規則和詞典運用生成句子的基底結構；轉換部分通過轉換規則把基底結構改變爲表面結構，並對其做出語音解釋。因此，句法是語法的生成部分，具有創造無限句子的能力。各成分的關係如下圖：

　　詩歌中富於創造的走樣句，就是運用了基底結構和表面結構之間的轉換律（或稱變換律）的結果。只要分析作家選擇或修改轉換律的情形，即能歸納其句法風格，這是文藝批評的新方法，也是一個極待開發的領域，尤其運用於詩歌語言的研究。詩體的語言特色在於高度精練，以簡短的字詞，表現出豐富的內容，達到「言簡意賅」的效果。同時，還要受格律和字數的制約，詩人在表意完整的前提下，省略句中的某些成分，對句子的結構進行必要的緊縮；或移動結構中成分的位置，以便合乎格律或造成某種特殊效果。由《東籬樂府》的走

樣句，嘗試尋找馬致遠活用句法的特性。

壹、移位

　　移位，也就是「倒序」。語序是句子各成分排列的先後次序，在正常的情況下，語序是不能隨便更換的。古典詩歌為了適應聲律的要求或修辭的需要，在不損害詩意的原則下，詩人調整和變換某些句子成分的語序。《東籬樂府》的移位現象，大概有下列幾種（案：格律符號＋平仄不拘，ㄥ宜去可上，卜宜上可去，ㅑ宜上可平，ㅑ平上不拘）：

一、動詞前移

　　　　1.<u>獨對</u>青娥翠畫屏。（〈〔仙呂〕青哥兒・十二月之七月〉）

平句原為「青娥獨對翠畫屏」，平仄要求是「十仄平平仄仄平」，而將動詞「獨對」移至句首。

　　　　2.<u>拋閃煞</u>明妃也漢君王。（〈〔南呂〕四塊玉・紫芝路〉）

本句原是「明妃拋閃煞也漢君王」其中「煞」、「也」是襯字，為合格律「十仄平平仄平平」，將動詞「拋閃煞」往前移。

二、賓語前移

　　自然語言為了強調會把賓語移前；《東籬樂府》因應著格律的要求，而將賓語前移。如：

1.<u>人間寵辱</u>都參破。（〈〔南呂〕四塊玉・嘆世之一〉）

本句原爲「都參破人間寵辱」，「參破」是動詞，「人間寵辱」是賓語爲了強調，而提前。

2.<u>天之美祿</u>誰不喜？（〈〔雙調〕清江引・野興之四〉）

原句爲「誰不喜天之美祿」，「喜」是動詞，「天之美祿」本是它的賓語。

3.<u>此外虛名</u>要何用？（〈〔越調〕小桃紅・四公子宅賦之春〉）

「要」是及物動詞，「此外虛名」是賓語，本句原「要此外虛名何用」，爲符合格律「十仄平平厶平去」，將賓語移至句首。

4.<u>柔腸</u>寸寸因他斷。（〈〔般涉調〕耍孩兒・借馬〔一〕〉）

本句原型爲「因他斷柔腸」，加入「寸寸」作爲定語，成爲「因他斷寸寸柔腸」，賓語提前爲「寸寸柔腸因他斷」，因格律要求「十平十仄平平厶」，把定語「寸寸」後置。

三、定語前移

1.<u>天涯</u>自他為去客。（〈〔商調〕集賢賓・思情〉）

本句最基本的結構原是「自他爲去客」，後加入「天涯」做「去客」的定語，成爲「自他爲天涯去客」，爲合格律「十平厶平平去￪」和押皆來韻的要求，定語提前到句首。「客」在《中原音韻》屬皆來韻入聲做上聲。

　　　2.<u>兩兩三三</u>見<u>遊人</u>。（〈〔仙呂〕青哥兒・十二月之二月〉）

本句原爲「見遊人」，加入「兩兩三三」形容「遊人」，它可以是定語，也有可能是謂語，所以本句有「見兩兩三三遊人」、「見遊人兩兩三三」這兩種可能性。後爲符合格律「十仄平平厶平平」，將「兩兩三三」提前。如果原句是「見遊人兩兩三三」，「遊人」是句中的兼語，「兩兩三三」是賓語的謂語，那就是謂語前置。

四、狀語前移

　　　1.搧^{著那粉}翅^{兒困}蝶飛。（〈〔商調〕水仙子・暑光催〉）

本句原型爲「困蝶飛」，加入「搧著那粉翅兒」來形容動詞「飛」，成爲「困蝶搧著那粉翅兒飛」，因格律要求「十仄平平」，故將狀語提前。

　　　2.^對篷窗叢菊花開。（〈〔仙呂〕青哥兒・十二月之九月〉）

本句原爲「叢菊花開」，加入「對叢篷窗」作爲動詞「開」的狀

語，成為「叢菊花對篷窗開」，為合格律「平平十仄平平」，將狀語前置。「菊」在《中原音韻》屬於魚模韻入聲做上聲。

　　3.被啼鶯喚將春去。（〈〔仙呂〕青哥兒・十二月之四月〉）

原是「春去」，加入「被啼鶯喚將」，作為「去」的狀語，成了「春被啼鶯喚將去」，句中「喚將」，在元代動詞之後加上「將」，表示動作完成，相當今日「了」的功用；為符合格律「平平去平平去」，把定語往前移動。

五、謂語前提

　　1.散秋香桂娥將就。（〈〔仙呂〕青哥兒・十二月之八月〉）

原句為「桂娥將就散秋香」，因格律「平平去平平去」，將「散秋香」提前。

　　2.泛蟾光一葉小舟。（〈〔雙調〕壽陽曲・洞庭秋月〉）

原為「一葉小舟泛蟾光」，為符合格律節奏「前三後四」的要求，故將謂語前置。

　　3.喜天陰喚錦鳩，愛花香哨畫眉。（〈〔般涉調〕哨遍・半世逢場作戲〔尾〕〉）

這組對句原爲「錦鳩喚，畫眉哨」，後加入「喜天陰」形容「喚」、「愛花香」形容「哨」，成爲完整的謂語，爲「錦鳩喜天陰喚，畫眉愛花香哨。」因格律「十仄平，十仄車。」，故將謂語往前挪動。

六、主語賓語倒置

　　1.白衣盼殺東籬客。（〈〔雙調〕撥不斷之十〉）

本句用「白衣送酒」的典故，「東籬客」指陶淵明，「白衣」是爲王弘送酒的使者。原句爲「東籬客盼殺白衣」，因爲對句的關係，故將主語和賓語倒置（前兩句爲「丹楓醉倒秋山色，黃菊凋殘戲馬臺。」）。

　　2.陳跡猶存戲馬臺。（〈〔仙呂〕青哥兒・十二月之九月〉）

本句有兩種解釋：一原句爲「陳跡猶存於戲馬臺」，省略介詞「於」；二是不添加任何字，原句「戲馬臺猶存陳跡」，爲符合格律「十仄平平仄仄平」和押皆來韻的緣故，將主語和賓語互換位置。「跡」歸於《中原音韻》齊微韻入聲做上聲。

七、修飾語和中心語倒置

　　1.山禽曉來窗外啼，喚起山翁睡。（〈〔雙調〕清江引・野興之三〉）

原爲「曉來山禽窗外啼，喚起山翁睡」，「曉來」是全句的時間修飾

語，因首句格律要求「十十仄平平去ㅑ」，修飾語和「主語」倒置。

八、動詞和賓語倒置

> 1._盡教他統鏝_的姨夫喊。（〈〔雙調〕夜行船・不合青樓〔鴛鴦煞〕〉）

原句應是「_盡教他喊統鏝_的姨夫。」「盡、的」是襯字。因格律是「十平十仄平平」和押監咸韻的關係，故將動詞「喊」和賓語「統鏝_的姨夫」交換位置。

貳、省略

　　散曲可加襯字，字數較之詩詞自由，然詩歌精練簡要的要求，仍是必須遵守的原則，省略的情形常見。所謂省略，是將句中的某個成分省去，省略後不可引起誤解，才能爲語法規律所容許。《東籬樂府》最常見的主語省略之外，尚省略介詞、動詞、賓語三者。

一、省略介詞

　　詩中常省略介賓結構的介詞，留下賓語，解釋時應該將介詞加進去。如：

> 1.凍騎驢灞陵橋上。（〈〔雙調〕撥不斷之五〉）

「灞陵橋上」爲本句的補語，爲處所詞，其前應有介詞「在」或「於」之類的處所介詞。

> 2.丹楓醉倒秋山色，黃菊凋殘戲馬臺。（〈〔雙調〕撥不斷之十〉）

這一組對句的「秋山色」、「戲馬臺」，皆省略了處所介詞。

> 3.霸王自刎烏江岸。（〈〔雙調〕撥不斷之十二〉）

「烏江岸」補充說明「霸王自刎」的處所詞，省略了引介它的處所介詞。

> 4.龍蛇動旌旗影裡。（〈〔中呂〕粉蝶兒‧寰海清夷〔滿庭芳〕〉）

龍蛇，即指旗子上的字，為本句主語；「動」和「旌旗影裡」之間應有介詞「在（於）」。

二、省略動詞

> 1.四時湖水鏡無瑕。（〈〔雙調〕新水令‧題西湖〉）

本句主語「湖水」和「鏡」之間省略動詞「如」。

> 2.張良放火連雲棧。（〈〔雙調〕撥不斷之十二〉）

本句寫張良向劉邦獻計燒掉連雲棧道的事；棧道指在懸岩陡壁上用竹木做支架、鋪上木板而成的路。「張良」是主語，「連雲棧」為被燒毀的地方，即受事賓語。賓語之前應該有一個動詞；但是「放火」為動賓式的複音詞，無法做動詞用，本句省略動詞「燒」，或許是因為對偶的關係。（下兩句為「韓信獨登拜將壇，霸王自刎烏江

岸。」）

    3.夕陽倒影松陰亂，太液澄虛月影寬，海風汗漫雲霞
　　斷。（〈〔雙調〕撥不斷之十五〉）

這一組對偶句皆爲使動用法，原句應爲「夕陽倒影使松陰亂，太液澄
虛使月影寬，海風汗漫使雲霞斷。」省略了動詞「使」。

三、省略賓語

    1.商女琵琶斷腸聲，可知司馬和愁聽？（〈〔南呂〕
　　四塊玉・潯陽江〉）

「聽」是及物動詞，語義關係上應爲「可知道司馬和愁聽。商女琵琶
斷腸聲。」本句可視爲承上省略賓語，或者是賓語提前。

    2.恨不得明皇掌中看。（〈〔南呂〕四塊玉・馬嵬
　　坡〉）

「看」是一個及物動詞，賓語應該是「睡海棠」。古人以海棠春睡來
比喻睡美人，此指楊貴妃。
　　走樣句，是詩歌中常見的句子，並非隨意地省略或移位，必須在
語法規律容許或因格律需要下才能產生。
　　《東籬樂府》走樣句的形成規律包括：
1.運用移位法：馬氏因著格律的要求，移動、改變句子某些成分的
　　次序，如動詞、賓語、定語、狀語、謂語的前移；或交換某些成
　　分，如主語賓語倒置、修飾語和中心語倒置、動詞和賓語倒置等
　　等，移位而造成突顯的效果。

2.運用省略法：在不違反表意完整的原則下，馬致遠將句子的介
　詞、動詞或賓語省略，目的在於去除繁瑣的詞語，讓句子達到
　精、奇、巧、警的特色。

　　走樣句，異於一般的句子，形式上有新穎感，增強語勢，這是它
所形成的特殊效果。借用生成語法來研究詩歌語言，是一種文藝批評
的新嘗試，試圖找出作者創作的軌跡、讀者閱讀時的還原規律，其開
拓性，尚待學者進一步努力。

第四節　　對偶句的假平行

　　對偶是詩文中常見的表現方式，或稱對仗、對子。以語言學的
角度觀之，將語法結構相同或相似、詞性相同、字數相等、意義密
切相聯的句子，成對地排列在一起，以表達對稱的內容，就是「對
偶」。從結構形式而言，尚有「寬對」和「嚴對」的分別，「嚴
對」，除要求結構相同、字數相等，還要求詞義要相關或相對、音韻
諧調、相同位置不能出現相同的字（于根元，1993：203；編寫組，
1993：348）。對偶形式工整勻稱、富有節奏感，內容凝煉集中、概
括力強，爲文人所樂用的，從上古的《詩經》和《楚辭》、漢賦、唐
詩、宋詞，以迄於今日的現代詩，都利用對偶手法強調語義、增加語
言音樂性。

　　所謂「對偶句的假平行」，指對偶的句子表面看來相對，如以語
言學來分析，可以發現某些方面無法相對，這種表面平行相對、事實
則否的現象，稱之爲對偶句的假平行。換言之，對偶句的假平行，必
須運用語法學的觀念和方法分析、檢驗對偶句的相對現象。

　　散曲在傳統詩詞的基礎上，發展出鼎足對、扇面對、救尾對、連
璧對等不同的形式，使得對偶現象成爲散曲語言的重要特色。元曲家
運用對偶手法的同時，因格律而致假平行現象增多。

　　《東籬樂府》250組對偶句，78組存在假平行的現象，爲句法風

格之一，往後依不同的假平行現象，舉例說明：

壹、詞義的假平行

  1.<u>青草</u>略有收酪牛，<u>黑河</u>邊有扇尾羊。（〈〔南呂〕
  四塊玉‧紫芝路〉）

青草，是青色的草；「黑河」卻不是「黑色的河」，而是專有名
詞，指馬氏雜劇作品《漢宮秋》的「黑江」，在今呼和浩特市南
郊，河畔有王昭君墓。

  2.<u>丹楓</u>醉倒<u>秋山色</u>，<u>黃菊</u>凋殘<u>戲馬臺</u>，<u>白衣</u>盼殺<u>東籬
  客</u>。（〈〔雙調〕撥不斷之十〉）

這是一組鼎足對，表面看來「丹楓」、「黃菊」、「白衣」都是主從
式複音詞組；二、三句都運用了典故。戲馬臺，指齊梁武帝在重陽
節時，在項羽當年戲馬的地方比賽射箭、飲樂。第三句用「白衣送
酒」的典故，指陶潛在重陽節無酒，而王弘遣使送酒。「白衣」並
非白色的衣服，而是送酒的僕童。這首小令寫的是秋景，頭一句寫
實，其他皆用典。另外，如就結構上來說，第一、二句都是省略了介
賓結構中的介詞，遺留賓語作為句中的補語。其原句應是「丹楓醉
倒於秋山色，黃菊凋殘於戲馬臺。」第三句是主語和賓語倒置的移
立，因為對偶和格律的關係，而將主語「東籬客」和賓語「白衣」的
位置顛倒，原句應為「東籬客盼殺白衣。」

  3.雪片似<u>江梅</u>，血點般<u>山茶</u>。（〈〔雙調〕新水令‧
  題西湖〔掛玉鉤〕〉）

「江梅」、「山茶」爲主從式結構的詞或詞組。江梅，指江邊的梅花；「山茶」並非「山上的茶」，而是植物名，即山茶花。

> 4.就<u>鵝毛</u>瑞雪初成臘，見<u>蝶翅</u>寒梅正有花，怕<u>羊羔</u>美醖新添價。（〈〔雙調〕撥不斷之六〉）

三個例詞都是主從式結構的詞組。「鵝毛」是鵝的毛，「蝶翅」是蝴蝶的翅膀，而「羊羔」一詞，卻非如表面詞義「羊的幼子」，乃是酒名，即汾酒，色白瑩。如就句法來說，「鵝毛」、「蝶翅」分別作爲「瑞雪」和「寒梅」的定語，它們和主語中間省略了「般的」，在理解時應該加進去。「羊羔」是賓語中的主語，接受「美醖」的說明。

> 5.紅日如奔<u>過隙駒</u>，白頭漸滿<u>楊花雪</u>。（〈〔雙調〕撥不斷之四〉）

本組對句，是用典與不用典的相對。「過隙駒」是用「白駒過隙」的典故，出自《莊子‧知北遊》。就表面字義，「過隙駒」是過隙的駒；而「楊花雪」卻不是楊花的雪，在「楊花」和「雪」間，應加入「般的」，解釋爲「像楊花一般的雪」。

> 6.春風<u>驕馬</u>五陵兒，暖日<u>西湖</u>三月時。（〈〔雙調〕湘妃怨‧和盧疏齋西湖之一〉）

「驕馬」指高大肥美的馬匹。「西湖」是專有名詞，爲杭州西湖。

貳、詞性的假平行

> 1.玉杵<u>閑</u>，玄霜<u>盡</u>。（〈〔南呂〕四塊玉・藍橋驛〉）
>
> 2.紫蟹<u>肥</u>，黃菊<u>開</u>。（〈〔南呂〕四塊玉・恬退之二〉）
>
> 3.兩鬢<u>皤</u>，中年<u>過</u>。（〈〔南呂〕四塊玉・嘆世之一〉）
>
> 4.漁燈<u>暗</u>。客夢<u>回</u>。（〈〔雙調〕壽陽曲・瀟湘夜雨〉）

以上四句，都用形容詞和動詞相對，八個例詞皆做句中的謂語。

> 5.倦題宮葉<u>字</u>，羞見海棠<u>開</u>。（〈〔商調〕集賢賓・思情〉）

「字」、「開」，亦是謂語成分，以名詞和動詞相對。

> 6.<u>恰</u>待葵花開，<u>又</u>早蜂兒鬧。（〈〔雙調〕清江引・野興之七〉）

「待」是動詞，「早」是形容詞，皆為全句的修飾語；修飾它們的狀語「恰」和「又」都是副詞，「恰」是時間副詞，而「又」是頻率副詞。

參、構詞的假平行

這是《東籬樂府》為數量最多的假平行現象，如：

> 1.原是箇竊玉人，做了箇賞月人。（〈〔南呂〕四塊
> 玉・藍橋驛〉）

「原是」是一個主從式的詞組。「做了」是動詞，「了」是動詞「做」的結構助詞，表示動作完成。

> 2.張良放火連雲棧，韓信獨登拜將壇，霸王自刎烏江
> 岸。（〈〔變調〕撥不斷之九〉）

這一組鼎足對中，「獨登」和「自刎」都是主從式的詞組；「放火」則是動賓式的結構。如就句法而言，第一句是省略動詞「燒了」的句子，第二句結構完整，第三句則省略處所介詞「在（於）」。

> 3.夕陽倒影松陰亂，太液澄虛月影寬，海風汙漫雲霞
> 斷。（〈〔雙調〕撥不斷之十五〉）

三個例句，分別作為「夕陽」、「太液」、「海風」這三個主語的謂語。「澄虛」和「汙漫」為並列式結構的詞或詞組；「倒影」是主從式複音詞。

> 4.霜落在丹楓上，水飄著紅葉兒。（〈〔雙調〕湘妃
> 怨・和盧疏齋西湖之三〉）

這是一組用虛詞的對偶句。在前句中，「落」是主要動詞；「在」和

「丹楓上」構成介賓結構的處所賓語，表示霜掉落下來的地方。後一句中，「飄著」，「飄」是主要動詞，「著」是它的結構助詞，表示動作的正在進行；「紅葉兒」是施事賓語。「丹楓上」的「上」是方位詞，並非詞的一部分；「紅葉兒」是派生詞，「兒」附加在「葉」後，成爲派生詞詞尾表示小狀，「葉兒」是不可分割的單位。

　　5.採蓮湖上畫船兒，垂釣灘頭白鷺鷥。（〈〔雙調〕
　　　湘妃怨‧和盧疏齋西湖之二〉）

「畫船兒」，「畫」修飾「船兒」，爲主從式詞組，「船兒」是個派生詞；「白鷺鷥」，「白」修飾「鷺鷥」，「鷺鷥」是衍聲詞的聯綿詞，具有以聲表義、不可分訓的特色。本組是派生詞與聯綿詞的相對。

　　6.常待做快活頭，永休開是非口。（〈〔雙調〕行香
　　　子‧無也閑愁〔離亭宴帶歇指煞〕〉）

表面上「快活頭」對「是非口」，十分工整。詞法上，前者是派生詞，「頭」是「快活」的詞尾，不具表義功能。「是非口」則是並列式複音詞「是非」修飾「口」，成爲主從式複音詞組。也就是說「頭」是詞尾，而「口」是詞組的主要部分。

肆、句法的假平行

　　1.琉璃鍾 琥珀濃。（〈〔南呂〕四塊玉‧嘆世之
　　　六〉）

這是一個主謂句，也是當句對，表面極工整，因為「琉璃」和「琥珀」都是音譯的外來詞；「鍾」和「濃」除了名詞和形容詞的差異之外，句中的功能亦不同：「琉璃鍾」的「鍾」是全句的主語的中心詞，接受「琉璃」的限定和修飾，以及「琥珀濃」的說明；謂語「琥珀濃」，「琥珀」是主語，而「濃」又是說明狀態的謂語。總之，「琉璃」是定語，修飾主語「鍾」，「琥珀濃」是第一層的謂語；「琥珀」謂語中的主語，「濃」是謂語中的謂語，用來說明「琥珀」。本句為主謂式謂語句。

　　2.<u>嚴子陵</u>他應笑我，<u>孟光臺</u>我待學他。（〈〔雙調〕
　　　　蟾宮曲‧嘆世之一〉）

在第一句「他」是主語「嚴子陵」的代詞，「我」是動詞「笑」的受事賓語。第二句「我」是主語，「他」是動詞「學」的賓語，指「孟光臺」。作者將第二句的賓語「孟光臺」提前，和前一句的主語「嚴子陵」並列，表面是平行，實際則非。

　　3.寵<u>教坊</u>荷葉杯，踏<u>金頂</u>蓮花<u>爨</u>。（〈〔南呂〕一枝
　　　　花‧詠莊宗行樂〉）

「教坊荷葉杯」和「金頂蓮花爨」是動詞「寵」和「踏」的賓語。「教坊」為「荷葉杯」的定語，限定表演的機構，「荷葉杯」是詞牌名，為賓語中的主語。「金頂蓮花」是「爨」的定語，限定戲名，原指軍中主將的帳篷，後為戲曲名；「爨」是賓語中的主語。

　　4.二王石法夢中<u>存</u>，懷素遺風盡<u>真</u>習。（〈〔般涉
　　　　調〕哨遍‧張玉喦草書〔么〕〉）

「夢中存」爲主語「二王古法」的謂語；「夢中」又是這個謂語中的主語，「存」爲謂語。「盡眞習」是「懷素遺風」的謂語；「盡」是「眞習」的狀語。

　　5.懶設設牽下槽，意遲遲背後隨。（〈〔般涉調〕耍孩兒·借馬〔七煞〕〉）

「牽下槽」，「牽下」是個動補式動詞，「槽」是處所賓語。「背後隨」，「背後」是主語，「隨」是動詞謂語。

　　《東籬樂府》，250組對偶句，有78組假平行的現象，占對偶句的31%。這些假平行的存在，是馬致遠在對偶的重重的限制之下，在詞義、詞性、構詞、句法等方面些許改變，是詩人利用漢語語法特性的成就，表現漢語句法的靈活特質，展現新奇變化的風格。
　　一切的藝術形式，主要在於適當地表達思想，不能只求形式上的纖巧而損害其內容。詩人運用漢語單音獨體的特色，善用對偶作爲修辭的手法；假平行，給詩人們較大的自由，在工整之外，可以靈活有變化，避免用語板滯的缺失，增強表達的藝術性（雷德榮，1984：55）。總而言之，對偶句的假平行，一方面求諧調，一方面以不諧調調整過分諧調的單調呆板，加強對照的作用，且爲詩歌中不得不存在的現象。假平行是爲詩中模稜的來源之一，可以運用變換律語法來研究。（梅祖麟，1969）以往語言學與文學壁壘分明的時期裡，這是個不被了解的課題；現在以語言學的知識驗視之，可得知作家的巧心安排，有助深入研究作家的語言風格。這個理論，目前國內尚未完善，有待學者進一步補充與推展。

第七章

結　論

第一節 《東籬樂府》語言風格綜論

　　散曲是一種因著金元時期特殊的政治、社會、文化背景而產生的詩體，不論在音樂或語言，都帶著濃厚的多方色彩，為中國最自然的詩歌，更是語言學、文學珍貴的材料。漢語語言風格學，是一門等待開發的學科，以語言學的知識和方法，來研究一切語言現象，為新興的研究路徑。

　　《東籬樂府》是元人馬致遠的散曲集，在散曲發展上占有重要的地位，至目前為止，仍未有學者做解釋之外的研究。以語言風格學的理論和方法，考察《東籬樂府》語言運用的風格特色。茲將研究所得略述如下：

壹、《東籬樂府》的音韻風格

　　音韻，是由詞音、詞彙、句式、頓歇共同形成的。語音，包括聲韻調三者，聲調方面，形成傳統詩歌的格律，《東籬樂府》的平仄與格律吻合，表示聲律嚴謹，此為明律。語音的聲和韻、詞彙、句式、頓歇，在一定的時間裡以相同或相近的形式，規律地反覆出現，產生回環的美感，讓形式所承載的意義與情感得到呼應，乃為韻律效果。這些都是曲譜所無法規定的，就是所謂的「暗律」，乃為馬致遠的匠心獨運之處。

一、協韻繁複、音韻和諧的韻律

　　聲和韻，皆為韻律形成的要素，傳統只側重韻母部分形成的押韻效果；如以語音學的知識分析，發現《東籬樂府》的韻律包含多種類型：

　　（一）同音重複：藉著相同的詞或詞組反覆，以及重疊詞，在一句或不同句的出現，形成呼應的效果，如：

1.弄玉吹簫送蕭郎。送蕭郎共上青霄上。（〈〔南呂〕四塊玉‧鳳凰坡〉）

在相鄰的兩句裡，以詞組「送蕭郎」相接，形成頂真格，強調感情與意義。兩句共重複了四次[siau]音、兩個「送」、兩個「郎」、兩個「上」，聲音回複得緊密。

2.都想著吃登登馬頭前挑著照道，鬧炒炒昏鴉噪，點點銅壺催。潺潺殘星落。（〔雙調〕喬牌兒‧世途人易老〔清江引〕）

共用了四個重疊式的擬聲詞，不但富有節奏感，更有臨場感。
（二）頭韻：以完全相同或部分相同的聲母，在句子裡連續或間隔地出現，達到相應的效果，如：

1.細[s-]尋[s-]思[s-]自[ts-]古名流[-l]。（〈〔黃鍾〕女冠子‧枉了閑愁〉）

協頭韻比例為5／7音節，也是句首、句尾相協。句首處，連續三個舌尖擦音[s]出現，頗與「細尋思」的情境相吻合。
（三）押韻：《東籬樂府》押韻緊湊，句句押而且一韻到底，占作品總數30%。句句韻、交叉韻、換韻等不同的押韻方式，讓每個句子的聲音與意義頻頻相應，語氣連貫，達到一氣呵成的效果。
（四）句中韻：在句中幾個字的韻母相同，如：

1.兀[-u]的不[-u]勝如[-iu]。（〈〔越調〕小桃紅‧四公子宅賦之夏〉）

在第一、三、五的位置上，皆用魚模韻字，間隔出韻律感。

（五）協主要元音：元音是音節的重心，響度大而且悅耳動聽，如：

> 1. 剷[-a-]地將[-a-]芭[-a-]蕉[-a-]葉兒擺[-a-]。（〈〔商調〕集賢賓‧思情〔尾〕〉）

句中以[a]元音相連、間隔相協。

（六）協韻尾：馬致遠喜用鼻音和圓唇元音做韻尾，如：

> 1. 被啼鶯[-ŋ]喚[-n]將[-ŋ]春[-n]去。（〈〔仙呂〕青哥兒‧十二月之四月〉）

連續以四個鼻音韻尾相協，以「舌根－舌尖」的規律重複。

　　藉著部分相同或完全相同的語音，以不同的方式重複呼應，使作品的聲音結構緊密，展現聲情並茂、音韻和諧、節奏明顯的風格。

二、緊慢有致、和諧變化的頓歇

　　《東籬樂府》因曲可加襯字的特性，讓不同的虛詞、詞綴出現在句子，加上重疊詞的運用，表意更完整清晰，突破傳統二音頓的間歇方式，改以三音頓為主。三音頓比二音頓更為急促，但同時加入許多輕聲字，緩和急促的語氣，所以《東籬樂府》裡的間歇節奏，呈現著緊慢有致的風格。

　　停頓方面，兩個較大的停頓形成不同音節數的句子，因為曲的襯字，突破格律中句子音節數的限制，句子音節數的多寡為作者的巧心運用。《東籬樂府》以奇數句與偶數句的搭配，乃於同中求異、異中求同，變化中不失和諧、和諧中不失變化。

　　馬致遠以配合語義與生理呼吸的自然停頓和間歇，突顯句子的內

容與情感，也形成匀稱和諧、緊慢有致，又不失變化的風格。

三、節奏明顯的詞彙韻律

　　雙聲疊韻詞，是漢語構詞的特色，乃人們因著語言習慣自然產生的詞彙，亦爲韻律類型之一。馬致遠在對偶句安排雙聲疊韻詞，強化了韻律感。句首、句尾因緊臨著較長的停頓，易與其他詞、句隔開，故爲節奏明顯處，於此多用雙聲疊韻詞，可收節奏明顯的韻律效果。

　　馬致遠的安排，聲音於節奏明顯處相鄰回覆，聲音結構緊密的風格明白呈現。

四、整齊、明顯的句式暗律

　　句式，將詞或詞組，與其所含的頓歇有規律地組織起來。相同的句式反覆，乃是運用結構相同的幾個句子，因著內在規律的反覆、接連出現。馬致遠喜以主謂句反覆，在句首即點出主題，讓人清楚所要表達的內容，這些反覆出現的句式有整齊的節奏、相似結構的語氣單位，形成整齊的節奏、明顯的韻律感，爲馬致遠暗律運用的風格。

貳、《東籬樂府》的詞彙風格

　　就整體而言，《東籬樂府》呈現言簡意豐、典雅、明確、和諧的風格，與作者的構詞與用詞有直接相關。

一、明確、和諧的構詞風格

　　馬致遠偏好以合義詞爲主體。合義詞，因義相合而構成，在相鄰的幾個音節裡，突顯語義。派生詞的運用，乃爲演唱趁韻的需要，有確定詞義、活潑詞句和安定聲音的作用。衍聲詞、重疊詞有調整音節的作用，本身即具音樂美，節縮詞乃以最精簡的語言、重疊詞、節縮詞的運用，展現表義精確、音調和諧的構詞風格。

二、言簡意豐、形象生動的用詞風格

　　馬致遠喜用代詞，以少馭多，避免語言拖沓的缺失，使語言精簡有力。同時因馬氏個人的學識與遊歷經驗，所用的代詞兼具南北、古今的特色。

　　成語與典故，是馬致遠被傳統文論所關注到的特色，和代詞一樣，都有言簡意豐的特性。引用之外，更能融合含意，使所用的成語、典故具有新鮮感。運用時，每每直接使用名字，讀來倍覺親切，這也成了典雅風格的最佳寫照。

　　《東籬樂府》的顏色詞，以色彩的專有名詞為主，直接使用重彩，產生強烈的色彩感，有助於形象的具體化。馬氏喜於對偶句運用顏色詞，以對比突顯事物與其所帶的情感。句首與曲首位置的顏色詞，為強調手法的運用，產生明快、細緻兼具的風格。

　　《東籬樂府》虛詞包括語法虛詞和語用虛詞兩類。語法虛詞，兼具不同的功能，出現在結構嚴謹的對偶句、句首等，具強調的作用。出現在句首者，有一部分屬於領調字，乃為詞曲句法的特色。臨時產生的語用虛詞，虛數詞、修辭虛詞、格律虛詞，皆有強調語氣、表意獨特的作用。不論是語法虛詞、語用虛詞，皆成為寫物寫景、表情達意、表現音樂性，此為詞彙風格的特點。

　　此外，馬致遠活用某些詞的詞性，一詞載有多義，不但造就了簡潔的風格，更形成新、奇、巧的效果。

　　馬致遠善於運用代詞、成語與典故、虛詞、顏色詞、詞類活用等詞彙，作為寫情、寫景的有利工具，使得呈顯語言簡潔、形象生動、鮮明的特性。不但含意豐富，表現出典雅的風格，亦能諧調語音，呈顯出表意精明準確、音節和諧的風格。

參、《東籬樂府》的句法風格

一、簡明、活潑的構句風格

　　《東籬樂府》以單句為主，馬致遠慣以簡單的句子表達事情。同

時在不影響表意完整的原則下，省略句子的某些成分，而成了非主謂句，充分展現句法簡明、活潑的風格。此外，作者運用以某些字詞所組成的特殊句式，利用不同的句式來表達同一情境，更替運用，不使其重複。故而簡單中靈活、變化，即為《東籬樂府》構句的風格。

二、與經歷相合的用句風格

馬致遠以直述句、祈使句和疑問句交錯運用，陳述某些事情之外，以「莫」、「休」構成祈使句，勸阻人們不要重蹈某些錯誤，或勸人看透世事的無常、接受窮通皆命定的觀念，同時以反詰問嘲諷爭名奪利、誇富耀貴等世人的愚昧。這與馬氏個人的失利功名、現實挫敗的經歷相關：早年熱衷功名，在現實一次又一次的無情打擊，在不斷的挫敗中逐漸覺醒，故而發出某些感慨。這些生命的點滴，皆在選用句子上充分表現出來。

三、活用漢語句法的特性

漢語的語法，從甲骨文以來，即具穩定性。漢語單音獨體的特性，使得詩歌能以高度精練的字詞組合成句子。以生成語法檢視《東籬樂府》的句子結構，找尋其基底結構，得知馬致遠喜以省略句子某些成分、移動句子的次序，造成走樣句，給予句子新穎感，增加語勢。

對偶句，也是因著漢語特性的產生，由語言學的知識來檢驗，發現馬致遠以表面相對，實際不相對的假平行現象，讓句子工整中有變化，避免用語板滯的缺失。

走樣句和對偶句的假平行，為馬致遠個人活用漢語句法的特性，顯示出靈活的風格。這是兩個都是有待學者們深入研討的課題。

靈活、簡明、與個人經歷相合，乃《東籬樂府》的句法風格。

綜合以上所言，運用語言學的知識和方法，分析、描寫《東籬樂府》的語言風格，馬致遠以韻律、頓歇、雙聲疊韻詞、句式等共同組成聲音結構緊密、緊慢有致、節奏鮮明的韻律感。以多樣的詞語，展

現其用詞簡潔、形象生動、意義繁富的詞彙風格。選用個人經驗相關的句子，以簡單的句法呈現，具有走樣句和對偶句的假平行現象，結合為適切情境、句式簡明活潑的句法風格。

歷代傳統文學評論家對於馬致遠的評論，摘錄於下：

> 樂府之盛，之備，之難，莫如今時。……其備，則自關、鄭、白、馬一新製作，韻共守自然之音，字能通天下之語，字暢語俊，韻促音調。（元‧周德清《中原音韻‧序》《中國古典戲曲論著集成一》頁175）

> 馬東籬之詞，如朝陽鳴鳳。其詞典雅清麗，可與〈靈光〉、〈景福〉而相頡頏。有振鬣長鳴，萬馬皆瘖之意。又若神鳳飛鳴于九霄，豈可與凡鳥共語哉？宜列群英之上。（明‧朱權《太和正音‧古今群英樂府‧格勢》《中國古典戲曲論著集成三》頁16）

> 元人樂府稱馬東籬、鄭德輝、關漢卿、白仁甫為四大家。馬之詞老健而乏姿媚。（明‧何良俊《曲論》《中國古典戲曲論著集成四》頁6）

> 而諸君如貫酸齋、馬東籬、王實甫、關漢卿、張可久、喬夢符、鄭德輝、宮大用、白仁甫輩，咸富有才情，兼喜聲律，以故遂擅一代之長。（明‧王世貞《曲藻》《中國古典戲曲論著集成四》頁25）

> 馬致遠「百歲光陰」，放逸宏麗，而不離本色。押韻尤妙。長句如：「紅塵不向門前惹，綠樹偏宜屋角

遮，青山正補牆東缺。」又如：「和露摘黃花，帶霜
烹紫蟹，煮酒燒紅葉。」俱入妙境。小語如：「上牀
與鞋履相別。」大是名言。結尤疎俊可詠。元人稱為
第一，真不虛也。（明・王世貞《曲藻》《中國古典
戲曲論著集成四》頁28）

胡鴻臚言：「元時，臺省元臣、郡邑正官，皆其國人
為之；中州人每沉抑下僚，志不獲展，如關漢卿乃太
醫院尹，馬致遠江浙行省務官，宮大用釣臺山長，鄭
德輝杭州路吏，張小山首領官，於是多以有用之才，
寓於聲歌，以紓其拂鬱成慨之懷，所謂不得其平而鳴
也。」（明・王驥德《曲律・雜論》《中國古典戲曲
論著集成四》頁147）

馬致遠號東籬，元人曲中巨擘也。其〔滿庭芳〕句有
「知音到此，舞雩點也，修禊羲之」，語最工。致遠
越調〔天淨沙〕云：「枯藤、老樹、昏鴉，小橋、流
水、人家，古道、西風、瘦馬，夕陽西下，斷腸人在
天涯。」數語為〈秋思〉之祖。（清・李調元《雨村
曲話》《中國古典戲曲論著集成八》頁12）

　　大抵不出「典雅清麗」、「字暢語俊」、「放逸宏麗」、「語
工」等等，這與韻律、詞彙、句法各方面的風格息息相關，正是
《東籬樂府》語言風格的展現。

第二節　散曲研究與語言風格學研究的未來展望

　　散曲與語言風格學，為兩個極具開發潛力的領域。

　　傳統文學家本不重視曲，曲的研究成果，自然不及詩詞來得豐富。王國維《宋元戲曲考》將曲的地位提升到與楚騷、漢賦、六代駢文、唐詩、宋詞相等，同作為中國文學的代表。自此，曲才獲得肯定，漸漸有學者投身於此。然而，由清以迄民國，整個曲界呈現著重戲曲而輕散曲的現象。直到任訥、隋樹森等人整理諸家作品，才為散曲研究奠下基礎，形成了以作品和曲譜整理為主的研究傳統。當然，任何一個學科的研究，必須建立於材料的完備，學者的努力，值得肯定與嘉許；就一個學科的開展性，僅止於此是不夠的。近來，如張永綿、李昌集、門巋、呂薇芬等人，注意散曲語言的特色，為這個領域注入了新的研究方法，這是可喜的現象。

　　語言風格學是一個興起的學科，以語言學的觀念和方法，剖析語言風格的一門學科。語言體系的語音、詞彙、句法，在不同的交際活動，藉著不同表達方式，改造原有的規律，形成許多特色，這些特色綜合成不同的格調氣氛，即為語言風格。目前這個領域多以文學語言作為考察的對象，因為文學語言就是作家改造自然語言的成果，最易見出語言的特色；然而，語言風格學不應只限於此，不論是口語或書面語，皆為研究的對象，應視文學語言為語言風格學研究的開始，依此來開拓新的理論和方法，為日後不同的研究奠基。

　　本論文以語言風格學為方法、以馬致遠散曲集《東籬樂府》為材料，大膽地將兩個學科合而為一，是一種新的嘗試。在方法的掌握上、資料的處理上，自有些缺失。然而，在科技整合的潮流下，這兩個領域必定日漸為人矚目，將有更多學者貢獻他們的智慧和努力，前修未密，後出轉精，此為散曲與語言風格研究發展的最大希望。

二畫

卜　鍵（1992）。《元曲百科大辭典》。北京：學苑出版社。

丁金國（1984）。〈關於語言風格學的幾個問題〉，《河北大學學報》第3期，P.45-57。

丁邦新（1975）。〈從聲韻學看文學〉，《中外文學》第4卷第1期，P.128-147。

三畫

文　煉（1992）。〈從語言結構談近體詩的理解和欣賞〉，《上海師範大學學報》，第3期，P.119-123。

文　煉（1994）。〈漢語語句的節律問題〉，《中國語文》，第1期，P.22-15。

于林菁（1993）。《曲藝音樂概論》。北京：人民音樂出版社。

于根元等（1993）。《實用語法修辭》。合肥：安徽教育出版社。

么書儀（1993）。《元代文人心態》。北京：文化藝術出版社。

四畫

王　力（1987）。《中國語法理論》。臺北：藍燈出版社。

王　力（1987）。《中國現代語法》。臺北：藍燈出版社。

王　力（1988）。《漢語詩律學》。上海：上海教育出版社。

王　力（1993）。《漢語詞彙史》。北京：商務印書館。

王　易（1989）。《詞曲史》。上海：上海書局。

王　寧（1992）。〈古漢語詞類活用的修辭價值〉，《東北師大學報》，第3期，P.82-85。

王　鍈（1991）。《詩詞曲語辭例釋》。北京：中華書局。

王　鍈、曾明德（1991）。《詩詞曲語辭集釋》。北京：語文出版社。

王自強（1984）。《現代漢語虛詞用法小詞典》。上海：上海辭書出版社。

王明居（1980）。〈風格新探〉，《安徽師大學報》，第4期，P.114-120。

王明居（1990）。〈論風格美〉，《安徽師大學報》，第3期，P.277-281。

王明蓀（1992）。《元代的士人與政治》。臺北：學生書局。

王泉根（1983）。〈論色彩描寫〉，《廣西民族學院》，第4期，P.63-70。

王桂安（1995）。〈擬聲詞的探討〉，《廣東民族學院學報》，第2期，P.84-87。

王海棻（1992）。《古代疑問詞語用法詞典》。杭州：浙江教育出版社。

王國維（1993）。《王國維戲曲論文集》。臺北：里仁書局。

王國維著、滕咸惠校注（1978）。《人間詞話新注》。臺北：里仁書局。

王理嘉（1991）。《音系學基礎》。北京：語文出版社。

王煥運（1982）。〈關於建立漢語語言風格學的意見〉，《天津師院學報》，第4期，P.87-89。

王維成（1988）。〈語用環境、語體風格和修辭學體系〉，《杭州大學學報》，第1期，P.94-101。

王德春（1987）。《語體略論》。福州：福建教育出版社。

王德春、陳晨。（1989）。《現代修辭學》。南昌：江西教育出版社。

王學奇、吳振清（1985）。〈論元曲中的歇後語〉，《河北師院學報》第4期，P.117-127。

方師鐸（1970）。《國語詞彙學構詞篇》。臺北：益智出版社。

方師鐸（1987）。〈中國語言的特性及其對中國文學之影響〉，《中國文化論文集（三）》，P.324-368，臺北：益智出版社

方經民（1993）。《現代語言學方法論》。鄭州：河南人民出版社。

方齡貴（1991）。《元明戲曲中的蒙古語》。上海：漢語大辭典出版社。

中國文學語言研究會（1991）。《文學語言研究論文集》。上海：華東化工學院出版社。

中國修辭學會（1987）。《修辭學論文集》。福州：福建人民出版社。

中國修辭學會（1990）。《修辭學的理論與實踐》。北京：語文出版社。

中國修辭學會華北分會（1987）。《修辭古今談》。太原：山西人民出版社。

中國華東修辭學會（1987）。《修辭學研究》。北京：語文出版社。

中國華東修辭學會（1991）。《修辭學研究》。南昌：江西教育出版社。

中國語言學會（1981）。《把中國語言科學推向前進》。咸寧：湖北人民出版社。

尹壽榮（1985）。《元散曲所反映之文人思想》。臺北：政治大學中文所碩士論文。

〔日〕太田辰夫著、蔣紹愚、徐昌華譯（1987）。《中國語歷史文法》。北京：北京大學出版社。

五畫

石　泓、朱盛科（1990）。《漢語疊音詞手冊》。成都：四川辭書

出版社。

石　鋟（1994）。〈近代漢語詞尾「生」的功能及來源〉，《絲路學刊》，第4期，P.18-21。

申小龍（1991）。《中國句型文化》。長春：東北師範大學出版社。

史存直（1989）。《漢語詞匯史綱》。上海：華東師大出版社。

冉欲達（1985）。〈景物描寫的三元素──形、色、聲〉，《遼寧大學學報》，第1期，P.76-81。

冉欲達（1992）。《文學描寫技巧》。北京：中國青年出版社。

六畫

任　訥（1984）。《散曲之研究》。臺北：里仁書局。

任中敏（1984）。《散曲叢刊》。臺北：中華書局。

任遂虎（1984）。〈色彩描繪與寫景詩文〉，《西北師院學報》，第4期，P.65-69。

〔明〕朱　權（1991）。《太和正音譜》。臺北：學海出版社。

朱光潛（1982）。《詩論》。臺北：漢京出版社。

朱茂漢（1982）。〈名詞後綴「子」、「兒」、「頭」〉，《安徽師大學報》，第1期，P.89-97。

朱廣祈（1985）。《詩經雙音詞論稿》。河南：河南人民出版社。

朱德熙（1985）。《現代漢語語法研究》。北京：商務印書館。

朴三洙（1985）。《馬致遠雜劇之研究》。臺北：臺灣大學中文所碩士論文。

羊春秋（1992）。《散曲通論》。長沙：岳麓書社。

安家駒（1979）。〈試談漢語單句複句的區分標準〉，《遼寧師院學報》，第2期，P.66-69。

向新陽（1992）。《文學語言引論》。武昌：武漢大學出版社。

邢福義（1992）。《語法問題發掘集》。漢口：湖北教育出版社。

江碧珠（1994）。《關漢卿戲曲語言之派生詞與重疊詞研究》。臺北：淡江大學中文所碩士論文。

伍謙光（1988）。《語義學導論》。長沙：湖南教育出版社。

〔法〕米蓋爾・杜夫海納主編、朱元元、程介末譯（1992）。《美學文藝學方法論》。北京：中國文聯出版社。

七畫

李　珊（1994）。《現代漢語被字句研究》。北京：北京大學出版社。

李仁孝、李作南（1992）。《語言與表達》。呼和浩特：內蒙古教育出版社。

李文彬（1983）。〈變換律語法理論與文學研究〉，《中外文學》，第11卷第8期，P.151-163。

李芳杰（1993）。《漢語語法和規範問題研究》。武昌：武漢大學出版社。

李昌集（1985）。〈論馬致遠的散曲〉，《揚州師院學報》，第2期，P.58-65。

李昌集（1991）。《中國古代散曲史》。上海：華東師範大學出版社。

李修生（1994）。〈近古文學概觀〉，《信陽師院學報》，第2期，P.67-74。

李惠綿（1991）。《王驥德曲論研究》。臺北：臺灣大學出版社。

李順翼（1988）。《元代士人劇研究》。臺北：東吳大學中文所碩士論文。

李殿魁（1971）。《元散曲訂律》。臺北：師範大學中文所博士論文。

李潤新（1994）。《文學語言概論》。北京：北京語言學院出版社。

何淑貞（1987）。《古漢語語法與修辭研究》。臺北：福記出版社。

佘大平（1994）。《馬致遠雜劇研究》。武漢：武漢出版社。

宋玉柱（1980）。〈關於量詞重疊的語法意義〉，《江西師大學報》，第1期，P.56-59。

宋振華（1984）。〈修辭是語言的第三平面〉，《東北師大學報》，第1期，P.63-67。

宋振華（1987）。〈語體的性質和構成〉，《修辭學論文集第四集》。福州：福建人民出版社。

宋振華、王今錚（1979）。《語言學概論》。長春：吉林人民出版社。

呂叔湘（1985）。《近代漢語指代詞》。上海：學林出版社。

呂叔湘（1992）。《中國文法要略》。臺北：文史哲出版社。

呂香云（1985）。《現代漢語語法學方法》。北京：書目文獻出版社。

呂養正（1994）。〈宋元之際異質文化流與交孕的溫床——元曲盛因新探之一〉，《吉首大學學報》，第3期，P.75-80。

呂薇芬（1985）。《全元散曲典故辭典》。咸寧：湖北辭書出版社。

岑雪葦（1992）。〈論文學形象與內部語言的共生關係〉，《杭州大學學報》，第2期，P.31-37。

岑運強編（1994）。《語言學基礎理論》。北京：北京師大出版社。

岑麒祥（1990）。《漢語外來語詞典》。北京：商務印書館。

[清]汪中（1970）。《述學》。臺北：廣文書局。

汪經昌（1984）。《曲學例釋》。臺北：中華書局。

汪遠平（1984）。〈《水滸》的繪色藝術〉，《南京大學學報》，第3期，P.70-75。

汪國勝、吳振國、李宇明（1993）。《漢語辭格大全》。南寧：廣西教育出版社。

汪壽明、潘文國（1992）。《漢語音韻學引論》。上海：華東師大出版社。

吳競存、梁伯樞（1992）。《現代漢語句法結構與分析》。北京：語文出版社。

八畫

門　嵩（1993）。《元曲管窺》。天津：天津人民出版社。

易　蒲、李金苓（1989）。《漢語修辭學史綱》。長春：吉林教育出版社。

易孟醇（1989）。《先秦語法》。長沙：湖南教育出版社。

周玉秀（1994）。〈聯綿詞的構成與音轉試探〉，《西北師大學報》，第7期，P.68-72。

周法高（1972）。《中國古代漢語——構詞篇》。臺北：臺聯國風出版社。

周長輯（1985）。〈略論語音修辭〉，《修辭學論文集》，第三集，P.243-256。福州：福建人民出版社。

周英雄（1992）。《結構主義與中國文化》。臺北：東大出版社。

周振鶴、游汝杰（1987）。《方言與中國文化》。上海：上海人民出版社。

房玉清（1993）。《實用漢語語法》。北京：北京語言學院出版社。

金志仁（1992）。〈試談雜劇傳奇的ABB式〉，《山西師大學報》，第1期，P.75-78。

金開誠（1982）。《文藝心理學論稿》。北京：北京大學出版社。

金達凱（1964）。〈論元代散曲的有關問題〉，《文學世界》，第4期，P.46-55。

竺家寧（1989）。《古音之旅》。臺北：國文天地出版社。

竺家寧（1992）。〈漢語與變換律語法〉，《淡江大學中文學報》，創刊號，P.76-101。

竺家寧（1993a）。〈詩經語言的音韻風格〉，《第十一屆全國聲韻學研討會》，第2期，P.1-16。

竺家寧（1993b）。〈岑參白雪歌的韻律風律〉，《（臺）中國語文》，第10期，P.28-31。

竺家寧（1994）。〈語言風格學之觀念與方法〉，《紀念程旨雲先生百年誕辰學術研討會論文集》，第5期，P.275-297。

竺家寧（1995a）。〈詩歌教學與韻律分析〉，《第一屆小學語文課程教材教法國際學術研討會論文集》，第4期，P.51-62。

竺家寧（1995b）。〈析論古典詩歌中的韻律〉，《兩岸暨港新中小學國語文教學國際研討會》，第6期，P.1-8。

季國平（1993）。《元雜劇發展史》。臺北：文津出版社。

林慶姬（1986）。《元雜劇賓白語法研究》。臺北：政治大學中文所博士論文。

林興仁（1994）。〈風格實驗法是語言風格學研究的基本方法〉，《修辭學習》，第2期，P.4-5。

九畫

英　烈（1990）。〈詩歌的音樂美〉，《瀋陽師院學報》，第4期，P.91-94。

柳士鎮（1992）。《魏晉南北朝歷史語法》。南京：南京大學出版社。

胡世厚、劉紹基（1992）。《中國古代戲曲家評傳》。鄭州：中州古籍出版社。

胡永修等（1990）。《現代漢語題解辭典》。成都：四川辭書出版社。

胡竹安（1984）。〈談宋元白話中的幾個數詞〉，《語文研究》，第4期，P.26-32、50。

胡裕樹（1992）。《現代漢語》。上海：上海教育出版社。

胡樹鮮（1990）。《現代漢語語法理論初探》。北京：中國人民大學出版社。

施寶義（1990）。《漢語縮略語詞典》。北京：外語教學與研究出版社。

〔美〕韋勒克等著、王夢鷗等譯（1992）。《文學論》。臺北：志文出版社。

十畫

徐　丹（1989）。〈第三人稱代的特點〉，《中國語文》，第4期，P.281-284。

徐　雁（1989）。〈格律詩中的特殊句法結構〉，《語文研究》，第2期，P.13-17。

徐炳昌（1988）。〈關於作家語言風格研究方法的思索〉，《揚州師院學報》，第1期，P.109-112。

徐進夫譯（1988）。《文學欣賞與批評》。臺北：幼獅出版社。

徐復嶙（1993）。《虛詞正誤句解手冊》。海口：海南出版社。

秦　似（1984）。〈詩文音韻美說略〉，《廣西師大學報》，第4期，P.9-14。

袁　賓（1992）。《近代漢語概論》。上海：上海教育出版社。

袁行霈（1987）。《中國詩歌藝術研究》。北京：北京大學出版社。

倪正陽（1993）。〈淺析數字在唐宋詩中的藝術魅力〉，《上海大學學報》，第1期，P.102-104。

高守綱、劉　明（1989）。〈詞類活用辨惑〉，《天津師大學報》，第3期，P.72-76。

高更生（1990）。《中國文學語言的審美世界》。長春：吉林大學
　　出版社。

高萬雲（1990）。〈文學語言的可變性規律初探〉，《文學評
　　論》，第5期，P.106-114。

高萬雲（1993）。〈漢語詩歌的語法學研究〉，《河北師大學
　　報》，第2期，P.124-130。

唐松波（1988）。《語體‧修辭‧風格》。長春：吉林教育出版
　　社。

唐松波（1993）。〈漢語傳統詩歌的語言風格〉，《修辭學習》，
　　第3期，P.24-25。

孫光萱（1997）。〈詩歌對偶藝術綜論〉，《上海大學學報》，第2
　　期，P.69-73。

孫維張（1989）。《漢語熟語學》。長春：吉林教育出版社。

孫錫信（1992）。《漢語歷史語法要略》。上海：復旦大學出版
　　社。

孫繼南、周柱銓（1991）。《中國音樂通史簡論》。濟南：山東教
　　育出版社。

〔瑞士〕費爾迪南‧德‧索緒爾著、高名凱譯（1985）。《普通語
　　言學教程》。臺北：弘文館出版社。

十一畫

張　弓（1993）。《現代漢語修辭學》。石家莊：河北教育出版
　　社。

張　庚、郭漢城編（1993）。《中國戲曲通論》。上海：文藝出版
　　社。

張　相（1991）。《詩詞曲語辭匯釋》。北京：中華書局。

張　博（1980）。〈談談語音的修辭作用〉，《河北師大學報》，
　　第1期，P.54-67。

張　遠（1986）。《古漢語特殊句法淺說》。福州：福建教育出版

社。

張　毅（1993）。《文學文體概說》。北京：中國人民出版社。

張　靜（1980）。《新編現代漢語》。上海：上海教育出版社。

張之強、許嘉璐（1988）。《古漢語論集》。長沙：湖南教育出版社。

張少康（1988）。《古典文藝美學論稿》。北京：中國社會科學出版社。

張永言（1982）。《詞匯學簡論》。武昌：華中工學院出版社。

張永綿（1984）。〈元曲語言研究述略〉，《浙江師院學報》，第2期，P.57-62。

張永綿（1985）。〈論元曲的語言和語言藝術〉，《浙江師院學報》，第1期，P.71-76。

張永綿（1988）。〈宋元市語初探〉，《浙江師大學報》，第1期，P.47-52。

張志公（1961）。〈詞章學？修辭學？風格學？〉，《中國語文》，第8期，P.17-20。

張志公等（1990）。《語法與修辭》。臺北：新學識出版社。

張耿光（1984）。〈談詞尾「然」〉，《貴陽師院學報》，第2期，P.35-51。

張清常（1993）。《語言學論文集》。北京：商務印書館。

張維耿（1985）。〈漢語修辭的民族特色初探〉，《修辭學論文集》，P.68-80。福州：福建人民出版社。

張壽康（1985）。《構詞法和構形法》。漢口：湖北教育出版社。

張滌華、胡裕樹、張斌、林祥楣等編（1988）。《漢語語法修辭詞典》。合肥：安徽教育出版社。

張嘉驊（1994）。《現代漢語後綴及其構詞問題之研究》。嘉義：中正大學中文所碩士論文。

張德明（1985）〈談“語言風格”的定義及其特點〉，《錦州師院學報》，第4期，P.95-99、40。

張德明（1990）。《語言風格學》。長春：東北師範大學出版社。

張靜二（1990）。〈從結構主義與記號學論律詩的張力〉，《中外文學》，第18卷第8期，P.31-119。

張澤倫（1993）。《中國戲曲音樂概論》。鄭州：河南人民出版社。

張燕瑾（1990）。〈馬致遠的創作道路〉，《河北師院學報》，第2期，P.72-81。

張繼光（1993）。《明清小曲研究》。臺北：文化大學中文所博士論文。

陳　克（1993）。《中國語言民俗》。天津：天津人民出版社。

陳　森（1959a）〈詞曲中「子」、「兒」兩個語尾字的用法之分析（上）〉《大陸雜誌》，第1期，P.23-25。

陳　森（1959b）〈詞曲中「子」、「兒」兩個語尾字的用法之分析（下）〉《大陸雜誌》，第2期，P.50-55。

陳北郊（1989）。〈擬聲詞散論〉，《語文研究》，第1期，P.17-21。

陳本益（1986）。〈漢語語音與詩的節奏〉，《四川大學學報》，第4期，P.60-62。

陳本益（1994）。《漢語詩歌的節奏》。臺北：文津出版社。

陳光磊（1994）。《漢語詞法論》。上海：學林出版社。

陳秀貞（1993）。《余光中詩的語言風格研究》。嘉義：中正大學中文所碩士論文。

陳郁夫（1979）。〈文學風格論〉，《幼獅月刊》，第49卷第2期，P.62-69。

陳恩泉（1990）。《普通話句型論析》。深圳：廣東教育出版社。

陳植鍔（1992）。《詩歌意象論》。北京：中國社會科學出版社。

陳夢韻（1988）。《古代漢語特殊句法》。鄭州：中州古籍出版社。

啓　功（1990）。《詩文聲律論稿》。北京：中華書局。

寇　顯（1988）。〈試論文學的語言性〉，《錦州師院學報》，第2期，P.77-83。

崔文恆（1988）。〈要正視元明清文學的變革〉，《陰山學刊》，第2期，P.11-17。

許世瑛（1992）。《中國文法講話》。臺北：臺灣開明書店。

許金榜（1982）。〈元雜劇的語言風格〉，《山東師大學報》，第4期，P.61-68。

許金榜（1990）。〈北曲音樂和元曲的形式與風格〉，《天津師大學報》，第6期，P.66-72。

許瑞玲（1993）。《溫庭筠詞之語言風格研究——以顏色字的使用及其詩句結構分析》。臺南：成功大學中文所碩士論文。

許德楠（1990）。《實用詞匯學》。北京：燕山出版社。

郭良夫（1985）。《詞匯》。北京：商務印書館。

郭良夫（1990）。《詞匯與詞典》。北京：商務印書館。

郭紹虞（1985）。《照隅室語言文字論集》。上海：上海古籍出版社。

郭錦桴（1993）。《漢語與中國傳統文化》。北京：中國人民大學出版社。

郭錦桴（1993）。《綜合語音學》。福州：福建人民出版社。

梅祖麟（1969）。〈文法與詩中的模稜〉，《史語所集刊》，第39本，P.83-123。

梅祖麟著　黃宣範譯（1974）。〈論唐詩的語法、用字與意象〉，《語言學研究論叢》，P.261-350。臺北：黎明出版社。

梅祖麟、高友工著，黃宣範譯（1975）。〈唐詩的語意研究：隱喻與典故〉，《中外文學》，第4卷第7期，P.116-129。

陸善采（1993）。《實用漢語語義學》。上海：學林出版社。

陸儉明（1993）。《現代漢語句法論》。北京：商務印書館。

陸險明、馬　真（1985）。《現代漢語虛詞散論》。北京：北京大
　　學出版社。

曹逢甫（1988a）。〈從主題—評論的觀點看唐宋詩的句法與賞析
　　（上）〉，《中外文學》，第17卷第1期，P.4-26。

曹逢甫（1988b）。〈從主題—評論的觀點看唐宋詩的句法與賞析
　　（下）〉，《中外文學》，第17卷第2期，P.58-92。

曹德祥（1994）。〈詞類「活用」與「兼類」的界定問題〉，《成
　　都大學學報》，第3期，P.99-103。

曹聰孫（1988）。〈言語風格統計學試説〉，《天津師大學報》，
　　第4期，P.70-75、轉46。

十二畫

黃　悦（1989）。〈中國傳統詩歌格律的美學價值〉，《中國社會
　　科學院研究生院學報》，第5期，P.59-65。

黃永武（1989）。《中國詩學設計篇》。臺北：巨流出版社。

黃炳寅（1982）。《中國音樂與文史話集》。臺北：巨流出版社。

黃炫國（1986）。《元曲小令譜別體釋例》。臺北：政治大學中文
　　所碩士論文。

黃宣範（1974）。〈從語言學論文學體裁的分析〉，《語言學研究
　　論叢》，P.225-234。

黃宣範（1975）。〈從語義學看文學〉，《中外文學》，第4卷第1
　　期，P.70-81。

黃麗貞（1980）。《金元北曲語彙之研究》。臺北：商務印書館。

馮　英（1993）。〈漢語語序變異及期原因〉，《雲南師範大學學
　　報》，第6期，P.102-111。

馮　笪（1988）。〈試探唐宋詩詞有關顏色的描繪〉，《南開學
　　報》，第1期，P.76-80。

馮玉濤（1992）。〈「詞類活用」定性分析〉，《寧夏大學學

報》，第2期，P.86-91。

馮春田（1991）。《近代漢語語法問題研究》。濟南：山東教育出版社。

曾永義（1976）。〈影響詩詞曲節奏的要素〉，《中外文學》，第4卷第8期，P.4-29。

湯廷池（1988）。《漢語詞法句法論集》。臺北：學生書局。

湯廷池（1990）。《國語變形語法研究第一集移位變形》（再版）。臺北：學生書局。

湯廷池（1992）。《漢語詞法句法三集》。臺北：學生書局。

華宏儀（1993）。《漢語詞性修辭》。銀川：寧夏人民出版社。

賀昌群等（1984）。《元曲研究》。臺北：里仁書局。

賀昌群等（1988）。《元曲鑑賞辭典》。香河：中國婦女出版社。

賀新輝（1992）。《元曲新賞》。臺北：地球出版社。

程祥徽（1979）。〈漢語風格論〉，《青海民族學院學報》，第1期，P.1-50。

程祥徽（1991）。《語言風格初探》。臺北：書林出版社。

程祥徽、田小琳（1992）。《現代漢語》。臺北：書林出版社。

程祥徽、黎運漢（1994）。《語言風格論集》。南京：南京大學出版社。

程湘清（1992）。《先秦漢語研究》。濟南：山東教育出版社。

程湘清（1992）。《隋唐五代漢語研究》。濟南：山東教育出版社。

程湘清（1992）。《宋元明漢語研究》。濟南：山東教育出版社。

隋樹森（1991）。《全元散曲》。北京：中華書局。

十三畫

詹　鍈（1989）。《語言文學與心理學》。濟南：齊魯書社。

詹　鍈（1994）。《文心雕龍的風格學》。臺北：正中書局。

楊天戈（1980）。〈說「兀」〉，《中國語文》，第5期，P.363-
　　367。

楊伯峻、何樂士（1992）。《古漢語語法及其發展》。北京：語文
　　出版社。

楊建國（1982）。〈元曲中的狀態形容詞〉，《語言學論叢》，第
　　九輯，P.149-168。

楊昭蔚等（1991）。《古漢詞類活用詞典》。海口：三環出版社。

楊雪嬰（1990）。《李賀詩風之構成與表現》。高雄：高雄師大中
　　文所碩士論文。

楊鼎夫（1991）。〈古漢語疊音詞的產生及其發展〉，《暨南學
　　報》，第3期，P.78-85。

楊蔭瀏（1987）。《中國古代音樂史稿》。臺北：丹青出版社。

楚永安（1986）。《文言複式虛詞》。北京：中國人民大學出版
　　社。

葛本儀（1993）。《實用中國語言學詞典》。青島：青島出版社。

董同龢（1989）。《語言學大綱》。臺北：東華出版社。

董季棠（1992）。《修辭析論》。臺北：文史哲出版社。

賈彥德（1992）。《漢語語義學》。北京：北京大學出版社。

葉維義（1991）。《漢語新語法實用手冊》。重慶：重慶出版社。

葉蜚聲、徐通鏘（1993）。《語言學綱要》。臺北：書林出版社。

葉德均（1979）。《戲曲小說叢考》。北京：中華書局。

雷德榮（1984）。〈古典詩詞語法分析舉隅〉，《貴陽師院學
　　報》，第1期，P.50-56。

〔英〕雷蒙德·查普曼著、蔡如麟等譯（1989）。《語言學與文
　　學》。臺北：結構群出版社。

十四畫

趙元任著，丁邦新譯（1980）。《中國語的文法》。香港：中文大
　　學出版社。

趙元任（1992）。《語言問題》。臺北：臺灣商務印書館。

趙永新（1992）。《漢語語法概要》。北京：語言學院出版社。

趙代君（1992）。〈論文學語言的特徵〉，《南京大學報》，第4期，P.91-95。

趙克勤（1980）。《古漢語詞匯問題》。鄭州：河南人民出版社。

趙金銘（1981）。〈元人雜劇中的象聲詞〉，《中國語文》，第2期，P.144-146。

趙義山（1993）。《元散曲通論》。成都：巴蜀書社。

趙學武（1989）。〈語序對句型的影響〉，《鄭州大學學報》，第1期，P.59-63。

齊衛國（1979）。〈曲盛於元之探討〉，《暢流》，第5期，P.25-27。

齊瀘揚（1992）。〈論文學語言的認可性〉，《暨南學報》，第3期，P.134-140。

十五畫

[清]劉　淇（1979）。《助字辨略》（臺七版）。臺北：臺灣開明書店。

劉　堅、白維國（1992）。《近代漢語虛詞研究》。北京：語文出版社。

劉　勰著、王更生注釋（1988）。《文心雕龍讀本》。臺北：文史哲出版社。

劉大杰（1980）。《中國文學發展史》。臺北：華正書局。

劉月華（1989）。《漢語語法論集》。北京：現代出版社。

劉月蓮（1994）。〈現代漢語風格學的定義問題〉，《語言風格論集》，第4期，P.34-39。

劉叔新（1990）。《漢語描寫詞匯學》。北京：商務印書館。

劉致中、侯鏡昶（1987）。《讀曲常識》。臺北：國文天地出版

社。

劉若緹（1987）。《元曲散套研究》。臺中：東海大學中文所碩士
　　論文。

劉經菴、徐傅霖（1983）。《中國俗文學論文彙編》。臺北：西南
　　出版社。

劉瑞明（1988）。〈「家」是古漢語中歷史悠久的詞尾〉，《天津
　　師大學報》，第3期，P.94-96。

劉瑞明（1989）。〈詞尾「自」類說〉，《語文研究》，第4期，
　　P.16-19、27。

劉煥輝（1993）。《修辭學綱要》。南昌：百花洲文藝出版社。

劉煥輝（1994）。〈含蓄風格的語言學分析〉，《南昌大學學
　　報》，第1期，P.91-99。

劉蔭柏（1990）。《馬致遠及其劇作論考》。北京：文化藝術出版
　　社。

劉德智（1986）。《音注中原音韻》（再版）。臺北：廣文書局。

鄭　奠、麥梅翹編（1975）。《古漢語語法學資料彙編》。香港：
　　中華書局。

鄭　騫（1973）。《北曲新譜》。板橋：藝文印書館。

鄭遠漢（1985）。〈語言的臨時因素與非語言因素的修辭作用〉，
　　《修辭學論文集》P.176-191。福州：福建人民出版社。

鄭頤壽（1986）。《辭章學概論》。福州：福建教育出版社。

鄭頤壽（1991）。〈語體與修辭〉，《福建師大學報》，第1期，
　　P.88-94。

鄭頤壽（1993）。《文藝修辭學》。福州：福建教育出版社。

鄭頤壽（1994）。〈論文章風格和言語風格〉，《語言風格論
　　集》，P.171-183。南京：南京大學出版社。

鄭頤壽、諸定耕（1993）。《中國文學語言藝術大辭典》。重慶：
　　重慶出版社。

潘允中（1979）。〈論漢語序的發展〉，《學術研究》，第6期，P.82-87。

潘允中（1989）。《漢語詞彙學史概要》。上海：上海古籍出版社。

潘文國等（1993）。《漢語構詞法研究》。臺北：學生書局。

潘耀南（1990）。〈論喬姆斯基的語言研究方法〉，《蘭州大學學報》，第1期，P.127-133。

編委會（1980）。《中國古典戲曲論著集成》。北京：中國戲劇出版社。

編委會（1994）。《美學與文藝學研究》。北京：京都師大出版社。

編寫組（1993）。《語法與修辭》。南寧：廣西教育出版社。

編輯部（1989）。《修辭學》。高雄：復文出版社。

蔣星煜（1991）。〈「元曲四大家」及其散曲創作〉，《山西師大學報》，第1期，P.60-65。

鄧紹基（1991）。《元代文學》。北京：人民大學出版社。

歐秀慧（1992）。《詩經擬聲詞研究》。嘉義：中正大學中文所碩士論文。

歐陽宜璋（1994）。《碧巖集的語言風格研究——以構詞法為中心》。新店：圓明出版社。

黎運漢、周日健（1975）。《虛詞辨析》。香港：商務印書館。

黎運漢（1990）。《漢語風格探索》。北京：商務印書館。

黎運漢、張維耿（1991）。《現代漢語修辭學》。臺北：書林出版社。

黎運漢（1994）。〈修辭學·語體學·語言風格學〉，《語言風格論集》，P.77-87。南京：南京大學出版社。

黎錦熙（1992）。《新著國語文法》。北京：商務印書館。

魯樞元（1990）。《超越語言——文學言語學爭議》。北京：中國

社會科學出版社。

十六畫

蕭　馳（1992）。《中國詩歌美學》。北京：北京大學出版社。

逍　遙（1961）。〈文體與風格〉，《中國語文》，第5期，P.11-14。

蕭自熙（1989）。〈多向發展的元人小令借對〉，《四川大學學報》，第4期，P.50-54。

蕭自熙（1990）。〈元人小令對仗特性探索〉，《四川大學學報》，第4期，P.67-73。

蕭自熙（1992）。〈全方位拓寬的元人散曲隔句對〉，《四川大學學報》，第1期，P.68-74。

龍潛庵（1985）。《宋元語言詞典》。上海：上海辭書出版社。

[美]諾姆·喬姆斯基著，謝石譯（1989）。《句法結構》。臺北：結構群出版社。

十七畫

謝文利（1991）。《詩歌語言的奧祕》。哈爾濱：北方文學出版社。

謝雲飛（1978）。《文學與音律》。臺北：東大出版社。

繆朗山等（1987）。《西方文藝理論史大綱》。北京：中國人民大學出版社。

應裕康、王忠林（1979）。《元曲六大家》。臺北：東大出版社。

戴　磊（1993）。《修辭學探新》。烏魯木齊：新疆人民出版社。

戴浩一、薛鳳生（1994）。《功能主義與漢語語法》。北京：語言學院出版社。

戴錫琦、戴金波（1994）。《古詩文修辭藝術概觀》。北京：首都師範大學出版社。

十八畫

瞿　鈞（1990）。《東籬樂府全集》。天津：天津古籍出版社。

顏天佑（1990）。〈元雜劇所反映的元代社會〉。臺北：政治大學
　　中文所碩士論文。

魏成春（1991）。〈語言風格研究應從修辭學研究中游離出來——
　　兼談建立辭采學的必要性〉，《修辭學研究》。南昌：江西教育
　　出版社。

十九畫

譚永祥（1992）。《漢語修辭美學》。北京：北京語言學院出版
　　社。

譚汝為（1994）。《古典詩歌的修辭和語言問題》。天津：天津古
　　籍出版社。

譚德姿（1984）。〈色彩詞與語言美〉，《山東師大學報》，第2
　　期，P.86-91。

羅日新（1984）。〈語法規範化與語言表達形式的多樣化——從語
　　法修辭中幾組相關現象說起〉，《遼寧師大學報》，第5期，
　　P.64-68。

羅康寧（1991）。《藝術的語言和語言的藝術》。長沙：湖南師大
　　出版社。

羅錦堂（1979）。《錦堂論曲》。臺北：聯經出版社。

羅錦堂（1983）。《中國散曲史》。臺北：中國文化大學出版社。

二十畫

嚴信長（1988）。〈喬姆斯基和轉換生成語法〉，《浙江師大學
　　報》，第2期，P.71-76。

蘇新春（1992）。《漢語詞義學》。廣州：廣東教育出版社。

竇融久（1991）。〈修辭與語言關係二題〉，《東北師大學報》，

第3期，P.74-78。

二十一畫

顧　久（1987）。〈古漢語數字虛化規律爭議〉，《貴州師大學報》，第3期，P.36-40。

顧學頡、王學奇（1983）。《元曲釋詞》。北京：中國社會科學出版社。

Note

Note